Die Scherben des Schicksals
Die Entscheidung

Das Buch:

Auf der Suche nach der dritten Scherbe müssen George, Charlie, Fatma, Madu und Sying in die Tiefen des Acaraho Vulkans hinabsteigen. Was zuerst nach einer einfachen Aufgabe aussieht, entwickelt sich zu einem schwierigen Unterfangen. Trolle sind ihnen gefolgt und versuchen ebenfalls an die Scherbe zu gelangen. Währenddessen will der Hüter des Vulkans um jeden Preis verhindern, dass etwas, was dem Berg gehört, den Berg verlässt.
Ehawee und Fred sind in der Zwischenzeit in Brelors Gefängnis gelandet, in dem eine erstaunliche Entdeckung in der Nachbarzelle sie zwingt, ihre Pläne zu ändern. Statt aus Neghroc zu fliehen, versuchen sie nun an Brelors Stern zu gelangen. Fast am Ziel erwartet sie eine unliebsame Überraschung...

Die Autorin

Alena N. Beek, geb. 1974, lebt mit ihrem Mann und ihren zwei Kindern in Mönchengladbach-Wickrath. Ursprünglich wollte sie die spannende Abenteuer- und Fantasygeschichte nur für ihre Kinder schreiben. Erst später kam der Gedanke an eine Veröffentlichung.

Alena N. Beek

Die Scherben des Schicksals

Die Entscheidung

Bibliografische Information der Deutschen Nationalbibliothek:
Die Deutsche Nationalbibliothek verzeichnet diese Publikation in der Deutschen Nationalbibliografie; detaillierte bibliografische Daten sind im Internet über http://dnb.dnb.de abrufbar.

Herstellung und Verlag: BoD – Books on Demand, Norderstedt

ISBN: 9783744882774

Für meine Eltern
Danke, dass ihr immer für uns da seid!

Bereits erschienen:

Die Scherben des Schicksals
Die Suche (Band 1)

Was bisher geschah ...

Der fünfzehnjährige George aus England, die dreizehnjährigen Mädchen Charlie und Fatma aus Amerika und dem Mittleren Osten sowie die elfjährigen Jungen Madu und Sying aus Afrika und China müssen in ihren Ländern auf der Erde mit den unterschiedlichsten Schwierigkeiten zurechtkommen.

George kämpft gegen Mobbing und leidet darunter, keine Freunde zu haben. Während Charlie nach dem Tod ihrer Eltern obdachlos geworden ist und auf der Straße lebt, musste Fatma als Flüchtling ihr Zuhause verlassen und in einem Lager unterkommen. Madu lebt in einem Kinderdorf und dem Zirkusjungen Sying droht aufgrund einer Erkrankung die Erblindung.

Als jeder von ihnen eine ungewöhnliche Scherbe findet, ändert sich ihr Leben schlagartig. Sie finden sich auf der fantastischen Welt Nirma wieder, auf der sich ihre fünf Scherben zu einem Stern verbinden.

Die Geschicke von Nirma liegen in den Händen des Weisen Gerzin und dreier Hüter. Diese waren zuletzt Brelor, Klebet und Aria. Jeder Hüter ist Träger eines Sterns, der aus fünf Scherben besteht und dem jeweiligen Träger magische Fähigkeiten verleiht.

Die Besonderheit der Welt Nirma besteht darin, dass ihre sich im Laufe der Zeit abschwächende Energie durch ein Ritual der Hüter mithilfe der Sterne regelmäßig erneuert werden muss.

Von dem Weisen Gerzin erfahren die fünf, dass diese Energieerneuerung das letzte Mal nicht stattgefunden hat. Bei dieser Zusammenkunft hat Brelor versucht, in den Besitz aller Sterne zu gelangen, um die alleinige Macht auf Nirma an sich zu reißen. Dabei hat er Klebet getötet, auch um sich dadurch eines vermeintlichen Rivalen um die Gunst Arias zu entledigen.

Aria war von dieser Tat entsetzt und konnte im letzten Augenblick verhindern, dass Klebets und ihr eigener Stern in Brelors Hände fielen. Während sie die Scherben ihres Sterns auf ganz Nirma versteckte und ein Papier mit Hinweisen auf diese Verstecke hinterließ, übergab sie Klebets Stern an Gerzin. Dieser sandte in höchster Not die einzelnen Scherben durch ein Portal zur Erde, auf der sie von den fünf Kindern gefunden wurden.

Dadurch wurden diese auserwählt, die sterbende Welt Nirma zu retten. Denn durch Brelor breiten sich die Dunkelheit und das Böse auf Nirma immer weiter aus. Um ihn zu stoppen und die Energie von Nirma zu erneuern, müssen die Kinder auch in den Besitz der zwei anderen Sterne gelangen. Mithilfe verschiedener Rätsel, die Arias Pergamentrolle nach und nach preisgibt, versuchen sie, die Verstecke von Arias Scherben ausfindig zu machen. Dabei erhalten sie Hilfe von der Nirmanerin Ehawee und dem Pilz Fred.

Trotz vieler Schwierigkeiten gelingt es den fünf, mutig und erfindungsreich die erste Scherbe im Mystixwald und die zweite im Nirmanischen Meer zu finden. Das dritte Rätsel gibt ihnen Hinweise auf den Acaraho-Vulkan. Unglücklicherweise werden auf dem Weg dorthin Ehawee und Fred vom Vogel Roch entführt und zu Brelor gebracht.

Obwohl die Kinder Hilfe von den Bergbewohnern, den Yetiden, erhalten, können diese nicht verhindern, dass George, Fatma und Madu durch einen Erdrutsch von Charlie und Sying getrennt werden und Charlie verschüttet wird. Nachdem es Sying gelungen ist, Charlie zu retten, verirren die zwei sich in einem Höhlenlabyrinth, das sie nur mithilfe des Zwerges Grompf wieder verlassen können. Dafür versprechen sie ihm, seine Familie aus den Händen der Trolle zu befreien.

Unterdessen wagen George, Fatma und Madu einen gefährlichen Weg: Sie überqueren den Pass der Angst, um wieder zu ihren Freunden zu gelangen. Dort durchleben sie eine innere Reise, von der sie verändert, aber gestärkt zurückkehren.

Voller Zuversicht befinden sie sich nun auf dem Weg zum Vulkan, um dort hoffentlich auf Charlie und Sying zu treffen und die nächste Scherbe zu finden.

Befreiungsaktion

Schneller als gedacht, führte Grompf Charlie und Sying aus dem Höhlenlabyrinth auf die andere Seite des Berges. Sie folgten den Spuren und entdeckten nicht weit entfernt das Lager der Trolle.

Im Moment saßen die Entführer um ein Lagerfeuer herum, über das sie einen großen Fleischspieß drehten. Charlie zählte sieben Trolle. Die Gefangenen saßen in einem Käfig, der in der Luft schwebend an einem der wenigen Bäume in der Gegend hing. Neben Grampf und seiner Mutter Ada befanden sich noch drei weitere Gefangene in dem Käfig: Zwei Yetiden und eine Nirmanerin, bei der es sich vermutlich um eine Arborianerin handelte.

»Was haben die nur mit ihnen vor?« Charlie merkte erst, dass sie ihre Gedanken laut ausgesprochen hatte, als Grompf ihr antwortete.

»Sie brauchen Arbeitskräfte für Brelors Reich. Schon seit Längerem wurde immer wieder über Entführungen durch Trolle gemunkelt, aber bisher waren sie noch nicht bis in diese Gegend vorgedrungen. Das scheint sich geändert zu haben. Wahrscheinlich haben sie in der Nähe von Brelors Reich schon alle Bewohner versklavt oder getötet, so dass sie sich jetzt in entfernteren Gebieten umschauen müssen.«

Wir brauchen einen Plan! Wir müssen die Trolle ablenken und irgendwie die Gefangenen aus dem Käfig befreien, überlegte Charlie.

Sie sah sich die Befestigung des Käfigs genauer an. Dieser war an ein dickes Seil geknotet, das zuerst über einen höheren Ast lief und von dort aus etwas tiefer mehrfach um den Stamm geschlungen und dann verknotet worden war. Leider war selbst der unterste Rand noch zu hoch für sie, um ihn vom Boden aus zu erreichen.

»Sying, würdest du es schaffen, an dem glatten Baumstamm hochzuklettern und das Seil durchzuschneiden, während wir die Trolle anderweitig beschäftigen?«

»Das dürfte kein Problem sein. Allerdings brauche ich zum Schneiden eine freie Hand, was bedeutet, dass ich bis zum Ast klettern muss, um von dort das Seil zu durchtrennen. Da es auch relativ dick ist, wird es einige Zeit dauern. Außerdem können sich die Gefangenen verletzen, wenn sie auf einmal herabstürzen.«

»Das Risiko müssen wir eingehen. Der Käfig hängt nicht viel höher als zwei Meter, da sollte nicht allzu viel passieren.« Charlie sah Grompf an. »Wenn der Käfig herunterfällt, muss es schnell gehen. Kannst du die Gefangenen von hier wegbringen, ohne dass die Trolle euch folgen können, oder gibt es hier in der Nähe ein gutes Versteck für euch?«

Grompf kratzte sich am Kopf. »Ein Stückchen weiter schlängelt sich ein Gebirgspfad den Berg hinab, der so eng ist, dass diese Gestalten mit ihren breiten Oberkörpern nicht durchpassen werden oder sich nur äußerst langsam und beschwerlich dadurch quetschen können.«

»Das ist perfekt.«

»Aber wie willst du die Trolle ablenken?«

Genau das war der Knackpunkt. Charlie wusste es noch

nicht und kaute nachdenklich auf ihrer Unterlippe herum. Sie beobachtete die Gruppe. Dort rauften gerade zwei Schergen Brelors zur allgemeinen Belustigung der anderen miteinander. Es schien, als würden sie nur ungern eine Gelegenheit zu kämpfen auslassen. Weitere versuchten gerade herauszufinden, wer von ihnen der Bessere in dem Spiel »Wer trifft mit seinen Steinen die meisten Gefangenen durch die Käfigstäbe?« war.

Als Grompf dies sah, konnten Charlie und Sying ihn nur mit Mühe davon abhalten, sich auf die Trolle zu stürzen. Mit vereinten Kräften schafften sie es aber, den tobenden Zwerg wieder unter Kontrolle zu bringen.

Charlie keuchte angestrengt. »Grompf, beruhige dich. So hilfst du deiner Familie nicht. Außerdem weiß ich jetzt, wie wir es machen.«

Sofort war Grompf still und hörte auf, gegen die zwei anzukämpfen.

Charlie erläuterte ihren Plan, während die beiden anderen ihr aufmerksam zuhörten.

Bevor sie danach ihre Positionen einnahmen, reichte Grompf ihr eine kleine Karte. Er wirkte dabei etwas verlegen.

»Das ist nur für den Fall, dass nachher keine Zeit mehr bleibt. Dort habe ich die ersten beiden Abzweigungen aufgeschrieben, die ihr nehmen müsst, um zum Vulkan zu gelangen. Danach könnt ihr ihn nicht mehr verfehlen.«

»Vielen Dank.« Spontan drückte Charlie Grompf einen Kuss auf die Wange, der ihn bis zu seiner Mütze rot anlaufen ließ.

Auf dem Weg zu ihren verabredeten Plätzen sammelte

jeder einige kleine Steine. Während Grompf und Charlie sich an gegenüberliegenden Seiten des Lagers positionierten, hielt Sying sich in der Nähe des Baumes auf.

Charlie hatte sich hinter einen ziemlich dicken Troll aus der Gruppe geschlichen und warf aus seiner Richtung einen Stein gegen einen anderen, der selbst für einen Troll einen unglaublich dämlichen Gesichtsausdruck hatte, in genau dem Moment, als beide gerade nicht hinschauten. Charlie nannte ihr Pärchen heimlich Dick und Doof. Letzterer wurde schmerzhaft von dem Stein an der Wange getroffen und blickte sich auf der Suche nach dem Verursacher um. Dabei sah er auch zu dem Troll herüber, hinter dem sich Charlie versteckte. Da dieser sich aber nicht verdächtig verhielt, ließ Doof die Sache auf sich beruhen.

Charlie warf einen weiteren Stein, den Doof offenbar im letzten Moment aus dem Augenwinkel kommen sah. Wutschnaubend stürzte er sich auf Dick, der gar nicht wusste, wie ihm geschah. Nur Sekunden später befanden sich Dick und Doof in einer wilden Schlägerei.

Auf der gegenüberliegenden Seite war Grompf offenbar mit der gleichen Taktik erfolgreich gewesen, denn auch dort wurde munter gekämpft. Die eigentlich unbeteiligten Trolle wollten nicht nur dumm danebenstehen und machten beherzt bei der Keilerei mit.

Sobald alle in Kämpfe verwickelt waren, kletterte Sying an dem Baumstamm zum Ast hoch und säbelte mit seinem Messer das Seil durch.

»Wir holen euch hier heraus«, flüsterte Sying beruhigend den Gefangenen zu, die ihn ängstlich beobachteten.

Er hatte erst die Hälfte des Seils durchgeschnitten, da

stürzte der Käfig schon laut krachend zu Boden und brach auseinander. Überall lagen zersplitterte Holzstücke. Schnell kletterte Sying den Baum herunter, um nach den Gefangenen zu schauen.

Gut, dass die Trolle so ein Getöse machen und hiervon nichts mitbekommen haben, dachte er noch auf dem Weg nach unten.

Grompf kam angelaufen und half Sying, die Gefangenen aus den Trümmern zu befreien. Ein Yetide war von einem größeren Holzsplitter getroffen worden und hielt sich den verletzten und blutenden linken Arm. Alle anderen hatten den Aufprall relativ unversehrt überstanden. Als alle neben den Käfigtrümmern standen, hatte auch Charlie sie erreicht. Es hatte bei ihr etwas länger gedauert, da sie darauf warten musste, dass sich zwei miteinander kämpfende Trolle wieder aus dem Weg wälzten.

Grompf wollte gar nicht damit aufhören, seine Familie zu umarmen, bis Charlie ihn energisch daran erinnerte, dass sie noch nicht außer Gefahr waren. Wie wahr diese Einschätzung war, zeigte sich schon kurz darauf, als sie den Beginn ihres Fluchtweges erreicht hatten.

Ein ohrenbetäubendes Schreien drang an ihr Ohr, als ein Troll in einem klaren Moment die Käfigreste und die damit verbundene Flucht ihrer Gefangenen bemerkte. Sofort vergaßen die Trolle ihre Streitereien und nahmen die Verfolgung auf. So schnell wie möglich rannten Charlie, Sying und der Rest ihrer Gruppe den Weg entlang. Nach mehreren Metern bog Grompf mit den Befreiten rechts in den engen Pfad ein, von dem er zuvor gesprochen hatte.

Weil ihnen für eine längere Verabschiedung keine Zeit blieb, wünschten sie sich nur kurz gegenseitig »viel Glück«. Danach hasteten Sying und Charlie weiter bergauf, ihrem nächsten Ziel entgegen.

Ihre neue Route führte sie steil nach oben. Von dieser höheren Position hatten sie einen guten Überblick. Sie konnten keine Trolle mehr sehen. Wahrscheinlich wollten diese ihre Beute zurückhaben und hatten sich für deren Verfolgung entschieden.

»Hoffentlich gelingt Grompf und den anderen die Flucht«, meinte Sying.

»Bestimmt. Er kennt sich in dieser Gegend viel besser aus und wird den Trollen entkommen.« Charlie klang zuversichtlich.

Da sie nicht mehr verfolgt wurden, konnten sie jetzt vergleichsweise entspannt ihren Weg zum Vulkan fortsetzen. Diesmal gab es keine weiteren Geister oder Attacken anderer Art, selbst der Aufstieg war keine wirkliche Herausforderung. Nur wurde es merklich kühler, bis schließlich sogar einige Zentimeter Schnee auf dem Boden lagen.

Als die Steigung abnahm, blickten Charlie und Sying auf. Sie hatten den oberen Rand des Acaraho erreicht.

Der Acaraho

Überglücklich hatten sie endlich ihr Ziel erreicht, als sie drei wohlvertraute Gestalten in der Sonne sitzen sahen. Die fünf Freunde fielen sich jubelnd in die Arme. Alle plapperten nun aufgeregt durcheinander. Jeder wollte als Erster von seinem Abenteuer erzählen.

Im Gegensatz zu Charlies und Syings Erzählungen, die ganz detailliert waren, blieben die von George, Fatma und Madu schwammig. Sie hatten eine innere Reise gemacht, und die war zum einen sehr privater Natur und zum anderen auch schwer den anderen verständlich zu machen.

So nahmen Charlie und Sying schließlich hin, dass ihre Freunde einfach etwas Unglaubliches erlebt hatten, ohne weitere Fragen zu stellen. Man musste nicht immer alles wissen.

Auf einmal stutzte Sying und stellte überrascht fest: »Fatma, du trägst ja gar keinen Tschador mehr.«

Augenblicklich verstummten alle und sahen Fatma aufmerksam an.

Sying hat Recht. Dass ich das noch nicht realisiert habe, wunderte sich Charlie. Wie hat mir das entgehen können? Ich habe ja noch nie besonders auf Kleidung geachtet. Einfach weil es mir nicht wichtig ist, was jemand trägt. Aber trotzdem …

Fatma grinste sie an: »Sagen wir einfach, ich habe auf dem Weg hierhin festgestellt, dass er einfach nicht mehr zu mir passt.«

»Deine neue Kleidung steht dir gut«, meinte Charlie und damit war das Thema erledigt.

Entschlossen machten sie sich auf den Weg in den Vulkan. Der erste Teil war sehr einfach, da sie nur einem tiefer gehenden Pfad am inneren Rand des Berges folgen mussten.

Von dort hatten sie einen guten Einblick in den Vulkan, der sich doch ein wenig von denen auf der Erde unterschied. So war die Lava, die sie in der Tiefe erkennen konnten, nicht rot, sondern grün. Insgesamt wurde es zwar, je weiter sie in den Acaraho vordrangen, immer wärmer, aber bei Weitem nicht so heiß wie bei einem irdischen Vulkan.

Fatma erklärte den anderen, was sie aus den Büchern der Marianer über die Vulkane wusste: »Der wichtigste Unterschied zu den Vulkanen auf der Erde ist, dass es hier keine lebensgefährlichen Gase gibt. Ein Gas soll aber eine äußerst lustige Wirkung haben.«

Neugierig sahen ihre Freunde sie an. »Was macht das Gas denn? Wieso lustig?«, bohrte Madu nach.

»Abwarten«, antwortete Fatma geheimnisvoll.

Nach einer Weile wurde ihr Pfad immer schmaler und hörte schließlich ganz auf. Ein Stück kamen sie noch unter Syings Führung durch Klettern weiter, doch dann wurde es zu steil und zu gefährlich dafür. Den restlichen Weg konnten sie nur durch Abseilen überwinden. Die dazu notwendige Ausrüstung hatten ihnen die Yetiden zur Verfügung gestellt.

Trotzdem hatten sie ein mulmiges Gefühl. Abgesehen von Sying hatte niemand größere Erfahrungen mit Klettern und Seilen. Daher knotete Sying das Seil an einem Felsvorsprung fest. Anschließend machte er den Anfang und zeigte den anderen, wie man mit leicht hüpfenden Bewegungen, während man das Seil zwischen den Händen durchgleiten ließ, an der steilen Wand am besten nach unten kam. Dabei verhinderten die Handschuhe, die sie ebenfalls von den Yetiden bekommen hatten, dass er sich die Hände an dem Seil aufschürfte oder verbrannte. Ohne Probleme landete er auf dem Boden des Vulkans.

Bei Sying sah das alles ganz einfach aus, stellte Madu, der als nächster folgte, fest. Doch leicht aussehen und leicht sein sind eindeutig zwei verschiedene Dinge.

Er schwankte relativ unkontrolliert hin und her und drehte sich sogar, sodass er mit seinem Rücken gegen die Felswand prallte. Erst als Sying von unten das Seil stabilisierte, konnte er die Tipps besser umsetzen und war bald neben ihm.

Die anderen schafften dies, nur mit kleineren Problemen kämpfend, auch. Als sie unten waren, zogen sie sich zunächst die Handschuhe und die warmen Sachen aus, da hier wüstenähnliche Temperaturen herrschten. Dann sahen sie sich um.

Sie standen auf felsigem Untergrund, der von mehreren Flüssen grüner Lava durchzogen war. Einige Flüsse waren sehr schmal und konnten einfach mit einem großen Schritt überquert werden, während andere durch größere Felsen unterbrochen waren, auf denen man auf die andere Seite gelangen konnte.

Bei ihren Erkundungen ließen sie äußerste Vorsicht walten, denn auch wenn die Temperaturen nicht bei mehreren tausend Grad lagen, reichten hundert bis dreihundert Grad für schlimme oder sogar tödliche Verletzungen völlig aus.

»Wo kann die Scherbe nur sein?«, fragte Charlie laut.

»Ein Schild mit der Aufschrift ›hier: Scherbe‹ wäre zur Abwechslung mal nett gewesen«, murmelte George.

Es dauerte einige Zeit, bis sie den unteren Kraterbereich vollständig angesehen hatten.

Das Einzige, was zumindest ihrem Verständnis nach nicht nach normalem, nirmanischem Vulkan aussah, war eine Steinpyramide, die auf einer felsigen Insel inmitten der Lava errichtet worden war und über mehrere kleinere Steinplatten erreichbar war. Die Pyramide war nicht höher als ein Meter und bestand aus mehreren übereinandergelegten flachen Steinen und einem eiförmigen Stein als Spitze.

»Wüs münt ühr, künntü düs ütwüs büdütün?«, fragte Charlie in die Runde. Erschreckt schlug Charlie sich mit der Hand vor den Mund. Was hatte sie da gesagt?

Bis auf Fatma starrten sie alle entgeistert an. Diese erklärte den anderen lachend und mit einer sehr tiefen Stimme: »Genau das meinte ich eben mit ›lustiger Wirkung‹. Hier unten gibt es ein Gas, das unsere Stimmen verändert. Aber es ist vollkommen ungefährlich.«

Jetzt wollten natürlich auch die anderen wissen, wie ihre Stimmen klangen.

»Na los, Sying, vielleicht kannst du ja plötzlich ein R sprechen«, frotzelte George. Als George mit einer extrem piepsigen Stimme sprach, war es endgültig um ihre Beherrschung geschehen. Alle brüllten vor Lachen.

Sying grinste und sagte dann mit schönstem bairischem Dialekt: »Dann woin mia hofffa, dass mia boid de Scherbe finden«, wodurch erneute Lachsalven ausgelöst wurden.

»Das, hicks, sehe ich, hicks, genauso, hicks«, versuchte Madu zu sagen.

Schade, ich habe nur einen doofen Schluckauf. Die anderen haben viel coolere Stimmveränderungen, dachte Madu ärgerlich.

Sie probierten noch weitere Sätze aus, wobei jeder immer gleich komisch sprach. Nur mühsam konnten sie sich beruhigen.

Fatma versuchte, ihre Überlegungen von zuvor wieder aufzugreifen: »Um auf Charlies Frage zu antworten ... Die Steinpyramide ist das Einzige hier unten, was keinen natürlichen Ursprung hat. Ich glaube nicht, dass jemand diese nur aus Spaß errichtet hat. Wir sollten uns die Steine zumindest aus der Nähe ansehen.«

Obwohl alle wieder leise kichern mussten, versuchten sie sich dennoch zu konzentrieren.

George hatte einen Einwand. »Okay, allerdings sollten wir nicht alle gehen. Sying sollte auf jeden Fall dabei sein, vielleicht gibt uns sein Stern einen Hinweis. Und ich würde ihn gerne begleiten.«

Da niemand etwas gegen seinen Vorschlag hatte, gingen George und Sying über die Steine zur Insel, die sie problemlos erreichten.

Die erste Betrachtung der Pyramide brachte ihnen keine neuen Erkenntnisse. Als aber Sying seinen Stern über den Steinen kreisen ließ, fing sowohl der Stern als auch der oberste Stein an rötlich zu leuchten.

»Die Scherbe ist im Stein. Wir bringen ihn mit«, rief er aufgeregt wieder mit bairischem Dialekt.

Er wollte gerade den Stein ergreifen, als ein Tumult von der anderen Seite ihn davon ablenkte.

Mit Entsetzen sahen George und Sying, dass ihnen drei Trolle in den Krater gefolgt waren und nun Charlie, Madu und Fatma bedrohten. Während einer die drei weiterhin in Schach hielt, kamen die zwei anderen auf George und Sying zu, die langsam zurückwichen. Offenbar hatten die Trolle das Leuchten des Steins gesehen oder Syings Worte gehört, denn der Erste, der die Insel erreichte, nahm sofort den Stein an sich.

Plötzlich ertönte ein lautes Donnern und grüne Lavaklumpen, die der See um sie herum ausspuckte, platschten ihnen vor die Füße. Glücklicherweise wurden sie von keinem getroffen. Gleichzeitig wurde Asche aus einigen Ritzen im Gestein herausgepustet, wirbelte umher und bedeckte sie mit einer schwarzen Schicht.

Was ihre Aufmerksamkeit aber noch mehr fesselte, war der Umstand, dass sich im Lavasee Lava an einer Stelle zusammenzog und sich immer mehr zu einer Gestalt verdichtete, die im See stehend von grünen Flammen umgeben wurde. Die Gestalt ähnelte genau wie die Berggeister, denen Charlie und Sying schon begegnet waren, einem Bergmann. Im Gegensatz zu diesen hatte dieses Wesen aber wilde funkelnde Augen, einen sehr langgestreckten Hals und stieß bei jedem Atemzug grüne nebelartige Schwaden aus.

Auf einmal hallte die Stimme der schaurigen Gestalt durch den Krater. »Wie kannst du es wagen! Leg sofort den Stein zurück! Nichts, was dem Berg gehört, darf den Berg verlassen.«

Auweia, der Typ scheint wirklich mächtig sauer zu sein, dachte George.

Der Dieb trat jedoch unbeirrt und unbeeindruckt mit seiner Beute den Rückweg an. Da hatte er die Rechnung ohne den wütenden Berggeist gemacht, der in seinem See verschwand und nur einen Bruchteil später vor dem Troll wieder auftauchte. Er hauchte ihn an, woraufhin dieser sofort umfiel und mit einem klatschenden Geräusch in der Lava landete und in ihr verschwand. Den Stein hatte der Geist zuvor schnell an sich genommen. Offenbar konnte der Geist selbst entscheiden, wann seine Substanz fest wurde und wann nicht.

Die anderen Trolle reagierten weniger auf das Schicksal ihres Kumpans als darauf, dass sich der Stein nicht mehr in ihrem Besitz befand, und versuchten nun mit vereinten Kräften ihn zurückzuerobern. Die Kugeln, die sie gegen den Berggeist warfen, gingen jedoch ohne Schäden anzurichten einfach durch ihn hindurch.

Einer Kugel, die George beinahe aus Versehen getroffen hätte, konnte er gerade noch ausweichen. Sicherheitshalber ging er mit Sying hinter der Pyramide in Deckung. Von dort beobachteten sie den Kampf. Auch ihre drei Freunde suchten auf der anderen Seite Schutz hinter einem Felsen.

Der Berggeist formte derweil in seinen Händen Feuerkugeln und schleuderte sie auf die Trolle. Diese konnten zwar einigen entgehen, aber einzelne Kugeln trafen doch ihr Ziel. Teilweise fing ihre Kleidung an zu brennen und sie wälzten sich über den Boden, um das Feuer zu ersticken.

Ein Troll, der gerade verzweifelt damit beschäftigt war, seinen brennenden Hintern zu löschen, sprang so unkontrolliert hin und her, dass er gar nicht bemerkte, dass er einem Lavastrom immer näherkam. Als er über den Rand rutschte, versuchte er noch seinen wuchtigen Körper zurückzuwerfen, doch es war zu spät. Mit einem satten Geräusch fiel er hinein.

Mit einem Schaudern wandten die Kinder sich ab. Der letzte Troll wollte wohl verhindern, das gleiche Schicksal zu erleiden, und flüchtete. Unbeholfen kletterte er an dem Seil hoch und rutschte dabei immer wieder ab. Es dauerte sehr lange, bis er oben angelangt war. Sofort rannte er weiter, bis sie ihn nicht mehr sahen.

»Anfänger«, zischte der Berggeist und stellte den Stein an seinen ursprünglichen Platz zurück. Die Kinder blickten ihn verdattert an.

»Ähm … Entschuldigung.« Fatma ging mit erhobenen Händen langsam auf den Geist zu und sagte mit tiefster Stimme: »Wir glauben, dass sich in dem Stein eine Scherbe befindet, die sehr wichtig für uns ist. Können wir uns den Stein vielleicht ausleihen?«

Umgehend schienen bei dem Geist wieder die Augen hervorzuquellen und der ihn umgebende Flammenkranz intensiver und gefährlicher zu werden.

»Ich bin Truculus, Schatzhüter des Vulkans. Nichts, was dem Berg gehört, darf den Berg verlassen.« Neue Asche regnete über sie. Etwas versöhnlicher fügte Truculus hinzu: »Da die Scherbe eigentlich nicht hierhergehört, dürft ihr sie mitnehmen, aber nur sie.« Erwartungsvoll blickte er die Gruppe an.

»Und wie sollen wir das anstellen?«

»Oh, der Stein öffnet sich von alleine, wenn man weiß wie.« Man konnte dem Schatzhüter ansehen, wie sehr er diese Situation genoss.

»Ja und weißt du, wie man ihn öffnet?«

»Natürlich, aber es euch einfach so zu sagen, wo bliebe da der Spaß? Da fällt mir doch etwas viel Besseres ein. Ich werde euch einen Tipp geben. Mal überlegen, was könnte ich euch denn sagen?« Während er offensichtlich nachdachte, schwebte er über dem Lavasee hin und her. »Ah ja, ich glaube, jetzt habe ich es. Wie wäre es hiermit?

Ich ändere Form und auch Beschaffenheit,
für Glück oder Unglück sei bereit,
bist du weit entfernt, ist alles gut,
doch aus der Nähe sei auf der Hut.
Denn zu nah ist schnell alles fort,
verwandelt sich und geht an einen anderen Ort.
Und manchmal ist auch plötzlich da,
was vor allen Blicken verborgen war!«

Sie stöhnten. Echt jetzt? Was war nur mit dieser Welt los? Sie waren ja mittlerweile dankbar, wenn überhaupt noch normal mit ihnen ohne Rätsel und Reime gesprochen wurde. Langsam verging ihnen wirklich die Lust daran.

Rastlos wanderten sie umher. Madu, der solche Rätsel gar nicht mochte, gab sofort auf. Er setzte sich hin und spielte ein wenig mit einem langen Stock, dessen Spitze er immer wieder in die Nähe der Lavaoberfläche brachte. Dabei versuchte er vorher den Zeitpunkt zu erraten, wann der Stock bedingt durch die Hitze anfing zu qualmen.

George beobachtete gedankenverloren Madus Spielereien, als der Stock plötzlich Feuer fing und schnell verbrannte.

»Na, jetzt da er weg ist, hast du vielleicht wieder die Güte, dich mit uns auf das Rätsel zu konzentrieren, Madu«, kommentierte George piepsig den Verlust des Stockes.

Madu stand schuldbewusst auf. Schade, wie schnell das Feuer seinen Stock in Rauch verwandelt hatte, gerade war er noch da und im nächsten Augenblick fort. Er stutzte und grinste wenig später.

»Hey, George, hicks, ich an deiner Stelle, hicks, würde es mal mit Feuer, hicks, versuchen.« George starrte Madu einen Augenblick fragend an, bis er den Sinn seiner Worte verstand.

»Feuer ist gemeint. Zündet etwas an und haltet das Feuer an den Stein.«

Suchend sahen sich alle um, aber sie umgab nur Stein und Lava. Nichts, was sich zum Anzünden eignete. Mit Madus Stock war tatsächlich das letzte Stück Holz im Inneren des Vulkans verbrannt.

Schließlich zückte Sying ein Messer, schnitt sich ein Stück Stoff aus der Kleidung. An der Steinpyramide hielt er den Stoff so dicht an die Lava, dass dieser Feuer fing.

Schnell legte er ihn auf den eiförmigen Stein, bevor er sich verbrannte.

Der Stein wurde transparent und leuchtete wieder rot. Im Inneren konnten sie deutlich eine Scherbe erkennen. Doch was sollten sie jetzt tun? Wie konnten sie die Scherbe herausholen?

Vorsichtig streckte George die Hand nach der Scherbe aus und näherte sich langsam dem Stein.

»Achtung, du wirst dich verbrennen«, warnte Sying ihn auf Bairisch.

Doch George ließ sich nicht beirren. Er konnte den Stein fast berühren. »Ich spüre keine Hitze.« Er schob seine Hand weiter vor, bereit, sie jederzeit zurückzuziehen.

Eigentlich hätte er die Oberfläche des Steins jetzt berühren müssen, stattdessen konnte er seine Hand weiter ins Innere hineinschieben. Er umfasste die Scherbe und zog sie zusammen mit seiner Hand wieder heraus.

»Jaahh!!!« George reckte triumphierend die Faust mit der roten Scherbe in die Höhe.

Der Schatzhüter kicherte und klatschte in die Hände. »Seht ihr, so hat es doch viel mehr Spaß gemacht, als wenn ich es euch direkt gesagt hätte.« Mit diesen Worten floss er wieder in den Lavasee zurück.

Sying und George verließen die Insel und wurden auf der anderen Seite begeistert empfangen.

»Nun nichts wie raus hier«, sagte Sying.

Eingesperrt

Die Wächter hielten Ehawee an beiden Armen fest und zogen sie mit sich.

Ich fühle mich, als würde ich mich in einem Schraubstock befinden. An Flucht brauche ich im Moment jedenfalls nicht zu denken.

Sie wurde nicht durch das große Tor gebracht, durch das Brelor gekommen und auch wieder gegangen war. Stattdessen wurde sie einen langen Gang entlanggeführt. Die wenigen hohen Fenster hatten verschmutzte Scheiben und in den Ecken hingen zahlreiche Spinnweben.

Wie unheimlich die Skulpturen aussehen, gruselte Ehawee sich. Alle zeigen schaurige Dämonen oder andere Ungeheuer. Ganz schlimm finde ich ihre Gesichter, die alle einen tückischen und bösartigen Gesichtsausdruck haben.

Flackerndes Feuer, das in größeren metallenen Schalen brannte, warf zusätzlich gespenstische Schatten auf die Skulpturen und an die Wände des Korridors.

Hatte Ehawee gedacht, dass dies schon ein beängstigender Ort sei, wurde sie bald schon eines Besseren belehrt. Am Ende des bestimmt achtzig Meter langen Flügels öffnete einer der Wächter mit einem großen rostigen Schlüssel die Tür. Das Drehen des Schlüssels erzeugte dabei ein knirschendes Geräusch. Ehawee konnte dahinter eine Treppe erkennen, die steil und schmal nach unten führte.

Sie musste zwischen den Wächtern die Treppe hinabgehen, wobei sie in dem kaum vorhandenen Licht arge Schwierigkeiten hatte, die Kanten der Stufen zu sehen. Nach einiger Zeit standen sie in einem Gang, von dem mehrere Türen abgingen. Zwischen zwei Türen saß ein Troll auf einem Stuhl und kratzte sich den Bauch. Als er sie sah, sprang er auf und öffnete eine hölzerne Tür, in der eine kleine Öffnung mit eisernen Gitterstäben als Sichtfenster eingelassen war.

Ehawee wurde schmerzhaft in die Zelle hineingestoßen und die Tür mehrfach hinter ihr abgeschlossen.

Sie lauschte noch einen Moment den Stimmen und den sich entfernenden Schritten der Wächter, bevor sie sich in ihrer Zelle umsah. Viel gab es allerdings nicht zu sehen. Ihre Zelle maß ungefähr drei mal drei Meter und war fensterlos. Der steinerne Boden war teilweise mit Stroh bedeckt, das einen muffigen Geruch verströmte. In einer Ecke stand eine Art Nachttopf, über den sie im Augenblick lieber nicht näher nachdenken wollte.

In ihrer Tasche verspürte sie heftige Bewegungen, sie wurde auch leicht in die Seite gekniffen. Fred! Den hatte sie ja völlig vergessen. Vorsichtig holte sie ihn aus der Tasche und setzte ihn vor sich ab.

»Auweia, vielleicht geh ich doch besser wieder in die Tasche zurück«, meinte er nach einem kurzen Blick auf ihre neue Unterkunft.

Ehawee wollte ihm erzählen, was sich alles ereignet hatte, während er die Zeit in ihrer Tasche verbracht hatte. Doch Fred winkte ab.

»Ich konnte jedes Wort verstehen und den Rest konnte ich mir zusammenreimen. Die Frage, die sich nun stellt, ist: Was machen wir jetzt?« Erwartungsvoll blickte der Pilz Ehawee an.

»Ich weiß es nicht. Das heißt noch nicht. Aber unser großer Vorteil ist, dass sie hier nicht wissen, dass es dich gibt, und ich denke, das sollte auch noch so lange wie möglich so bleiben. Im Moment habe ich noch keine Idee, wie wir diesen Umstand für uns nutzen können, aber ich werde mir etwas überlegen.«

Visionen

Sying dachte laut nach, während sie immer weiter vom Gipfel des Vulkans herunterwanderten: »Also, damit hätten wir jetzt die dritte Scherbe gefunden. Aber wie sollen wir nur die nächste finden? Die Geschichte von Ehawee sagt uns zwar, dass wir ein verschwundenes Volk finden müssen, gibt uns aber keinen richtigen Anhaltspunkt.«

»Das stimmt nicht«, korrigierte Fatma ihn.

Es ist wirklich erstaunlich, wie sie sich verändert hat, dachte Charlie. Und das nicht nur äußerlich. Sie wirkt selbstbewusster und lacht viel mehr. Und weiterhin hat sie ausgezeichnete Ideen.

Daher hörten jetzt auch alle gespannt zu, als Fatma fortfuhr: »Ich habe lange über diese Geschichte nachgedacht und meines Erachtens sagt sie uns schon, wo wir mit der Suche anfangen sollten. Es wird von einem Nomadenvolk berichtet und von Sand, der die ganze Stadt bedeckt. So eine Kombination findet man normalerweise nur ...«

»... in der Wüste«, vollendete George ihren Satz.

Fatma nickte. Genau dies war ihr Gedanke gewesen. »In der Wüste gibt es Sandstürme, die so gewaltig sind, dass sie innerhalb kürzester Zeit die gesamte Wüstenlandschaft umbilden können. Ich denke, wir müssen genau dort anfangen mit der Suche. Wir müssen in die Wüste.«

»Gibt es denn eine Wüste auf Nirma?«, fragte Madu.

»Keine Ahnung«, sagte Charlie bedauernd. »Aber das Gebirge müssen wir auf jeden Fall hinter uns lassen. Bestimmt treffen wir unterwegs einen Nirmaner, den wir fragen können.«

Je weiter sie vom Berg herabstiegen, desto wärmer wurde es wieder. Nach und nach zogen sie ihre Mützen, Handschuhe und dicken Felljacken aus und verstauten sie in ihren Rucksäcken. Nach einer letzten Übernachtung in den Bergen konnten sie das Gebirge nach einer weiteren mehrstündigen Wanderung schließlich verlassen.

Sie gingen auf einem breiten Weg weiter, an dessen Rand ein kleiner Bach plätscherte. Am Wegesrand standen einige kleinere Häuser, an deren Türen sie klopften. Während bei den ersten beiden offensichtlich niemand zuhause war, hatten sie beim dritten Mal Glück. Ein Mann mittleren Alters öffnete die Tür und sah sie überrascht an.

Charlie setzte ihr freundlichstes Lächeln auf. »Guten Tag, wir sind …«

»Ich weiß, wer ihr seid«, unterbrach sie der Nirmaner vor ihnen. »Eure Ankunft hat sich genauso herumgesprochen wie auch eure seltsame Hautfarbe. Ihr kommt besser rein, denn nicht jeder ist euch in diesen Tagen wohlgesonnen.«

Kurz darauf saßen sie alle bei Saft und grünen Keksen an einem großen Tisch. Erwartungsvoll sah der Mann sie an.

George räusperte sich und fragte: »Wir brauchen dringend deine Hilfe. Gibt es auf Nirma eine Wüste?«

»Ja, die Auraha-Wüste. Sie befindet sich gar nicht so weit entfernt von hier. Müsst ihr dahin?«

Als die fünf nickten, schlug der Nirmaner vor: »Wenn ihr wollt, kann ich euch eine Karte zeichnen. Damit solltet ihr den richtigen Weg problemlos finden.«

Gerne nahmen sie sein Angebot an und waren bald schon wieder unterwegs. Ihre Reiseroute wurde dank der Karte einfacher.

Im Moment gleicht unsere Abenteuerreise mehr einem netten Ausflug, dachte Madu noch, als er spürte, wie seine Gedanken und sein Geist regelrecht weggezogen wurden.

Erneut durchquerte er die Ebene. Sobald er aber diesmal den vierfingrigen Baum erreichte, steuerte er sicherheitshalber seine Schritte in Richtung des Felsens, den er bereits das letzte Mal entdeckt hatte. Er wusste zwar nicht, ob die Ereignisse sich in seinem Traum wiederholen würden, wollte aber unbedingt auf eine weitere Erfahrung von Trollen und Behemothen überrannt zu werden verzichten.

Hinter dem Stein spähte er in Richtung Wald. Es dauerte nicht lange und die Trolle kamen tatsächlich wieder hervor. Nur diesmal konnte er sie gefahrlos beobachten. Er blickte ihnen noch eine Weile nach, bevor er, wieder von einer inneren Stimme getrieben, seinen Weg fortsetzte. Er musste dieses verschwommene Etwas erreichen, die Zeit drängte, er musste sich beeilen, schneller werden, er musste …

»Madu, Nirma an Madu, jemand zuhause?« Syings Stimme drang an sein Ohr. Verwirrt blickte Madu sich um.

»Habe ich geschlafen?«

»Nein. Du hast nur plötzlich einen abwesenden Gesichtsausdruck bekommen und auf nichts reagiert.«

Besorgt huschten Madus Augen zu dem Rest der Gruppe, die weiter vorausgingen.

»Sie haben nichts mitbekommen. Was ist los?« Syings Stimme klang ungewohnt streng. Kurz erzählte er Sying, was in seinem Traum passiert war.

»Was immer es ist, du scheinst eine neue Dimension erreicht zu haben. Offenbar hast du nicht nur Träume, sondern auch Visionen, wenn du wach bist. Von immer der gleichen Ebene, nur das immer weitere Dinge dazu kommen. Und du weißt wirklich nicht, was das in der Ferne ist und wer dich drängt, es zu erreichen?«

»Ich habe nicht den blassesten Schimmer.«

»Du solltest es den anderen sagen.«

»Erst wenn ich Genaueres weiß. Vielleicht brauche ich ja nur noch ein oder zwei Visionen, wie du es nennst, um die Bedeutung, falls es überhaupt eine gibt, zu erkennen. Vorher möchte ich niemanden zusätzlich beunruhigen.«

Madu sah Syings Gesicht an, dass er damit nicht wirklich einverstanden war, aber wenigstens sagte er nichts weiter zu der Angelegenheit.

Der verrückte Emo

In einer großen Gruppe Reisender erreichten sie die letzte Oase vor der Wüste, an der ein reges Treiben herrschte. Es gab ein Kommen und Gehen und der Lärmpegel war dementsprechend hoch. Dahinter erstreckte sich nur noch die unendliche Weite und Einsamkeit der Wüste.

Das Zentrum der Oase bildete ein See, dessen Rand zahlreiche Palmen säumten. Neben ungefähr fünfzig Lehmhäusern, die sich ein Stück vom See entfernt aus dem Sand erhoben, waren etwa zwanzig Zelte in unterschiedlichen Größen aufgestellt. Die Anzahl variierte immer wieder, weil einige Durchreisende ihre eigenen Zelte mitbrachten und diese direkt daneben aufbauten. Andere blieben dauerhaft stehen, um Reisenden ohne Zelt Obdach vor ihrer Weiterreise bieten zu können. Die unterschiedlichen Größen und Farben der Zelte ließen ein buntes, fröhliches Bild entstehen.

»Also, das ist unsere letzte Gelegenheit, um an Vorräte oder neue Informationen über die Usahs zu gelangen«, sagte George.

»Vielleicht gibt es auf Nirma auch Kamele. Dann müssen wir nicht durch die Wüste laufen«, hoffte Sying.

Sie beschlossen, sich aufzuteilen. Charlie und George wollten sich um die Vorräte und Informationen kümmern, der Rest um ihr Transportmittel.

Charlie und George waren mit ihrem Vorhaben leider

nur bedingt erfolgreich. Neue Vorräte konnten sie ohne Probleme besorgen, aber egal, wen sie fragten, niemand hatte jemals einen Usah gesehen oder kannte nur jemanden, der dies von sich behaupten konnte. Alle kannten natürlich die Geschichten, die vom Verschwinden der Usahs handelten. Viele erachteten sie für wahr, es gab jedoch auch einige, die diese für Erfunden hielten.

Als sie wieder einmal kein Glück hatten, machte Charlie ihrem Ärger Luft und schrie frustriert in die Gegend: »Irgendwen muss es doch geben, der etwas über die Usahs weiß.«

Eine ältere Frau hörte ihre Worte und sprach sie an: »Wenn ihr wirklich nur irgendetwas über die Usahs hören wollt, dann sucht den verrückten Emo. Der redet den ganzen Tag von nichts anderem.«

Sie sahen die alte Frau zweifelnd an. »Der verrückte Emo? Niemand hat ihn bisher erwähnt. Wie kann das sein?«

»Nun, vermutlich weil er verrückt ist und keiner irgendetwas von dem, was er sagt, ernst nimmt. Er hat sich vor über dreißig Jahren in der Wüste verirrt. Aber schon vorher war er äußerst seltsam. Er war tagelang verschwunden und alle haben ihn schon für tot gehalten. Als er wider Erwarten erneut auftauchte, war er endgültig durchgeknallt. Er erzählte allen eine Geschichte, dass er schon halbtot und fast verdurstet gewesen war, als er angeblich von den Usahs gerettet wurde. Sie hätten ihn mit Wasser versorgt und ihm eine Beschreibung mitgegeben, um hierher zurückkehren zu können. Wenn ihr mich fragt, hat er durch pures Glück den Weg zurückgefunden. Dabei hat die Sonne ihm das Hirn so weichgekocht, dass er auch sein letztes bisschen Verstand verloren hat. Seitdem brabbelt er den ganzen Tag vor sich hin und lebt von dem, was die Leute ihm zustecken.«

»Hat denn niemand mal seine Angaben überprüft und sich auf die Suche gemacht?«

»Natürlich gab es einige Abenteurer, zu Beginn sogar recht viele, dann jedoch immer weniger, die hofften, sich damit rühmen zu können, das verschwundene Volk gefunden zu haben. Aber jeder Einzelne von ihnen kam unverrichteter Dinge zurück. Dort draußen gab es nur Sand, wie in einer Wüste auch nicht anders zu erwarten.«

Charlie und George sahen sich an. Das klang nicht gerade vielversprechend. Da es jedoch die einzige Spur war, die sie hatten, fragte George die alte Frau, wo sie denn den verrückten Emo finden konnten.

»Um diese Zeit ist er meist in der Nähe des Brunnens anzutreffen. Nur sagt später nicht, ich hätte euch nicht gewarnt.« Nach diesen Worten verabschiedete sich die Frau und ging weiter, während die zwei umgehend den Weg zum Brunnen einschlugen.

Dort angekommen wurden sie schnell auf eine auffällige Person aufmerksam. Der ungefähr sechzigjährige Mann war äußerst seltsam gekleidet: So hatte er einen Strumpf als Mütze über seinen Kopf gezogen und eine Art Sultanhose in einem schreienden Grün an, seine Schuhe waren goldfarben mit nach oben gebogenen Spitzen und sein Oberkörper war mit einer ledernen braunen Weste bedeckt, an der lauter bunte Bommel hingen.

Er starrte die meiste Zeit nach unten, murmelte dabei

etwas und bewegte sich in kleinen Trippelschritten ohne wirkliches Ziel hin und her. Dabei wurde er von allen anderen ignoriert.

Ganz klar, wir haben den verrückten Emo gefunden, dachte Charlie und stöhnte dann laut: »Oh je, so schlimm habe ich es mir nicht vorgestellt.«

»Sagen Sie nicht, ich hätte Sie nicht gewarnt«, äffte George die alte Frau nach.

»Ja, schon gut. Also, wie sollen wir vorgehen?«

»Ich würde vorschlagen, wir gehen hin und fragen einfach.«

George ließ seinen Worten umgehend Taten folgen.

Er trat näher an den verrückten Emo heran und sagte, so freundlich er konnte: »Entschuldigung, ich hätte da eine kleine Frage.«

Der Mann ließ sich nicht beirren und murmelte weiter etwas, was sich wie »Sand, überall Sand, noch mehr Sand … kein Wasser, brauche Wasser … wo ist das Wasser …« anhörte.

George sprach ihn noch mehrfach an, ohne eine Reaktion zu erhalten.

Daraufhin packte er den Mann am Arm, was er besser nicht getan hätte. Emo fing sofort an, schrill zu schreien, so dass George ihn umgehend wieder losließ. Augenblicklich setzte der verrückte Emo seine Sätze fort, als wäre nichts gewesen.

Ratlos blickte George Charlie an. Sie gab ihm ein Zeichen, dass sie es einmal versuchen wollte. Nur zu gerne räumte George das Feld.

Charlie beobachtete Emo noch ein wenig und versuchte

dann neben ihm zu gehen. Es war gar nicht so leicht, sich seinem Rhythmus anzupassen, da er ständig spontan die Richtung wechselte. Aber nach einiger Zeit gelang es ihr besser. Ebenso wie George wurde sie von ihm nicht beachtet. Sie hörte sich seine Worte an und kam zu dem Schluss, dass er über den Tag sprach, an dem er sich verirrt hatte.

Vorsichtig begann sie, immer wieder das Wort »Usah« zu wiederholen, im gleichen Rhythmus, genau dann, wenn Emo eine kleine Pause machte.

Anfangs geschah nichts, doch dann griff er das neue Wort auf und sprach ununterbrochen: »Usahs, es sind Usahs, zwei Tage Süd, einen Tag Südost, zwei Tage West, vier Tage Süd, einen Tag West.«

George, der sich noch in der Nähe befand, schrieb rasch auf, was der verrückte Emo sagte.

Charlie versuchte noch mehrere Schlagwörter, in der Hoffnung mehr zu erfahren, aber alle Versuche dahingehend waren vergebens. Emo konnte offenbar nur die Sätze sprechen, die sie bereits gehört hatten. Schließlich gaben sie auf.

»Meinst du, das könnte etwas sein?«, fragte George.

»Es muss etwas sein. Es ist alles, was wir haben«, antwortete Charlie. Dem war nichts hinzuzufügen.

Am gemeinsamen Treffpunkt erzählten sie den anderen, was sie herausbekommen hatten.

»Und habt ihr hier Kamele oder ähnliches für uns gefunden?« George hoffte, dass sie den weiten Weg nicht zu Fuß gehen mussten.

Madu antwortete geheimnisvoll: »Wir haben wohl eher

etwas Ähnliches gefunden, und konnten ein Tier davon auch für uns reservieren. Diese Naulis, wie die Tiere genannt werden, scheinen hier in der Wüste das bevorzugte Fortbewegungsmittel zu sein. Ihr werdet schon sehen.«

Fatma und Sying schienen seine Begeisterung darüber nicht unbedingt zu teilen, sie schauten unbehaglich drein.

An der Vermietungsstation hing zwischen zwei Holzpfosten ein etwas windschiefes Schild, auf dem in krakeligen Buchstaben »Zum schnellen Nauli« stand. Als sie dahinter zum ersten Mal die Tiere sahen, blieb George und Charlie der Mund offenstehen.

Den anderen war es zuvor ähnlich ergangen, daher wiederholte Madu die Worte des Angestellten: »Sie sollen ganz lieb und pflegeleicht sein. Und man soll sie leicht lenken können. Gefährlich wird es nur bei einem Sandsturm, da nehmen sie nämlich schnellstens Reißaus.«

George und Charlie starrten weiterhin auf die Tiere vor ihnen. Die Naulis sahen aus wie riesige Maulwürfe. Ein Teil ihres Körpers war in den Sand eingesunken und mit ihren gigantischen vorderen Grabeschaufeln pflügten sie durch den Sand. Ihre Schnauze mit dem kurzen rosafarbenen Rüssel hielten sie dabei nur knapp über den Boden. Die Augen waren im Vergleich zum restlichen Körper geradezu winzig klein. Sie besaßen ein dichtes schwarzes Fell und einen kleinen Schwanz.

Auf ihrem Rücken waren Konstruktionen zum Tragen von Waren oder Personen angebracht, die mittels eines Bauchgurtes befestigt waren. Für den Personentransport konnten bis zu drei Sitzreihen hintereinander montiert werden; an der jeweils letzten Sitzreihe ragte ein großer

Baldachin hinauf, der als Schutz vor der Sonne diente und sich über alle vor ihm vorhandenen Sitzbänke spannte.

Die Baldachine bestanden aus mehreren Stoffbahnen, und es gab sie von einfach bis äußerst kunstvoll und aufwendig. Meist leuchteten sie in hellen auffälligen Farben, wobei sich bei einigen die Farben einfach nur abwechselten, bei anderen dagegen auch kunstvollere Motive abgebildet wurden.

Bei einem Tier, das gerade fraß und sein Maul weit aufriss, um es in einem großen Trog voller Sandwürmer zu versenken, konnten sie zahlreiche, spitz zulaufende Zähne erkennen.

»Ich glaube es nicht, Riesenmaulwürfe.« George war vollkommen perplex.

»Da vorne ist der Mann, mit dem wir gesprochen haben und dem die Tiere gehören.« Sying zeigte auf einen eher unsympathisch aussehenden Nirmaner, dessen wettergegerbtes Gesicht von einigen Bartstoppeln bedeckt wurde und der gerade Wasser in einen Trog füllte.

»Es gibt nur ein Problem. Er verlangt Geld für die Vermietung eines Naulis.«

Ratlos sahen sie sich an. Sie besaßen keine nirmanische Währung und hatten sich bisher auch keine Gedanken über irgendwelche Zahlungsmittel machen müssen. Einer der Arborianer hatte ihnen damals im Mystixwald erklärt, so etwas sei nicht notwendig. Ganz Nirma stünde auf ihrer Seite und würde ihnen, den Rettern, alles zur Verfügung stellen, was sie bräuchten. Und genauso war es bisher auch gewesen.

Allerdings hatte er sich da wohl geirrt. Offenbar gab es

auf Nirma mindestens eine Person, die das anders sah und eine Bezahlung für ihre Hilfe erwartete.

»Er glaubt nicht daran, dass wir gegen Brelor gewinnen können. In seinen Augen geht Nirma sowieso bald unter. Daher will er zuvor so viel Geld wie möglich verdienen, um für irgendwelche Umbrüche gut gewappnet zu sein. Wir haben wirklich alles versucht, aber er besteht auf die volle Bezahlung.«

Das konnte ja wohl nicht wahr sein. Sie waren doch nicht so weit gekommen, um nun durch so eine dumme Sache ausgebremst zu werden.

»Okay, Leute, denkt nach. Wie können wir an Geld kommen? Wer kann irgendetwas Besonderes? Hey, Charlie, hast du vielleicht ein verborgenes Gesangstalent, das du immer schon mal zeigen wolltest?« George blickte jeden Einzelnen an, aber bis auf Sying mit seinen Kunststücken schien niemand ein hervorstechendes Talent zu besitzen.

Darum sollte Sying ein paar Kunststücke vorführen, während der Rest die Münzen dafür einsammeln wollte. Sie stellten sich auf einen größeren Platz am See und Sying fing mit einigen artistischen Übungen an. Schnell hatten sie ein kleineres Publikum angelockt, das sich über das Dargebotene freute und auch kräftig applaudierte.

Leider legte niemand etwas auf die Teller, mit denen die anderen herumgingen. Offenbar war dies keine Gepflogenheit, die auf Nirma bekannt war. Die Nirmaner blickten lediglich irritiert auf die Teller, die ihnen unter die Nase gehalten wurden und beachteten sie dann nicht weiter. Resigniert gaben sie schließlich auf.

»Dieser Plan hat also schon mal nicht funktioniert«, stellte Madu fest. »Was machen wir jetzt?«

Zögernd sagte Charlie: »Als ich auf der Straße gelebt habe, ging es mir einige Tage ziemlich schlecht. Ich war hungrig und hatte kein Geld. Da habe ich etwas gestohlen. Eigentlich wollte ich so etwas nie wieder machen, aber da wir …«

Madu fiel ihr ins Wort: »Wir müssen einen Planeten retten. Ich denke, unter diesen Umständen geht das Stehlen in Ordnung.«

Die anderen nickten zustimmend und entwarfen rasch einen neuen Plan. Sying sollte erneut etwas vorführen, während Charlie die Zuschauer um ein paar Münzen erleichtern wollte.

Ich habe schweißnasse Hände, dachte Charlie, als sie sich durch die Zuschauermenge schlängelte. Hoffentlich werde ich nicht erwischt.

Sie riss sich zusammen. Es war nicht leicht, da die Nirmaner ihre Münzen in einem Lederbeutel im Ärmel trugen. Durch eine bestimmte Bewegung des Arms konnte der Beutel direkt in ihre hohle Hand rutschen.

Doch mit ein wenig Geschick gelang es Charlie tatsächlich, die Beutel von zwei Personen, die ihr einigermaßen gut betucht vorkamen, zu entwenden. Ob die Münzen reichen würden, würde sich erst später herausstellen. Aber sie wagte nicht, noch mehr zu stehlen. Nachdem Sying die Vorstellung beendet hatte, verzogen sich die fünf in eine unauffällige Ecke und zählten ihre Beute. Der Betrag war ausreichend.

So schnell sie konnten, liefen sie den Weg entlang, um

erneut den Vermieter der Naulis aufzusuchen. Dabei stieß ein Mann in einem langen Umhang, der ihnen entgegenkam, so stark mit Charlie zusammen, dass sie sogar hinfiel. Der Mann half ihr zwar etwas umständlich auf, lief dann aber ohne große Entschuldigung weiter.

»Welch ein Rüpel.« Charlie rieb sich die schmerzende Schulter.

George wollte ihm schon hinterherlaufen, wurde jedoch von den anderen davon abgehalten. Sie hatten Wichtigeres zu tun.

Daher gingen sie weiter und kamen kurz darauf beim Vermieter an. Er saß auf einem Stuhl, hatte seine Füße auf einen Tisch gelegt und döste vor sich hin. Über ihm befand sich eine Holzkonstruktion, die mit äußerst braunen Palmenblättern bedeckt und als Sonnenschutz gedacht war.

Da der Mann nicht auf sie reagierte, schüttelte George ihn vorsichtig an der Schulter. Mit einem Ruck wachte der etwas verschlagen aussehende Mann auf und erhob sich von seinem Platz.

Strahlend übergab Fatma ihm die Münzen. »Hier ist das versprochene Geld für unseren Nauli.« Der Mann sah auf den Beutel in seiner Hand.

»Da habt ihr ja eine schöne Summe zusammengebracht. Aber es tut mir leid, es ist zu spät.« Gleichgültig drehte er sich um und wollte weggehen.

Die sonst so sanfte Fatma packte seinen Arm. »Was soll das heißen? Wir hatten eine Abmachung.«

»Tut mir leid, Schätzchen, aber eben war ein Typ hier, der alle meine Tiere gemietet und direkt bar bezahlt hat.

Er braucht sie sofort morgen früh. Da kann ich nichts machen. Geschäft ist Geschäft.«

»Sie, Sie …«

Charlie unterbrach die aufgebrachte Fatma: »Wer hat die Tiere denn gemietet? Und wo können wir diese Person finden?«

»Er hat sich nicht vorgestellt, aber ihm fehlte eine Hand. Mehr kann ich euch nicht sagen. Und jetzt raus hier, sonst lasse ich euch rausschmeißen.«

»Wir gehen ja schon … los, kommt.«

Unverrichteter Dinge verließen sie die Vermietungsstation.

»Das kann nur Raspe gewesen sein, dieser verfluchte Mistkerl.« Charlie tobte. »Der wird uns niemals einen Nauli überlassen. Hat sich denn im Moment alles gegen uns verschworen? Was machen wir denn jetzt nur?«

»Jetzt«, sagte George, »kommt Plan B … ähm C.«

Erkundungstour

Hoffentlich geht es unseren Freunden gut«, sagte Ehawee zu Fred. »Sie müssen jetzt allein zurechtkommen in einer Welt, die sie nicht kennen und in der viele unbekannte Gefahren auf sie warten.«

Fred versuchte sie zu beruhigen: »Sie sind klug und sie werden es schaffen.«

Das hoffte Ehawee von ganzem Herzen. Doch im Gefängnis konnten sie ihnen nicht helfen. Sie mussten hier raus. Sie verdrängte die Sorgen um ihre Freunde und fing an, ihren Ausbruch zu planen.

Seit schätzungsweise drei Tagen befand sie sich nun in diesem Raum. Genau konnte sie es nicht sagen, da sie vollkommen von der Außenwelt abgeschnitten war.

Die Tage in ihrem Gefängnis waren relativ eintönig und nach dem immer gleichen Schema verlaufen. Der gleiche Troll brachte ihr und den anderen Gefangenen etwas zu essen und zu trinken. Auch die letzte Zelle betrat er jedes Mal, nur nahm er niemals etwas mit hinein oder hinaus.

Danach setzte er sich wieder auf seinen Stuhl im Gang und es dauerte nicht lange, bis er einschlief, wie man deutlich seinem Schnarchen entnehmen konnte.

Das war der Zeitraum, den Ehawee auszunutzen gedachte.

Fred passte nämlich so gerade zwischen den einzelnen Gitterstäben des Fensters in der Tür durch. Allerdings war das Fenster viel zu hoch für ihn, als dass er von dort auf den Boden hätte springen können. Ehawee hatte das Problem gelöst, in dem sie aus ihrer Bekleidung mehrere Fäden herausgezogen hatte und Fred daran wie an einem Seil herunterließ.

Fred hatte den Auftrag, vorsichtig die unmittelbare Gegend zu erkunden. Wenn möglich sollte er feststellen, wer sich in den Nachbarzellen befand und einen potenziellen Fluchtweg herausfinden. Der kleine Kerl schlug sich dabei ziemlich wacker. Schnell hatte er Ehawees Vorschlag diesbezüglich zugestimmt und trat furchtlos seine Erkundungsgänge an.

Im Gegensatz zu ihm litt Ehawee jedes Mal Höllenqualen, wenn sie ihn losschickte. Sie hätte Fred am liebsten weiter außer Gefahr in ihrer Tasche versteckt gehalten, aber er war nun einmal ihr einziger Trumpf und um hier überhaupt eine kleine Chance zu haben, mussten sie nun einmal alle Trümpfe ausspielen, die sie hatten.

Fred war auch bereits mit äußert nützlichen Informationen zurückgekommen. Dank ihm wussten sie jetzt, dass die ersten beiden Zellen für Trolle, die betrunken waren oder die sich Brelors Ärger zugezogen hatten, reserviert waren. Die dritte Zelle stand momentan leer, dann kam ihre und in der letzten Zelle musste sich auch irgendein Gefangener befinden. Allerdings hatte Fred bisher weder herausfinden können, wer oder warum er oder sie dort eingesperrt war.

Der einzige Weg hinaus schien über die Treppe zu führen, über die man sie auch heruntergebracht hatte. Wie Ehawee beobachtet hatte, befand sich der Schlüssel für ihre Zellentür an einem großen Schlüsselbund, den der

Troll mit einem Lederband an seinem Gürtel befestigt hatte.

Um an den Schlüssel zu gelangen, hatte Ehawee einen kleinen Stein aus dem Mauerwerk ihres Gefängnisses herausgebrochen. Diesen hatte sie in der Zwischenzeit an einem Mauerstein soweit gewetzt, dass er eine scharfe Schneide aufwies. Von seiner Größe passte der Stein exakt in Freds Hand. Ehawee hatte ein Stück Stoff um seinen Körper geknotet, in das er ihn stecken konnte.

Als nun Schnarchen zu ihnen herüberdrang, wusste sie, dass wieder Freds Zeit gekommen war. Zuerst sollte er überprüfen, ob er überhaupt an die Schlüssel gelangen konnte. Aus diesem Grund schlich Fred, nachdem sie ihn heruntergelassen hatte, zum Stuhl des Trolls. Mit erhobenem Arm versuchte er das Lederband, an dem der Schlüssel hing, zu erreichen. Doch auch wenn der Schlüsselbund seitlich ein Stück herabhing, war er trotzdem zu hoch für ihn. Er versuchte an einem Stuhlbein hochzuklettern, rutschte jedoch nach ein paar Zentimetern immer wieder runter. So funktionierte es schon mal nicht.

Fred dachte kurz nach. Er hatte einen Einfall, der ihm zumindest einen Versuch wert zu sein schien. Doch bevor er seine Idee in die Tat umsetzen konnte, hörte er schwere Schritte die Treppe herunterpoltern. Hektisch blickte er sich um. Da er keine Chance hatte, es rechtzeitig in seine Zelle zurückzuschaffen, versuchte er, sich so gut wie möglich hinter einem Stuhlbein zu verstecken.

Der Troll war bei den lauten Geräuschen aufgewacht und erschrocken aufgestanden. Der Ankommende stand so nah vor Fred, dass dieser ihn nur bis zu seinen Knien sehen konnte. Unterwürfig begrüßte der Troll den Mann.

»Öffne ihre Tür«, sagte eine dumpfe Stimme, die Fred sofort als Brelors erkannte. Augenblicklich folgte der Troll dem Befehl und schloss die letzte Tür auf. Die Tür mit dem unbekannten Gefangenen.

Wer war so wichtig, dass Brelor ihn höchstpersönlich aufsuchte?

Vorsichtig schlich Fred den beiden hinterher. Er blieb jedoch im Gang stehen, während Brelor und der Troll die Zelle betraten. Da die Tür offen blieb, konnte er die Worte im Inneren der Zelle gut verstehen.

Brelor murmelte einige Worte, die nach Beschwörungen klangen. Danach drang bis auf die Geräusche, die seine Schritte auf dem Steinboden hinterließen, gar nichts mehr nach draußen. Brelor ging unruhig in der Zelle auf und ab und schien auf etwas zu warten.

Endlich ertönte wieder seine Stimme: »So, du bist also doch noch aufgewacht. Es wird von Mal zu Mal schwieriger für mich, dich aus dem Schlaf zurückzuholen, Aria. Hast du mir diesmal etwas zu sagen?«

Was? Aria ist in der Zelle? Die Aria, die seit fast hundert Jahren verschwunden ist? Das kann doch wohl nicht wahr sein. Fred schob sich noch ein wenig näher an die Türöffnung heran.

»Du brauchst mir nur zu sagen, wo du die anderen Scherben versteckt hast, und du darfst diese Zelle sofort verlassen. Es wäre äußerst klug von dir, es mir zu verraten. Denn schließlich spielt es bald sowieso keine Rolle mehr. Wenn Nirmas Sonne ganz erloschen ist, können dir und deinen Verbündeten auch die Sterne nicht mehr helfen. Du solltest dich also endlich auf meine Seite stellen, was dir viele Vorteile einbringen würde. Aber stattdessen habe ich seit so langer Zeit kein einziges Wort von dir gehört. Dabei gebe ich dir jedes Jahr immer wieder aufs Neue eine Chance, endlich zur Besinnung zu kommen und mir zu helfen. Ich lasse dich für einige Wochen erwachen, in der Hoffnung, dass du endlich mit mir sprichst und mir verrätst, was ich wissen will.« Die letzten Worte sprach Brelor fast flehend.

Niemand antwortete.

»Gut, dann schweig weiter. Aber langsam ist meine Geduld zu Ende. Wenn die Sonne endgültig erloschen ist, brauche und will ich dich nicht mehr. Dann lass ich dich nie mehr wach werden. Also, nutze, wenn du klug bist, diese letzte Gelegenheit, die ich dir biete.« Er drehte sich um und stürmte aus der Zelle.

Fred presste sich eng an die Wand. Der Troll kam nun ebenfalls heraus und schloss die Tür.

Im Bruchteil einer Sekunde traf Fred eine Entscheidung. Bevor die Tür endgültig ins Schloss fiel, huschte er schnell in Arias Zelle.

Die Auraha-Wüste

Erklär mir doch bitte nochmal genau, was wir hier tun.« Charlie und George lagen nebeneinander im Sand und beobachteten, wie die Naulis für die Nacht angepflockt wurden. Der Rest ihrer Gruppe lag ein Stück hinter ihnen und wartete auf ihr Zeichen.

»Nun, wir sind die Retter von Nirma und legen uns mit dem bösen Brelor an.«

Wider Willen musste Charlie lachen. »Nicht das, du Blödmann. Du weißt genau, was ich meine.«

»Also gut, wir schleichen uns an ein Nauli heran, klettern an ihm herauf und leihen es uns aus.«

»Du meinst wohl kidnappen.«

»Ausleihen!«

»Kidnappen!«

Von hinten ertönte Madus Stimme. »Wenn ihr zwei da vorne endlich fertig seid, können wir vielleicht unseren Plan auch durchführen.«

Ertappt fuhren die zwei zusammen und beobachteten wieder das Geschehen vor sich. Es gab offenbar ein gewisses Abendritual.

Jedes Tier wurde von den Pflegern in Augenschein genommen und auf Verletzungen untersucht. Anschließend wurden die Naulis gestriegelt und mit einem pflegenden Öl eingerieben. Nachdem ihnen noch etwas zu fressen und Wasser für die Nacht hingestellt worden war, blieben die Tiere allein zurück.

George strich sich erleichtert seine Haare aus der Stirn. »Das wurde aber auch Zeit. Ich dachte schon, sie würden ihnen noch ein Gute-Nacht-Lied vorsingen.«

Er gab allen ein Zeichen und vorsichtig schlichen sie näher, bis sie das letzte Tier in der Reihe erreicht hatten. Dieses war am weitesten vom Dorf entfernt und am besten von den anderen Tieren verdeckt. Das Nauli schnaubte ein wenig ob des unerwarteten Besuchs, ließ sich aber dann nicht weiter vom Fressen abhalten.

So weit hatten sie es geschafft, doch der schwierige Teil wartete noch auf sie. Das Gestell war den Tieren für die Nacht abgenommen worden und lag nun neben ihnen, schon vorbereitet für den nächsten Tag. Irgendwie mussten die Kinder es wieder auf das Nauli bekommen.

Von Nahem sahen die Tiere noch gewaltiger aus. Sie bauten die gleiche Pyramide wie am Quoitari-Baum, so dass Sying über sie auf das Nauli klettern konnte. Oben angelangt, warf er die Enden eines Seils aus seinem Rucksack auf beiden Seiten des Naulis herunter. Nachdem George das eine Ende am Gestell befestigt hatte, zogen alle auf der anderen Seite am Seil. Zentimeter für Zentimeter bewegte sich das Gestell nach oben.

Es war eine äußerst anstrengende Angelegenheit, das Seil schnitt ihnen in die Hände, und mehr als einmal drohte es ihnen zu entgleiten. Doch sie gaben nicht auf, bis die Vorrichtung auf dem Rücken des Tieres lag und die Bänke damit verschraubt waren. Schwer atmend ließen sie sich zu Boden sinken und gönnten sich eine kurze Verschnaufpause.

Jetzt mussten sie nur noch den Gurt unter dem Bauch

des Naulis befestigen, was ein weiteres Problem war. Denn das Tier hatte es sich dummerweise auf seinem Bauch bequem gemacht und dachte nicht im Traum daran, seine Position zu verändern. Sie zogen und schoben mit allen Kräften, selbst Kneifen führte zu keinem Erfolg. Da hatte Sying einen Einfall.

Im Zirkus hatten sie einen Kollegen, der unglaublich dick war. Abgesehen von seinen Auftritten saß er den ganzen Tag vor seinem Wohnwagen, beobachtete das Geschehen und bewegte sich kein bisschen. Nur eine einzige Sache brachte ihn dazu aufzustehen: Er war unglaublich kitzelig. Sobald man ihn krabbelte, sprang er augenblicklich in einer Geschwindigkeit hoch, die man ihm gar nicht zugetraut hätte.

»Versucht es mit Kitzeln.«

Sie verteilten sich um das Tier und kamen Syings Aufforderung nach. Zuerst hörte das Nauli nur irritiert auf zu fressen, dann schüttelte es sich ein wenig, schnaubte und wuchtete sich zuletzt ruckartig hoch. Bei dieser plötzlichen Bewegung wäre Sying fast heruntergefallen und konnte sich gerade noch mit einer Hand an einer der Bänke festhalten.

Aber es hatte funktioniert. Rasch schlossen sie den Bauchgurt und kletterten über die Hängeleiter auf das Nauli. Schließlich waren sie alle oben angelangt. Fatma, Sying und Madu setzten sich in die vordere Reihe und George und Charlie in die hintere.

Um das Nauli erst einmal in Bewegung zu setzen, hielten sie ihm einen an einer Art Angel befestigten Korb mit dicken Sandwürmern vor die Nase, wie sie es im Vorfeld bei anderen Reisenden beobachtet hatten. Das wirkte sofort. Mit einem großen Ruck setzte sich der Koloss in Bewegung. Danach war der Köder nicht mehr notwendig und sie pflügten mit gleichmäßiger Geschwindigkeit durch den Sand. Das war ein tolles Gefühl. Sie saßen auch so hoch, dass sie von dem Sand, den das Nauli aufwirbelte, nichts abbekamen.

»Also«, meinte George mit Blick auf den Kompass, »wir müssen zuerst zwei Tage nach Süden und dann …«

»Halt«, wurde er da von Fatma unterbrochen. »Ich glaube, das ist nicht richtig.«

Sie hatte schon die ganze Zeit über die Wegbeschreibung, die sie von Emo erhalten hatten, nachgedacht. Dabei hatte sich in ihrem Kopf ein kleiner nagender Zweifel eingenistet, ein Gefühl, dass etwas falsch war und sie etwas übersehen hatten.

Charlie sah sie fragend an. »Das ist genau das, was Emo gesagt hat.«

»Ja, schon. Aber überlegt doch mal. Vorausgesetzt seine Geschichte stimmt, dann hat er sich verirrt und hatte dementsprechend keine Ahnung, wo er sich befand. Wenn die Usahs ihm nun die Beschreibung nach Hause gegeben haben, muss das die Beschreibung für …«

»… für den Rückweg gewesen sein«, vollendete Charlie ihren Satz. »Du hast absolut Recht. Emo hat sich den richtigen Weg wahrscheinlich tausend Mal vorgesagt, so oft, dass er ihn immer noch weiß. Aber es ist die Beschreibung für den Rückweg. Wir müssen also genau andersherum anfangen.«

George nickte Fatma anerkennend zu. »Du hast uns mal

wieder gerettet. Ohne dich wären wir in die vollkommen falsche Richtung unterwegs.«

Fatma errötete vor Freude über das Kompliment. Sie korrigierten das Nauli nach Westen und weiter ging es. In schnellem Tempo drangen sie in die Wüste vor. Dabei versuchten sie die Zeiten, die sie in eine Richtung unterwegs waren, entsprechend anzupassen, da Emo ja zu Fuß unterwegs gewesen war, sie selbst aber mit dem Nauli die Wüste durchquerten. Die Temperaturen waren unerträglich heiß, im Schatten des Baldachins jedoch so gerade zu ertragen.

Nach vier Stunden machten sie eine kurze Rast, verpflegten das Nauli und brachen wieder auf. War diese Reisemethode anfangs neu und aufregend, wurde sie mehr und mehr eintönig und ermüdend. Die Landschaft bot auch keine Abwechslung.

Sie hielten mithilfe eines Kompasses stoisch die Richtung, die ihnen von Emo genannt worden war. Ihre Unterhaltung hatten sie auf ein Minimum beschränkt, da ihre Lippen und Mundschleimhäute hitzebedingt immer trockener wurden. Deswegen fiel ihnen das Reden immer schwerer.

»Wir können über das nächste Rätsel nachdenken«, schlug Fatma vor, woraufhin Charlie in ihren Rucksack griff.

»Ich verstehe das nicht, hier müsste sie doch sein«, murmelte sie und suchte hektisch in ihrer Tasche. »Ich kann die Rolle nicht finden. Hat sie jemand von euch genommen?«, fragte sie.

Die anderen schauten zwar sicherheitshalber bei sich nach, konnten aber wie erwartet nichts finden.

Sie stöhnte. »Das kann doch wohl nicht wahr sein. Wo kann ich sie denn verloren haben? Ich habe bei jedem Öffnen des Rucksackes genau darauf geachtet, dass das Pergament nicht herausfällt.« Charlie überlegte angestrengt, bis sie die Lösung fand: »Es kann nur bei dem Zusammenstoß mit dem Mann passiert sein. Vielleicht war das sogar Raspe. Er hat mich absichtlich angerempelt, um die Rolle zu stehlen. Und ich habe es nicht gemerkt. Wie konnte ich nur so dumm sein?« Charlie machte sich bittere Vorwürfe.

»Wir haben alle nichts gemerkt«, versuchte George sie zu trösten. »Es ist nicht deine Schuld.«

»Das hätte jedem von uns genauso passieren können, damit konnte man nicht rechnen«, schloss Madu sich Georges Worten an. Auch die anderen versuchten Charlie aufzumuntern, trotzdem gab sie sich weiterhin die Schuld.

»Was machen wir denn jetzt? Ohne die Pergamentrolle haben wir keine Chance, die letzte Scherbe zu finden.« Verzweifelt sahen sie sich an.

Schließlich meinte Fatma: »Im Moment haben wir zwar keine Idee, wo wir suchen sollen, aber das kann sich ja noch ändern. Vielleicht erhalten wir irgendwo einen neuen Hinweis oder die Usahs können uns einen Tipp geben, vorausgesetzt, wir finden sie. Wir sollten uns im Moment nur auf die nächste Scherbe konzentrieren.«

Da keine sinnvolle Alternative in Sicht war, nahmen sie Fatmas Rat an und verdrängten erst einmal die verlorene Rolle.

Abends schlugen sie ein Nachtlager mit den Zelten auf, die sie von den Yetiden erhalten hatten. Ihr Reittier hatten sie an einem Stock festgebunden. Dies war für das Nauli offensichtlich ein Zeichen zum Schlafen, denn gleich darauf grub es sich so tief in den Sand ein, dass es nicht mehr zu sehen war. Lediglich das nun leicht gespannte Seil zeigte die ungefähre Stelle an, an der es lag. Wahrscheinlich wäre es für ihn ein Leichtes gewesen, sich loszureißen, aber es war wohl darauf trainiert worden, dies nicht zu tun.

Die Kinder schliefen zwar schnell ein, wachten in der Nacht aber immer wieder auf. Die Temperaturen waren merklich abgekühlt und sie froren unter ihren dünnen Decken erbärmlich. Daher fühlten sie sich am Morgen sehr gerädert und fast erschöpfter als am Abend zuvor.

Nach drei Tagen in diesem Rhythmus war die Stimmung auf dem Nullpunkt.

Über die Hälfte ihrer Vorräte war bereits verbraucht. Das bedeutete, dass sie ab jetzt unbedingt etwas oder jemanden finden mussten, denn für eine mögliche Umkehr war es zu spät. Abgesehen davon hätte sie eine Rückkehr zur Oase nicht weitergebracht. Ihre einzige Chance bestand darin, die Usahs zu finden.

Am vierten Tag wurde es windig. Zunächst dachte sich niemand etwas dabei, dann jedoch wurde der Wind stärker und das bis dahin sehr friedliche Nauli wurde zunehmend unruhiger.

Da sahen sie, wie sich in der Ferne eine gewaltige Wand aus Sand aufbaute, die rasend schnell auf sie zuzukommen schien. In dem Moment, in dem sie realisierten, dass es sich dabei um einen riesigen Sandsturm handelte, fing das Nauli auch schon an, sich einzugraben.

Als es in zügigem Tempo den Kopf senkte, wären sie fast herabgestürzt.

Sying schrie durch den immer stärker werdenden Wind den anderen zu: »Wir müssen sofort hier herunter. Bei Sandstürmen drehen die Naulis durch und hauen unterirdisch ab.«

Sie versuchten zunächst einen ordnungsgemäßen Abstieg über die Hängeleiter, was sich aber bei dem sich windenden und eingrabenden Nauli als so gut wie unmöglich erwies. Schließlich sprangen sie das letzte Stück zu Boden.

Sying, der zuletzt gesprungen war, wurde im Flug noch von einer Grabeschaufel des Naulis getroffen und blieb benommen liegen. George und Madu konnten ihn gerade noch aus der Gefahrenzone ziehen, bevor das Nauli endgültig im Sand verschwand.

Mühsam richtete sich Sying mithilfe der Jungs auf. Mit dem Nauli war auch zu allem Unglück der größte Teil ihres Gepäcks verschwunden. Allerdings hatten sie wenigstens den wichtigsten Rucksack in der Eile retten können. Nach ihrer Erfahrung auf dem Schiff mit den Krähen, die ihre Taschen gestohlen hatten, hatten sie sich angewöhnt, den Rucksack mit den wichtigsten Sachen immer am Körper zu lassen, wobei sie sich mit dem Tragen abwechselten.

George hatte vor Längerem eine Reportage über Sandstürme, ihr Entstehen und darüber, wie man sich am besten während eines Sandsturms verhält, im Fernsehen gesehen und gab jetzt hektisch Anweisungen.

»Wir müssen hier weg, am besten auf eine etwas erhöhte

Düne, da wir nichts anderes als Schutz hier haben. Schaut, dass ihr euch ein Stück Stoff vor euer Gesicht bindet.«

Mühsam kämpften sie sich die Düne vor ihnen hoch. Der immer noch angeschlagene Sying musste dabei ordentlich gestützt werden. Als sie die Anhöhe erreicht hatten, sollten sie sich auf die windzugewandte Seite der Düne hocken, da auf der windabgewandten Seite die Gefahr größer war, von Unmengen Sand bedeckt zu werden. George hoffte zumindest, sich an den Sachverhalt richtig zu erinnern. Sie hatten gerade noch Zeit, ihre Gesichter zu bedecken und sich so gut wie möglich hinter den Rucksäcken zu verstecken, als der Sturm sie auch schon erreichte.

Wer keinen Sandsturm selbst erlebt hat, konnte sich diese Naturgewalt nicht einmal ansatzweise vorstellen. Zeitungsberichte oder Fernsehfilme spiegelten nicht annähernd das wider, was nun über die fünf hereinbrach.

Sobald der Sand um sie herumwirbelte, verloren sie jegliche Orientierung. Eine Verständigung selbst mit dem direkten Nachbarn war nicht mehr möglich. Jeder versuchte nur, so gut es ging, sich vor den Milliarden Sandkörnern, die mit einer ungeheuren Wucht auf sie einprasselten, zu schützen. Die Sandkörner spürten sie wie tausende spitzer Nadelstiche auf der Haut und sogar an den mit Stoff bedeckten Körperstellen konnten sie sie noch deutlich fühlen.

Sie hatten kein Zeitgefühl mehr und hätten nicht sagen können, ob sie Minuten, Stunden oder sogar einen ganzen Tag dort zusammengekauert verbracht hatten.

Irgendwann merkten sie, dass der Sturm schwächer wurde und schließlich ganz verebbte. Trotzdem konnten sie sich kaum aus ihrer Stellung bewegen. Ihre Gelenke waren vom langen unbequemen Verharren ganz steif geworden und protestierten nun heftig gegen jede Positionsänderung. Schlimmer konnte man sich auch nicht nach einem verlorenen Boxkampf fühlen, es gab keine Stelle ihres Körpers, die nicht schmerzte.

Nach Ewigkeiten – so kam es ihnen zumindest vor – standen sie schließlich aufrecht auf ihrer Düne oder auf dem, was von ihr übriggeblieben war. Sie alle waren komplett mit Sand bedeckt, der bis in ihre Rucksäcke vorgedrungen war. Bei einer Bestandsaufnahme ihrer Vorräte stellten sie fest, dass der wenige Proviant, den sie noch hatten, fast komplett unbrauchbar geworden war. Wenigstens hatten sie sowohl ihre Wasservorräte, die Quoi-Frucht, den Saft als auch den Kompass gerettet.

Nachdem sie sich notdürftig vom Sand befreit hatten, sahen sie sich um.

»Alles sieht ganz anders aus als vor dem Sturm«, staunte Sying. »Überall kann man neue Dünen sehen, während die alten verschwunden sind.«

»Ja«, stimmte Fatma ihm zu. »Glücklicherweise besitzen wir noch den Kompass, sonst wüssten wir gar nicht, in welche Richtung wir gehen müssen.«

So setzten sie ihre Suche nach den Usahs fort.

Erst jetzt, da sie sich zu Fuß durch den Sand quälten, wurde ihnen bewusst, wie komfortabel sie es zuvor gehabt hatten. Sie kamen auch nicht besonders weit. Von den Ereignissen der vergangenen Stunden angeschlagen, beschlossen sie, sich schon bei Einbruch der Dämmerung schlafen zu legen.

Da ihre Zelte ebenfalls mit dem Nauli verschwunden waren, mussten sie mit zwei Decken für alle vorliebnehmen, was bedeutete, dass diese Nacht noch kälter wurde als die vorangegangenen.

Am nächsten Tag wanderten sie sehr früh weiter, um die kühleren Temperaturen der ersten Morgenstunden auszunutzen. Doch schon wenige Stunden später hatte sich dies bereits geändert. Es war unglaublich heiß, die Zunge klebte ihnen am Gaumen und überall befand sich Sand. Die winzigen Körnchen waren zwischen ihre Kleidung vorgedrungen, hatten sich zwischen ihre Zähne und in ihre Augen gesetzt. Ihre Haut war mittlerweile sonnenverbrannt und ihre Lippen aufgeplatzt, trocken und spröde.

Wie gerne hätten sie etwas getrunken, aber sie besaßen nur noch einen sehr geringen Vorrat an Wasser. Bis sie eine neue Wasserquelle fanden, mussten sie äußerst sparsam damit umgehen.

Sie hatten jetzt schon unzählige Kilometer in dieser Wüste auf der Suche nach den Usahs zurückgelegt. Dabei schien ihnen der Sand mit jedem Schritt mehr Widerstand leisten zu wollen. Mühsam setzten sie einen Fuß vor den anderen.

»Lange halten wir so nicht mehr durch. Wenn wir nicht bald die Usahs oder zumindest Wasser finden, werden wir es nicht schaffen«, sagte Charlie verzweifelt.

Der Stand der Sonne war die einzige Veränderung, die es gab. Als sie gerade den Scheitelpunkt einer höheren Düne erreichten, sahen sie, dass sich vor ihnen ein flacheres Stück ausbreitete. Wenigstens würden sie nun etwas einfacher und zügiger vorankommen. Sie gingen weiter, als Madu sich plötzlich nicht mehr in der Wüste befand, sondern stattdessen abermals durch die Ebene schritt.

Na toll, dachte er, diesmal kann ich noch nicht einmal sicher sein, ob ich eine weitere Vision habe oder einfach nur eine Halluzination wegen des Wassermangels und der Hitze.

In rascher Abfolge durchlebte er die schon bekannten, einzelnen Phasen: die Ebene … der Baum … die Trolle und sein Versteck hinter dem Felsen … eine weitere Wanderung.

Madu kam seinem Ziel immer näher. Doch dazwischen erhob sich ein flimmernder Bereich, so dass er weiterhin nicht erkennen konnte, was sich dahinter verbarg.

»Beeil dich. Du musst hindurchgehen, schnell.« Da war sie wieder, die Stimme in seinem Kopf, die ihn stets antrieb.

War dieses Drängen zu Beginn nur ein eher unbestimmtes Gefühl gewesen, so hatte sich dieses immer mehr zu einer real wirkenden Stimme in seinem Kopf entwickelt. Mittlerweile war Madu sich auch ziemlich sicher, dass es sich dabei um die Stimme einer Frau handelte. Er hatte sogar versucht, mit ihr zu kommunizieren, indem er sowohl laut als auch nur gedanklich in seinem Kopf verschiedene Fragen formuliert hatte. Eine Antwort blieb jedoch aus.

Es war, als würde in seinem Kopf immer die gleiche Kassette abgespielt werden. Dennoch hatte er beschlossen, den Anweisungen der Stimme zumindest vorläufig zu folgen. Er betrat daher den flimmernden Bereich vor ihm.

Die neue Umgebung war eigenartig. Die Temperatur war merklich kühler und er musste sich ständig gegen einen leichten Widerstand behaupten. Außerdem konnte er kaum etwas sehen. Seine Sicht war ungefähr mit jemandem zu vergleichen, der keine Brille braucht, aber trotzdem eine enorm starke Brille aufgesetzt hat.

Nachdem er sich einige Zeit durch das Flimmern bewegt hatte, glaubte er, diesen eigenartigen Bereich fast verlassen zu können. Doch es schien, als wollte das seltsame Areal ihn nicht freigeben. Je mehr er sich anstrengte, desto stärker wurde der Widerstand. Er versuchte irgendwie dadurch zu kommen, er …

Ein furchtbarer, angsterfüllter Schrei brachte ihn in die Wirklichkeit zurück. Er blickte genau wie die anderen in die Richtung, aus der der Schrei gekommen war. Was sie nun sahen, erschreckte sie zutiefst.

Fatma war offenbar in ein Feld mit Treibsand geraten und konnte sich nicht mehr aus eigener Kraft befreien. Je stärker sie dies versuchte, umso schneller sank sie ein.

»Nicht bewegen«, rief Charlie ihr zu. »Wir helfen dir.«

Fatma erstarrte förmlich, was zumindest einen kleinen Teilerfolg brachte: Das Tempo des Versinkens verlangsamte sich deutlich.

Fieberhaft dachten die anderen über einen Ausweg nach. Sie hielten sich an den Händen fest und wollten über eine Menschenkette Fatma erreichen. Der letzte, der noch auf festem Boden stand, war George. Er lehnte sich, von den anderen gehalten, so weit er konnte nach vorne und streckte seinen Arm aus. Es reichte nicht ganz, um Fatmas Hand zu erreichen. Verzweifelt versuchte er, mit seinen Füßen noch einige Zentimeter herauszuholen. Der Boden unter ihm gab aber so schnell nach, dass ihn nur die geistesgegenwärtige Reaktion von Madu und Charlie, die ihn zurückzogen, vor Schlimmerem bewahrte. Sie fielen übereinander auf den Boden.

George bekam gerade das schreckliche Gefühl, ein Déjà-vu zu erleben. Vor seinem geistigen Auge sah er abwechselnd seinen Bruder und Fatma versinken.

»Es ist zu gefährlich für euch«, sagte Fatma und Verzweiflung schwang in ihrer Stimme mit. »Ihr könnt mich nicht retten, ohne selbst zu versinken.«

»Auf keinen Fall!« George wollte verdammt sein, wenn er zuließ, dass wieder jemand vor seinen Augen starb. »Los, wir versuchen es nochmal! Haltet euch an den Händen fest.«

Charlie setzte an: »Ich glaube nicht, dass …«

George hatte einen irren Blick, als er sie unterbrach: »Tut, was ich sage!«

Sie wiederholten die gleiche Prozedur wie zuvor, jedoch mit einer kleinen Änderung. Als George wieder nur wenige Zentimeter von Fatmas Hand entfernt war, ließ er völlig überraschend die Hand des hinter ihm stehenden Madu los und lief noch zwei wackelige schnelle Schritte auf Fatma zu. Er packte ihre Hand und zog sie, so stark er konnte, in Richtung der anderen, die sie auffingen.

Durch diese Aktion war er selbst nach vorne geschleudert worden. Da er bäuchlings auf den Treibsand gefallen war, ging er schnell unter. Das alles passierte innerhalb weniger Sekunden, so dass die anderen gar keine Zeit hatten zu reagieren. George hatte sie alle überrascht.

»Gebt nicht auf«, waren noch seine letzten Worte, bevor der Sand endgültig über ihm zusammenschlug und er vor ihren Augen verschwand.

Aria

Aria sah überrascht auf, als sie den Pilz in ihrem Gefängnis entdeckte. Sie hatte seit so langer Zeit außer den gelegentlichen Besuchen von Brelor und dem Troll niemanden mehr gesehen, dass sie fast an eine Halluzination glaubte.

Fred verharrte erst einmal und betrachtete Aria, die an der hinteren Wand angelehnt auf dem Boden saß. Sie war – sofern man das als Pilz beurteilen konnte – eine sehr schöne Frau.

Obwohl sie weit über hundert Jahre alt war, sah sie noch jung aus. Ihre hellgrüne Haut war ganz glatt und ihr langes Haar legte sich harmonisch um ihre Schultern. Doch ihre Augen verrieten ihr wahres Alter. Sie blickten Fred mit einer Erfahrung und einer Weisheit an, die man in jungen Jahren noch nicht erreichte.

Sie trug ein langes samtartiges dunkelblaues Kleid, das im Mittelteil einen vermutlich ehemals elfenbeinfarbenen Einsatz hatte. Die Ränder waren mit einer goldenen Kordel abgesetzt.

Bedingt durch die lange Gefangenschaft war das Kleid an vielen Stellen abgewetzt, durchscheinend und der helle Stoff schmutzig geworden. Wahrscheinlich hatte sie immer noch dasselbe Kleid an, in dem sie eingekerkert worden war.

Trotzdem strahlte Aria eine stille Würde aus, die Fred ungewohnt schüchtern machte. Langsam trat er näher und versuchte vor Aria eine etwas linkische Verbeugung, die ihr ein Lächeln entlockte.

»Ich bin Fred«, stellte Fred sich schließlich unsicher vor.

»Und ich bin Aria. Ich freue mich, dich zu sehen!« Aria hatte so lange geschwiegen, dass sie den Klang ihrer Stimme fast vergessen hatte. »Nun, Fred, es ist schön, dass ich mich endlich mit jemandem unterhalten kann. Willst du mir sagen, warum du hier bei mir bist?«

Daraufhin erzählte Fred ihr von den Besuchern einer anderen Welt, die sich aufgemacht hatten, Arias versteckte Scherben zu finden, dass sie schon zwei gefunden hatten, dass aber Ehawee und er vom Vogel Roch entführt und hierher zu Brelor gebracht worden waren und sie seitdem keinen Kontakt mehr zu ihren Freunden gehabt hatten.

Aria schloss bei seinem Bericht die Augen. Dann war es also eingetreten, der Kampf um Nirma hatte begonnen. Als Brelor sie dieses Mal aus dem Schlaf zurückgeholt hatte, hatte sie schon gespürt, dass etwas anders war. Sie hatte an Brelor eine gewisse unterschwellige Nervosität wahrgenommen, den Grund dafür jedoch nicht gewusst.

Hoffentlich finden die Kinder die Scherben, dachte Aria. Eigentlich wollte ich dabei helfen, meinen Stern wieder zusammenzusetzen. Ich ahnte ja nicht, dass ich so lange hier festsitzen würde. Wenigstens habe ich die Pergamentrolle geschrieben, um überhaupt Hinweise auf die Scherben zu hinterlassen, wenn mir etwas zustößt.

Damals hielt ich es für eine gute Idee, meine Worte in Rätseln zu formulieren, da Brelor Rätsel hasst und sie noch nie lösen konnte. Ob die Menschen nun ohne Hilfe meine Hinweise verstehen? In den vergangenen hundert

Jahren hat sich Nirma bestimmt verändert. Dinge können geschehen sein, die ich nicht vorausgesehen habe. Vielleicht habe ich jetzt durch Fred eine Chance, ein wenig unterstützend einzugreifen.

»Was du mir da berichtest, lässt neue Hoffnung in mir erwachen. Doch auch wenn es ihnen gelingt, den zweiten Stern zusammenzufügen, brauchen sie immer noch den dritten, um Nirma zu retten. Und den wird Brelor nicht freiwillig hergeben. Ursprünglich hatte ich geplant, ihn längst von ihm entwendet zu haben.

Aber ich war unglaublich dumm. Ich wollte wohl unbedingt daran glauben, dass in Brelor noch ein guter Kern vorhanden war, und habe ihn noch einmal aufgesucht, um an sein Gewissen zu appellieren. Doch er hat nur gelacht und die Gelegenheit genutzt, mich gefangen zu nehmen.«

Fred ballte die Fäuste und vollführte Faustschläge gegen einen imaginären Gegner. »Wenn unsere Freunde hier sind, werden wir ihn schon überwältigen und ihm den Stern abnehmen.«

Mit seinem Eifer brachte Fred Aria zum Lachen, dann wurde sie wieder ernst. »Ganz so leicht, wie du dir das vorstellst, ist es leider nicht. Brelor war schon immer der Stärkste von uns dreien.« Kurz huschte ein Schatten bei der Erinnerung an Klebet über Arias Gesicht.

»Er hatte von Anfang an gewisse magische Fähigkeiten, die sich noch verstärkt haben, seit er sich dem Bösen verschrieben hat. Ich kann seine magische Aura bei seinen Besuchen hier bei mir spüren. Daher weiß ich auch, dass er das Band, an dem der Stern an seinem Hals hängt, magisch verändert hat. Es kann weder abgerissen noch durchschnitten werden, jedenfalls nicht mit normalen Mitteln. Vielleicht legt er den Stern zum Schlafen ab, was ich mir allerdings nicht wirklich vorstellen kann. Aber selbst dann wird es schwierig werden, ihn zu stehlen.«

»Ehawee hat einen Plan, wie wir fliehen können. Da wir nun wissen, dass du hier bist, können wir dich mitnehmen und dann versuchen wir zusammen an den Stern zu gelangen.«

Begeistert sah Fred sie an, doch Aria schüttelte den Kopf. »Ich kann nicht mit euch kommen. Brelor hat mir zusätzlich zu den Mauern um mich herum noch magische Fesseln auferlegt. Selbst wenn die Kerkertür offen stünde, könnte ich die Zelle nicht verlassen. Aber das soll euch nicht aufhalten. Ich werde in der Zwischenzeit überlegen, ob mir noch etwas einfällt, was euch helfen könnte. Du musst zurück, deine Freundin macht sich sicher schon Sorgen.«

Als Fred nickte, löste sie eine der goldenen Schnüre von ihrem Kleid. Dann hob sie ihn hoch und setzte ihn an den Gitterstäben ab. »Wie auch immer das hier ausgehen mag, es war mir eine große Ehre dich kennenzulernen.«

Fred errötete bis unter seinen Fliegenpilzhut. Selbst als er auf dem Gang zu seiner eigenen Zelle huschte und von Ehawee hochgezogen wurde, war seine Gesichtsfarbe immer noch nicht zur Normalität zurückgekehrt.

Ehawee war so erleichtert, dass sie ihn bei der Umarmung fast erdrückte.

»Ich bin so froh, dass du wieder heil zurück bist. Ich habe mir solche Sorgen um dich gemacht, vor allem nachdem ich Brelor auf dem Gang gehört hatte. Wo bist du nur die ganze Zeit gewesen? Und warum ist dein Gesicht so rot?«

»He, nicht ganz so fest, ich krieg ja keine Luft mehr«, protestierte Fred und fügte hinzu, als sie ihre Umarmung ein wenig lockerte: »Du wirst nicht glauben, wen ich getroffen habe!«

Ein furchtbarer Moment

Sie starrten entsetzt auf die Stelle, an der George verschwunden war. Sie konnten nicht glauben, dass er wirklich weg war. Ihr Verstand vermochte nicht umzusetzen, was sie da sahen. Er weigerte sich einfach, die Tatsache zu akzeptieren oder zu Ende zu denken, was dieses Versinken im Sand für George bedeutete.

Obwohl es nach wie vor unerträglich heiß war, verharrten Charlie, Fatma, Madu und Sying geschockt am Rand des Treibsandfeldes und schauten ins Leere.

Charlie wimmerte leise: »George … bitte … George.« Sie wusste selbst nicht so genau, was sie da sagte, vermochte es aber auch nicht abzustellen.

Madu und Sying rannen heiße Tränen über die Wangen und Fatma konnte nur daran denken, dass er sie gerettet hatte. Es war ihre Schuld, dass er tot war.

Wenn ich nur besser aufgepasst hätte … Wie konnte ich nur so dumm sein und in den Treibsand geraten?

Sie saßen dort und wollten einfach nichts mehr tun. Nichts spielte mehr eine Rolle, nicht sie, nicht Nirma, gar nichts mehr.

Schließlich unterbrach Madu die Stille. »Wir müssen weiter. Er hätte nicht gewollt, dass wir aufgeben. Wir müssen weitermachen, schon um Georges Willen.«

Madu hatte Recht, dennoch fiel es allen unendlich schwer aufzustehen.

Charlie meinte leise: »Wir sollten etwas sagen, ein Gebet

oder irgendetwas …« Ihr versagte die Stimme, traurig sah sie zu ihren Freunden.

Fatma stand auf und fing unterbrochen von einzelnen Schluchzern an. »George, du hast mir das Leben gerettet. Ich werde dir das nie vergessen und ich bin so froh, dich kennengelernt zu haben.«

Madu und Sying brachten nicht mehr als »du bist unser Freund« und »leb wohl« heraus.

Jetzt war Charlie an der Reihe. Sie räusperte sich und sprach dann mit belegter Stimme: »George, du warst manchmal ein ganz schöner Idiot. Irgendwie musstest du immer das letzte Wort haben. Aber mit dir konnte man auch unwahrscheinlich viel Spaß haben. Du hast mich, uns, so oft durch deine Kommentare zum Lachen gebracht und mit dir würde ich jederzeit wieder ein Nauli kidnappen, ich meine, ausleihen.

Du hast mir mal erzählt, du hättest keine Freunde. Aber das stimmt nicht, wir alle sind deine Freunde und werden es immer sein. Wir vermissen dich schon jetzt … Wie konntest du so etwas tun? Wieso hast du uns allein gelassen?« Ihre Stimme brach und endlich kamen auch ihr die Tränen.

Fatma nahm sie tröstend in den Arm und Madu und Sying klopften ihr etwas unbeholfen auf die Schultern. Sie weinte und schluchzte, bis sie nicht mehr konnte. Danach fühlte sie sich zwar immer noch leer, aber trotzdem etwas besser.

Sie wollte den anderen gerade signalisieren, dass sie aufbrechen konnten, als sie ein schauriges Knirschen hörten und der Boden unter ihnen nachgab.

Unerwartet

Georg hatte, als er im Sand unterging, instinktiv seine Augen und seinen Mund verschlossen. Nicht dass er sich damit allzu viel Zeit erkaufen konnte, schließlich war sein Schicksal in dem Moment besiegelt gewesen, als er sich dazu entschlossen hatte, Fatma zu retten. Aber der Mensch hatte nun einmal einen ungeheuren Überlebensinstinkt, der ihn dazu brachte, das Unvermeidliche so lange wie möglich hinauszuzögern.

Er war fast enttäuscht darüber, dass er in den letzten Momenten seines Lebens keine tiefschürfenden Gedanken oder Erkenntnisse hatte. Er bedauerte lediglich, dass er seine Mutter nie wiedersehen würde und dass er seine Freunde, die er gerade erst gewonnen hatte, schon wieder verlassen musste.

Es waren nur wenige Sekunden vergangen, als George merkte, wie er in eine Art Trichter gezogen wurde und immer schneller in die Tiefe sank.

Bevor sein Atemreflex überhandzunehmen drohte und er kurz davorstand, den Mund zu öffnen, fiel er durch eine Öffnung ungefähr zweieinhalb Meter tief auf einen Sandhaufen. Verwirrt blickte er sich um und sah sich mehreren Nirmanern gegenüber, die ihn beobachteten.

Er hatte die Usahs gefunden! Und er war am Leben! So langsam sickerten diese Wahrheiten in sein Hirn.

Mit einer schnellen Bewegung stand er auf. Um ihn herum standen sechs Männer. Sie trugen alle die gleiche

Kleidung: Eine schwarze Hose, ein bis zu den Knöcheln reichendes, sandfarbenes Obergewand und einen schwarzen Gesichtsschleier, der ihre Haare und ihren Mund verdeckte. Als Waffen trugen sie Kurzschwerter mit zweischneidigen Klingen. Die Art der Klingen erkannte er deshalb so genau, weil sie ihre Schwerter gezogen hatten und mit den Spitzen auf ihn zielten.

»Hi«, versuchte George eine vorsichtige Kontaktaufnahme. Keine Antwort.

»Ist das nicht der Weg zum Supermarkt?« Verwirrte Gesichter. Ein Witz brach wohl auch nicht gerade das Eis.

»Ihr seid die Usahs«, stellte er schließlich laut fest.

Der ältere Mann nickte.

»Und ihr lebt unter dem Sand, irgendwie.«

Wieder ein Nicken. Offenbar waren die Usahs nicht die Redseligsten.

Plötzlich durchfuhr George ein Gedanke. »Meine Freunde, sie denken bestimmt, dass ich tot bin. Ich muss sofort zu ihnen.«

»Sie werden gleich hier sein. Komm mit.«

Sie konnten wohl doch reden, wenn auch nicht so viel. Da er ja wohl kaum eine Wahl hatte, folgte er ihnen.

Raspe

Raspe freute sich außerordentlich. Der Diebstahl der Pergamentrolle war wirklich ein Geniestreich von ihm gewesen. Diese Kinder waren doch zu blöd. Obwohl sie ihn schon häufiger gesehen hatten, brauchte er sich nur andere Kleidung überzuziehen und seinen Armstumpf zu verstecken und schon erkannten sie ihn nicht mehr.

Nur durch unglaubliches Glück waren sie seinen bisherigen Attacken entkommen. Dabei hatte er sich so viel Mühe gegeben, sie aufzuhalten, sei es durch die Trolle, den Erdrutsch oder den Quabbel, der äußerst schwierig zu finden war. Aber jetzt war ihre Glückssträhne endlich vorbei.

Trotzdem hatten es diese verflixten Kinder in der Nacht tatsächlich geschafft hatten, einen Nauli zu stehlen, und dadurch seine ganzen Bemühungen, alle Naulis für sich zu mieten und so zu blockieren, zunichtegemacht. Doch selbst dieser Vorfall tat seiner guten Laune keinen Abbruch. Sollten sie wider Erwarten die Usahs und die verschwundene Stadt finden, was denkbar unwahrscheinlich war, war ihre Reise spätestens dort zu Ende.

Denn er hatte selbstverständlich schon das Pergament gelesen und dort nur Hinweise auf vier Scherben gefunden, was bedeutete, dass der fünfte Hinweis noch nicht erschienen war. Dementsprechend hatten die Kinder keine Ahnung, wo Aria die fünfte Scherbe verborgen hatte.

Damit war ihre Suche unwiderruflich vorbei. Sie hatten verloren und Brelor konnte nicht mehr aufgehalten werden.

Oh ja, er wusste über fast alles Bescheid, schließlich war er lange genug Gerzins Assistent gewesen. Wie oft hatte er das unerträgliche Geblubber des alten Mannes ertragen müssen: »Raspe, du wirst sehen, Brelor wird seiner gerechten Strafe nicht entkommen« oder »wir werden Nirma retten, da bin ich mir ganz sicher«, bla, bla, bla. Dabei hatte er nicht einmal sich selbst retten können.

Neben dem ganzen unwichtigen Zeug hatte Gerzin aber auch immer wieder von Rettern aus einer anderen Welt, den versteckten Scherben von Aria und von einem Pergament mit Hinweisen gesprochen. Ärgerlich war nur gewesen, dass der alte Mann dabei nicht weiter ins Detail gegangen war.

So hatte er trotz seiner Bemühungen nie herausfinden können, wo die Pergamentrolle versteckt war und wie die Retter nach Nirma gelangen sollten. Fälschlicherweise hatte er gedacht, dass dies egal war, sobald Gerzin zu Stein geworden war. Aber zumindest in diesem Punkt hatte Gerzin ihn überrascht. Der Verlust seiner Hand würde ihn immer daran erinnern. Brelor hatte ihm deutlich zu verstehen gegeben, was mit ihm alles Schreckliches passieren würde, wenn er noch einmal derart versagte.

Aber jetzt würde sein Herr wissen, dass er sich auf ihn verlassen konnte, und ihn belohnen. Er verwandelte sich in eine Krähe und flog mit der Pergamentrolle in seiner verbliebenen Kralle in Richtung Neghroc.

Die Usahs

Während der Sand weiter verschwand, erschien unter ihnen eine Treppe. Sying, der sehr ungünstig auf der obersten Kante stand, kugelte einige Stufen herunter, bis er auf halber Strecke liegen blieb. Glücklicherweise waren die einzelnen Stufen noch so dick mit Sand bedeckt, dass er sich dabei keine Verletzungen zuzog. Die anderen standen einigermaßen stabil, entweder am Rand der Treppe oder auf einer ganzen Stufe.

Vollkommen verwundert blickten sie die Stufen hinab und beschlossen, dem neuen Weg zu folgen. Alles erschien ihnen im Moment besser, als sich weiter in der gleißenden Sonne durch den Sand zu quälen. Außerdem musste es ja einen Grund geben, warum diese Treppe aus dem Nichts erschien, und sie musste auch irgendwohin führen.

Sying, der sich in der Zwischenzeit wieder aufgerappelt hatte, holte seinen Stern hervor, damit er ein wenig Licht spendete. Vorsichtig folgten sie dem Treppenverlauf, der sie in großen Windungen immer weiter in die Tiefe führte. Nachdem sie sich etwa fünfzehn Meter unter der Wüstenoberfläche befanden, stellten sie fest, dass der Sand auf den Stufen immer weniger wurde und schließlich ganz aufhörte.

Nach einer letzten Windung standen sie vor einer schweren, mit mehreren Schlössern gesicherten Tür, die wie von Zauberhand unter knarrenden und schabenden Geräuschen aufschwang. Dahinter wurden sie von zehn Nirmanern erwartet, die zwar auf eine Weise bereits vertraute Züge aufwiesen, aber dennoch fremd wirkten. Sie machten ihnen Zeichen, ihnen zu folgen.

»Seid ihr die Usahs?«, fragte Madu, erhielt jedoch keine Antwort.

Schweigend gingen die Nirmaner voran und führten sie in einen weiteren Raum, an dessen Eingang die Freunde verzaubert stehen blieben.

Sie rieben sich die Augen und fühlten sich in ein Märchen aus tausend und einer Nacht versetzt. Sie befanden sich in einem gigantischen Zelt, das den unterirdischen Raum komplett auskleidete und dessen Stoff innen rot, gold und grün gestreift war. Das Zeltdach wurde von goldenen Stangen gestützt. An Querstangen hingen zahlreiche silberne orientalische Lampen mit bunt verkleideten Seitenwänden, deren Licht das Zelt mit den unterschiedlichsten Farben warm und einladend erhellte.

Der Boden war mit dicken Teppichen ausgelegt. Vereinzelt standen niedrige Tische mit runden silbernen Tischplatten herum, um die große, bunte Kissen lagen. Auf einzelnen Tischen befand sich orientalisches Teegeschirr. An den Seiten des Zeltes waren lange Bänke aufgestellt. Als Rückenlehne dienten ebenfalls Kissen, deren Stoffe hauptsächlich in den Farben braun-rot und gelb gehalten waren.

Auf einigen Kissen hatten sich Usahs niedergelassen und mitten unter ihnen saß, sie trauten ihren Augen nicht, George.

George, der gerade lachte und sich von einem hübschen Mädchen Früchte anreichen ließ.

Charlie stürzte auf ihn zu. »Du bist ja gar nicht tot! Warum lebst du noch?«

George hatte gerade den Mund für eine Erwiderung geöffnet, als ihn auch schon eine schallende Ohrfeige traf. Schmerzend rieb er sich die linke Wange.

»Ich freue mich auch, euch zu sehen.«

»Du, du … wir haben gedacht, dass du … du bist versunken im Sand … Du warst weg … Wieso bist du hier? … Ich habe eine Grabrede für dich gehalten.« Charlie konnte im Augenblick ihren Gefühlen nicht richtig Ausdruck verleihen. Sie war so verzweifelt wegen Georges vermeintlichen Todes gewesen und dann saß er hier wie Pascha persönlich, genoss die Aufmerksamkeiten dieses Mädchens und besaß dabei noch die Frechheit sie anzugrinsen.

Sie sah ihn fuchsteufelswild an. Die anderen drängten sich in der Zwischenzeit an ihr vorbei und umarmten George.

»Oh George, du lebst«, schluchzte vor allem Fatma vor Erleichterung.

Nachdem er die anderen begrüßt hatte, ging George zu Charlie herüber, die immer noch ein wenig abseits stand und versuchte sich zu beruhigen.

»Es tut mir leid.« Dabei wusste er gar nicht genau, wofür er sich eigentlich entschuldigte, trotzdem hatte er das Gefühl, dies tun zu müssen. »Ich wollte sofort zu euch und euch sagen, dass ich noch lebe. Aber das war leider nicht möglich. Es wurde mir jedoch versprochen, dass ihr auch bald hierherkommen würdet, deshalb blieb mir nichts anderes übrig als abzuwarten.«

Charlie sah ihn an. Ihr Verhalten kam ihr jetzt selbst kindisch vor, sie wusste auch nicht, was da in sie gefahren war.

»Ich bin so froh, dass du noch lebst.« Und dann umarmte sie ihn.

Er zog sie an sich und Charlie vergrub ihren Kopf an seiner Schulter, während er ihr sacht über das Haar strich. So blieben sie einen Moment versunken in ihrer eigenen Welt stehen, bis ein leichtes Räuspern sie auseinanderfahren ließ.

Etwas verlegen sahen sie sich an. George spürte, dass er rot geworden war.

Er versuchte, das dämliche Grinsen von Madu und Sying zu ignorieren, und erzählte ihnen, um von der Situation abzulenken, kurz, wie es ihm nach dem Versinken ergangen war und dass sie tatsächlich das verschwundene Volk gefunden hatten.

Während die Kinder erstaunt zuhörten, nahmen sie dankbar die von den Usahs angebotenen Getränke entgegen. Hastig tranken sie alles bis auf den letzten Tropfen aus und ließen sich wiederholt nachschenken.

»Das sind also die Usahs. Es gibt sie wirklich und sie waren praktisch die ganze Zeit vor unserer Nase.« Madu war ganz erstaunt.

»Du meinst wohl eher unter unserer Nase«, scherzte George.

Ein großer goldener Gong, der in einer Ecke stand und den sie bisher noch nicht entdeckt hatten, wurde geschlagen. Daneben verkündete ein Mann, dass nun »der große Tareg« komme.

Sofort wurden sie vor ein äußerst majestätisches Kissen gebracht, über das sich ein Baldachin spannte. Alle anderen im Raum versammelten sich hinter ihnen.

Ein Mann mittleren Alters betrat zusammen mit seinem Gefolge das Zelt. Er trug einen goldenen Turban, in dessen Mitte vorne ein roter Edelstein prangte. Seine Kleidung bestand aus einem elfenbeinfarbenen, fein gewebten Hemd mit einer goldenen bis zum Boden reichenden Weste und eine dunkelrote Hose. Ein gefährlich aussehender breiter Säbel blitzte an seiner Seite auf. Tareg hatte ein aristokratisches Gesicht mit einem sorgfältig gestutzten schwarzen Bart.

Er setzte sich im Schneidersitz auf das Kissen und musterte die Fremden eine Weile. Schließlich sprach er mit volltönender Stimme: »Ihr seid die ersten Fremden seit unendlich langer Zeit, die den Weg zu uns gefunden haben. Obwohl wir hier versteckt leben, kennen wir die aktuellen Geschehnisse auf Nirma und wussten, dass ihr auf dem Weg zu uns seid. Ebenfalls wissen wir, was ihr zu finden wünscht.

Als mein Volk damals vor unzähligen Jahren von Nirmas Oberfläche verschwand, geschah dies aus Scham über die schreckliche Tat eines einzelnen Mannes aus unseren Reihen. Die Geschichte, die darüber immer noch erzählt wird und die ihr ja auch schon gehört habt, ist soweit richtig. Aber ihr fragt euch sicherlich, wie das alles hier entstanden ist.« Mit seiner Hand machte er eine ausladende Bewegung.

Die Kinder nickten und Tareg erklärte weiter: »Wir Usahs kannten das Geheimnis, Sand mittels verschiedener Substanzen hart und belastbar wie Stein zu machen. Es wurde von Generation zu Generation weitergeben. Mit diesem Wissen bauten wir schon vor langer Zeit Räume tief unterhalb der Sandoberfläche. Diese waren eigentlich als unternirmanische Lager gedacht, um unsere Vorräte außerhalb der Sonne aufbewahren zu können. Diese Bauarbeiten wurden heimlich durchgeführt, damit niemand außer den Usahs die genaue Lage der Räume kannte. Dadurch dauerte es einige Jahrzehnte, bis alles fertig war. Nur wenige aus meinem Volk kannten die Lage der geheimen Zugänge. Als nun diese schreckliche Schmach über mein Volk hereinbrach, führte der damalige König die Usahs in die Lagerräume und befahl allen, von nun an hier zu leben. Nach und nach wurden die Räumlichkeiten ausgebaut und komfortabler. Mittlerweile bauen wir unsere eigene Nahrung an und können einige Bereiche sogar mit der Sonne beleuchten.

Wie ihr seht, haben wir uns hier unten gut eingerichtet und müssen eigentlich nicht an die Oberfläche zurück, obwohl einige aus meinem Volk dies durchaus begrüßen würden. Andere fürchten einen solchen Schritt jedoch und wollen lieber an dem festhalten, was ihnen vertraut ist. Bis auf wenige Kundschafter, denen es unter bestimmten Umständen erlaubt ist, an die Oberfläche zu gehen, kennen wir alle nur diese Welt hier.«

Er machte eine Pause und trank ein wenig. Die Kinder hatten das Gefühl, dass er so langes Sprechen nicht gewohnt war.

»Wir haben euch schon länger beobachtet und hätten euch auch bald zu uns geholt. In dem Punkt seid ihr uns allerdings zuvorgekommen, indem einer von euch unwissend unseren Notfalleinstieg benutzt hat.«

Fatma murmelte: »Der Treibsand.«

Tareg, der sie gehört hatte, nickte bestätigend und fuhr dann fort: »Und nun wollt ihr von uns zur verschwundenen Stadt geführt werden.« Das war keine Frage, sondern eine Feststellung.

»Wo ist sie? Könnt ihr uns denn dorthin führen?« Madu hatte, obwohl ihn diese Umgebung ungewohnt einschüchterte, seine Sprache wiedergefunden.

»Ihr Fremden seid so ungeduldig. Alles muss schnell gehen. Wir haben hier unten alle Zeit der Welt. Was kommt, das kommt. Es hat keinen Sinn etwas zu beschleunigen. Aber ich will deine Fragen beantworten. In jeder Generation gibt es immer einen von uns, der auserwählt wurde, die Lage der verschwundenen Stadt zu erfahren und an den nächsten weiterzugeben. Im Moment ist dies Unar. Er allein wird entscheiden, ob er euch für würdig erachtet, sein Geheimnis preiszugeben.«

Unbehaglich sahen die Kinder sich an.

Ob er uns für würdig befindet? Was sollen wir tun, wenn er uns nichts erzählen will? Diese Fragen gingen ihnen durch den Kopf.

»Im Moment können wir ihn nicht stören, da er sich in tiefer Meditation befindet. Daher genießt bitte unsere Gastfreundschaft. Können wir euch einen Wunsch erfüllen?«

»Schlafen. Bitte können wir erst einmal etwas schlafen?

Ihr könnt uns ja wecken, wenn der alte Mann seine Meditation beendet hat.« Sying hatte das Gefühl, sich nach den Anstrengungen der vergangenen Tage kaum noch auf den Beinen halten zu können. Obwohl sie alle gerne diese fremde, faszinierende Kultur kennengelernt hätten, mussten sie Sying Recht geben. Eine Besichtigung konnte warten, sie brauchten alle dringend Schlaf. Ansonsten würden sie nicht mehr lange durchhalten.

Wenn Tareg über diesen Wunsch überrascht war, so zeigte er es nicht. Kurz darauf wurden die Jungs und die Mädchen durch mehrere Zelte in zwei weitere geführt, die eindeutig zum Übernachten vorgesehen waren. Dort standen niedrige Holzbetten. Anstatt eines Lattenrostes und einer Matratze gab es zwischen dem Bettrahmen ein strammes Geflecht aus Schnüren und Seilen, auf dem bunte Decken und Kissen lagen.

Ohne sich zu waschen oder auch nur umzuziehen, fielen sie auf ihre Betten und waren sofort eingeschlafen.

Sie konnten unbehelligt neun Stunden schlafen und fühlten sich wie neu geboren, als sie aufwachten.

Danach wurden sie zunächst in die Bäderabteilung geführt. Sowohl in den Badezelten für die Männer als auch für die Frauen war das Zelt durch mit wunderschönen Mosaiken beklebte Wände in viele kleinere Abteilungen unterteilt. In einzelnen Kammern befanden sich Wannen, die von eifrigen Usahs nach Bedarf mit heißem Wasser gefüllt wurden. Vor allem Charlie und Fatma fanden das Baden mit duftenden Ölen himmlisch, während die Jungen die Duschvariante bevorzugten. Zu diesem Zweck stellten sie sich in eine niedrige Schüssel, wo sich erwärmtes Wasser über eine entsprechende Vorrichtung über sie ergoss.

Nach dem Bad und dem Duschen erwartete die Kinder im nächsten Bereich eine wohltuende Massage, die ihre vom langen Wandern verkrampften Glieder auflockerte. Für ihre sonnenverbrannten Hautstellen erhielten sie eine lindernde Salbe. Danach kamen sie sich vor, als wären sie eine Woche im Urlaub gewesen.

Das Essen, das sie mit vielen anderen zusammen einnahmen, war ungewohnt, aber köstlich. Es bestand aus dünnem warmen Fladenbrot, verschiedenen Käsearten, Joghurt mit Früchten und Nüssen, die sie nicht kannten, eine Art Kichererbsenpüree und noch vielen anderen Dingen, die mit interessanten Gewürzen zubereitet waren.

Vor allem Madu ging immer wieder zum Buffet, bis selbst er irgendwann einsah, dass er beim nächsten Bissen wohl platzen würde.

Als Sying am Morgen aufgewacht war, war ihm beim Betrachten des Sterns ein Gedanke gekommen, den er jetzt beim Frühstück mit den anderen besprach.

»Ohne die Pergamentrolle wissen wir nicht, wo wir die letzte Scherbe suchen sollen. Gerzins Geist hat uns doch erzählt, dass die fünf Scherben, die fünf unterschiedlichen Gebiete auf Nirma repräsentieren. Bisher haben wir die Scherben im Wald, im Wasser, in den Bergen und hoffentlich bald in der Wüste gefunden, jede in einem anderen Gebiet. Könnte es nicht sein, dass die fünfte im letzten Gebiet versteckt ist, in dem wir noch nicht waren?«

Die anderen dachten über Syings Idee nach, die ihnen äußerst logisch erschien.

Schließlich nickte George Sying anerkennend zu und sprach aus, was alle dachten: »Solange wir keine gegenteiligen Hinweise erhalten, ist das ein hervorragender Gedanke.«

Er hielt einen Usah an, der gerade an ihnen vorbeilief, und fragte ihn nach der fünften Region auf Nirma.

Die Antwort kam prompt: »Die Sümpfe.«

Damit war es entschieden: Nach der Wüste würden sie ihre Reise in Richtung Sümpfe fortsetzen.

Nun hatten sie Gelegenheit, die Welt der Usahs kennenzulernen. Ihnen wurde als Begleitung, eine junge Usah-Frau mit Namen Dila an die Seite gestellt, die ihnen eine äußerst lehrreiche Stadtführung bescherte. Dila war wie die meisten Usah-Frauen mit einem knöchellangen schwarzen Wickelrock und einem bunten Oberteil bekleidet. Über ihren Haaren lag locker ein dünner, schwarzer Haarschleier, deren Ende sie um ihren Hals gewickelt hatte. Als Schmuck trug sie unzählige bunte Armbänder an beiden Handgelenken sowie ein Nasenpiercing.

Während Dila sie herumführte, erzählte sie fast ununterbrochen interessante Details zu ihrem Aufenthaltsort.

Sie befanden sich hier in der Hauptstadt Usahria, in der die meisten Usahs lebten. Daneben gab es einige kleinere Nebenstädte und Randbezirke, die untereinander durch zahlreiche Röhren verbunden waren. Es gab sowohl welche der ankommenden roten als auch der abgehenden grünen Art. Wenige waren gold umrandet.

Sie erfuhren, dass es sich dabei um Wege handelte, die ausschließlich dem Sultan und Notfällen vorbehalten waren. Außerdem wurde zwischen kleineren Röhren für

Fußgänger und größeren für das Reisen auf Nulis unterschieden.

Die Nulis entsprachen ungefähr den Naulis, auf denen sie selbst schon durch die Wüste gereist waren, waren jedoch ein ganzes Stück kleiner und schlanker und hatten anders geformte Grabeschaufeln. Dadurch waren sie innerhalb der Röhren viel wendiger. Sie wurden ebenso wie ihre übernirmanischen Kollegen zum Personen- und zum Warentransport eingesetzt.

Die Hauptstadt bestand bis aus wenigen Ausnahmen aus einer Aneinanderreihung von Zelten, die in allen Größen und auf verschiedenen Ebenen um einen riesigen Platz angeordnet waren. Der größte Teil des Platzes wurde von einem unternirmanischen See mit Palmen und einen kleinen Park mit Pflanzen, die mit wenig Licht auskamen, eingenommen.

Dila freute sich: »Wir kommen gerade zur richtigen Zeit. Da habt ihr wirklich Glück, denn so oft findet dieses Ereignis nicht statt.« Fragend sahen sie sie an.

»Wie ihr seht, haben wir hier unten überall künstliches Licht, das unsere Wissenschaftler so weiterentwickelt haben, dass es für uns Usahs, unsere Tiere und Pflanzen die echte Sonne fast vollständig ersetzt. Doch eben nur fast. Daher gibt es über einigen Plätzen in der Stadt Schiebedächer, die in unregelmäßigen Abständen geöffnet werden und die richtige Sonne hereinlassen. Zuvor müssen unsere Kundschafter natürlich herausgefunden haben, dass sich viele Kilometer um uns herum niemand befindet. Ihr erahnt sicher den gewaltigen Aufwand, den so eine Öffnung bedeutet. Ah, jetzt geht es los.«

Gebannt schauten sie nach oben. Zuerst konnten sie gar nichts erkennen, aber dann bewegte sich die Decke. Wie von Zauberhand ging sie langsam auf.

»Sie öffnet sich nicht ganz gerade, sondern leicht gekippt, damit der Sand, der über diesen Öffnungen nicht allzu hoch ist, langsam herunterrieseln kann. Dadurch bleibt der größte Teil des Sandes oben, der Rest wird durch spezielle Vorrichtungen aufgefangen.«

Als die Decke vollständig offen war, schien die Sonne herein.

»Das ist unglaublich«, hauchte Charlie.

»Es ist immer wieder faszinierend«, stimmte Dila ihr zu. »Dies ist das zweitgrößte Fenster, über das wir verfügen. Das größte befindet sich über unseren Nahrungsanbaugebieten außerhalb von Usahria. Wenn ihr Lust habt, …«

Sie erfuhren nicht mehr, was sie hätten tun können, da in diesem Moment ein kleiner Usah-Junge angelaufen kam und Dila etwas ins Ohr flüsterte, die sich daraufhin an sie wandte. »Unar ist aus seiner Meditation erwacht und erwartet euch. Da er aber etwas isoliert in einem der Randbezirke lebt, werden wir die Nulis nehmen.«

An dem zentralen Platz, an dem sie sich momentan befanden, mündeten glücklicherweise zahlreiche Röhren. Sie folgten Dila zu einer von ihnen. In ihrer Röhre gab es eine kleine Warteschlange. Als Gäste genossen sie jedoch das Privileg, sich direkt an die Spitze der Schlange stellen zu dürfen und somit auf das nächste freie Nuli aufsteigen zu können.

»Ich komme mir vor wie beim Bus fahren«, scherzte Charlie, was George mit einem »wohl doch eher U-Bahn«

kommentierte. Und tatsächlich mussten sie sogar einmal umsteigen, bis sie das Gebiet, in dem der alte Mann wohnte, erreicht hatten.

Er besaß ein kleines, unauffälliges Zelt, das auf einem etwas erhöhten Areal stand. Als sie eintrafen, dehnte Unar gerade seine Muskeln.

Dass er überhaupt so lange regungslos herumsitzen kann, dachte George.

Der alte Mann war relativ hager und trug ein knöchel-langes, einfaches Gewand, das die Farbe von Sand hatte. Er hatte einen langen, grauen Bart, den er zu kleinen Zöpfen geflochten hatte.

Mit einer Handbewegung wies Unar auf einige einfache Kissen, auf die sich setzten. Er selbst nahm ihnen gegen-über Platz und betrachtete sie einen Augenblick nach-denklich, bevor er das Wort an sie richtete:»Im Laufe der vergangenen Wochen habe ich viel meditiert, mehr als in den Jahren zuvor. Ich konnte spüren, dass eine große Veränderung auf uns zukommen wird, und ich sah, dass Fremde, die unser bisheriges Leben ändern können, zu uns gelangen würden.

Meine Aufgabe besteht nicht nur darin, uralte Geheimnis-se zu wahren, sondern auch mein Volk zu schützen. Wäh-rend meiner Meditation kann ich meinen Geist auf Reisen schicken. Ich gelange so an weit entfernte Orte und erfah-re, was auf Nirma geschieht. Euch habe ich auf die gleiche Weise beobachtet. Eure Streitigkeiten«, sie zuckten ertappt zusammen,»genauso wie eure sich entwickelnde Freund-schaft, das Einstehen füreinander und zuletzt das Retten eines anderen Lebens ohne Rücksicht auf das eigene.

Ja, ich denke, die Zeit ist gekommen. Ihr seid die Richtigen, Nirma zu retten. Und wenn unser Volk einen Beitrag dazu leisten kann, dann werden die Usahs dafür bereit sein. Bereit, eine tausende Jahre andauernde Schmach und eine unsagbare Schuld zu tilgen. Wir sind bereit, euch zur verschwundenen Stadt zu bringen. Doch betreten müsst ihr sie ganz allein.«

Ein Stein fiel ihnen allen vom Herzen, sie hatten die Prüfung bestanden. Damit hatten sie einen wichtigen Schritt in Richtung der nächsten Scherbe getan.

»Um die Stadt zu finden, müssen wir an die Oberfläche gehen. Doch können wir sie nur zu später Stunde finden, wenn der Sternenhimmel uns den Weg weist.«

»Wir sind sehr dankbar, dass Sie uns zur verschwundenen Stadt führen werden«, antwortete Charlie für alle.

Da sie dachten, dass das Gespräch damit beendet war, wollten sie sich schon von ihren Sitzen erheben, als der alte Mann noch einmal zu ihnen sprach: »Manchmal bekomme ich auf meinen Reisen Kontakt zu Geistern bereits Verstorbener. In vergangener Zeit geschieht das häufiger als früher, wahrscheinlich weil ich bald selbst ein Geist bin. Mit zunehmendem Alter wird die trennende Wand immer dünner.« Er lachte kurz. »Wie dem auch sei, bei meiner letzten Meditation ist mir der alte König der verschwundenen Stadt begegnet und erzählte mir von einem Geheimnis, an das sich keine lebende Person auf Nirma mehr erinnert. Es gibt eigentlich nichts, was Brelor verwunden kann, bis auf eine einzige Waffe. Eine Waffe, hergestellt zur Blütezeit der verschwundenen Stadt. Bei dieser Waffe handelt es sich um einen Dolch, der unzerstörbar ist und den nichts aufzuhalten vermag. Nicht einmal Magie.«

»Was macht den Dolch denn so besonders? Woraus besteht er?«, fragte Madu neugierig.

»Eigentlich besteht er aus Sand«, erklärte Unar seinen verdutzten Zuhörern. »Manchmal geschieht es bei Gewitter in der Wüste, dass Blitze in den Sand einschlagen. Selten verwandelt sich der Sand unter der Einwirkung des Blitzes und weiterer Umstände in ein glasartiges Gebilde in Blitzform. Noch seltener wird dieses Gebilde gefunden. Hat man es jedoch gefunden, ist es äußerst schwierig, es auszugraben, ohne dass es zerbricht. Die Bewohner von der verschwundenen Stadt Aurat haben dies unzählige Male über Jahrzehnte, wenn nicht sogar Jahrhunderte hinweg versucht. Nur ganz wenige dieser gläsernen Blitze haben es jemals unbeschadet in die Stadt geschafft. Von diesen wiederum hat nur ein einziger gewisse magische Behandlungen überstanden, um starke Macht auf ihn zu übertragen. Er muss sich immer noch in der Stadt befinden. Allerdings verlor ich den Kontakt zum König, bevor er mir sagen konnte, wo er ist.«

Die fünf wurden ganz aufgeregt.

»Das ist das erste Mal, dass wir von etwas hören, was wir gegen Brelor verwenden können. Wir müssen alles daransetzen, diese Waffe zu finden«, sagte George begeistert.

»Gibt es denn wenigstens einen Hinweis, wo in der Stadt …«, wandte Charlie sich an Unar. Sie brach jedoch ab, als leises Schnarchen ihnen verkündete, dass ihr Gespräch nun vorbei war.

Ausbruch

Ehawee war baff. Die Legende Aria befand sich nur durch eine Mauer getrennt direkt neben ihr! Wie ich Fred um diese Begegnung beneide, dachte sie. Wir müssen unseren Plan ändern. Anstatt zu fliehen und in einem sicheren Versteck auf unsere Freunde zu warten, sollten wir versuchen, an Brelors Stern zu gelangen. Vielleicht legt er ihn ja im Schlaf ab.

In ihrem Kopf nahm der Plan konkrete Formen an. Und mit Freds neuen Vorschlägen sollte es ihnen auch gelingen, an den Schlüssel zu kommen. Dafür musste der Troll nur das nächste Mal schlafen, was bedeutete, dass sie morgen Abend fliehen würden.

Fred hing am Seil, das Ehawee in Schwingungen versetzte. Dank der Bewegungen des Seils kam er fast bis an die Sitzfläche des Stuhls heran. Aber eben nur fast. Um wirklich darauf zu landen, musste er im richtigen Moment loslassen und ein Stück frei durch die Luft fliegen. Theoretisch war ihm dies sehr einfach vorgekommen, praktisch sah das anders aus. Als er das Seil losließ, merkte er schon im Flug, dass er zu viel Schwung hatte. Mit voller Wucht prallte er gegen die Hüfte des schlafenden Trolls, der davon glücklicherweise nicht aufwachte.

Leicht benommen blieb Fred am Rand der Sitzfläche liegen. Er verlor keine weitere Zeit. Er holte das Messer heraus und säbelte das Lederband des Schlüsselbundes durch. Das abgeschnittene Ende festhaltend, versuchte er den Schlüssel in Bodennähe zu bringen. Bei einem besonders lauten und langen Schnarcher öffnete er seine Hand und der Schlüssel fiel herunter. Auch wenn die Geräusche des Trolls das Klirren des Schlüssels beim Aufprall auf den Boden größtenteils überdeckten, kam es Fred immer noch unheimlich laut vor. Doch der Troll schlief friedlich weiter.

Schnell rutschte Fred an einem der Stuhlbeine herunter, zog den Schlüssel mit aller Kraft zur Tür und befestigte ihn am Seil, das von Ehawee hochgezogen wurde. Wenig später öffnete sich die Kerkertür und sie stand tatsächlich neben ihm. Ein kurzes Daumen hoch musste reichen. Mit Fred in ihrer Tasche schlich sie die Treppe hoch, obwohl sie der Versuchung nur schwer widerstehen konnte, Aria in ihrer Zelle persönlich aufzusuchen.

Sie hatte sich überlegt, dass das Schlafgemach von Brelor bestimmt im Hauptflügel lag. Dafür musste sie den Seitenflügel, durch den sie bereits zum Kerker geführt worden waren, erneut durchqueren.

Ehawee spähte um die Ecke. Der Gang lag völlig ausgestorben vor ihr und ungesehen gelangte sie bis zum Haupthaus, wo sie sich zunächst hinter einer Statue versteckte, um die Lage zu sondieren. Neben einzelnen Trollen sah sie trotz der späten Stunde noch den ein oder anderen Bediensteten von Raum zu Raum huschen.

Natürlich, die Trolle dienten Brelor nur als Wächter oder Kampfmaschinen, aber so eine große Burg musste natürlich bewirtschaftet werden, es musste geputzt und gekocht werden und dafür brauchte Brelor Personal. Den unglücklichen und ängstlichen Gesichtern der Nirmaner nach zu schließen, waren sie nicht freiwillig hier.

Wo sollte sie am besten zuerst suchen? Sie hatte sich schon für eine Tür entschieden, als ihr der Zufall zur Hilfe kam. Eine junge Nirmanerin ging mit frischer Bettwäsche auf den Armen an ihr vorbei. Einer Eingebung folgend, schlich Ehawee ihr vorsichtig hinterher. Zwar konnte die Bedienstete überall hingehen, aber die Bettwäsche hatte sehr edel ausgesehen, so dass Ehawee es für wahrscheinlich hielt, dass sie für Brelor bestimmt war.

Während sie der Dienerin durch zahlreiche Flure, Räume und über Treppen folgte, war sie sich der drückenden und beklemmenden Atmosphäre des Gebäudes nur allzu bewusst. Es gab keine auffälligen Farben, alles war braun, schwarz oder grau, im besten Fall gab es mal ein gedecktes Grün oder schmutziges Gelb. Ihr als Waldbewohnerin fehlten aber vor allem die Blumen.

Die Umgebung zieht alle positiven Gefühle und Gedanken aus einem heraus, dachte sie schaudernd und rieb sich ihre Arme.

Die Kälte, die ihre Ursache nicht in den Temperaturen hatte, ließ sie frösteln. Am liebsten hätte sie kehrtgemacht und diesen gruseligen Ort verlassen, aber das würde ihnen nicht weiterhelfen.

So in Gedanken vertieft, hätte sie beinahe nicht bemerkt, dass die Dienerin ihr Ziel erreicht hatte. Sie ging durch eine weitere Tür, vor der zwei Wächter standen. Das musste wirklich Brelors Zimmer sein. Was sonst sollte zusätzlich bewacht werden?

Es dauerte nicht lange und die Nirmanerin verließ mit der gewechselten Bettwäsche den Raum.

Hm, er scheint noch nicht hier zu sein. Dann werden wir eben warten, dachte Ehawee und ließ die Tür nicht aus den Augen. Leise teilte sie Fred, der in ihrer Tasche blieb, die Situation mit.

Die verschwundene Stadt

Ehrfürchtig kniete Unar im Sand und ließ ihn durch seine Finger rieseln. Die fünf Freunde, Unar und einige Kundschafter hatten dank der Nulis die Wüstenoberfläche problemlos erreicht.

Sie beobachteten nun, wie Unar das erste Mal den Sternenhimmel sah: »In meinen Visionen habe ich das alles und viel mehr schon unzählige Male gesehen, aber das war kein Vergleich mit der Wirklichkeit. Diese Weite, die einen hier umgibt, ist unglaublich.«

Tränen schimmerten in seinen Augen, als er wieder aufstand. Er schaute erneut in den Himmel, diesmal auf der Suche nach einem bestimmten Stern. Als er ihn schließlich gefunden hatte, nickte er zufrieden.

»Dann wollen wir mal aufbrechen, ich weiß, wo wir lang müssen.«

Sie folgten die ganze Nacht den Sternen, bis diese vom anbrechenden Tag vertrieben wurden. Tagsüber schliefen sie, soweit das bei den heißen Temperaturen überhaupt möglich war. Abends, mit dem Erscheinen der ersten Sterne, setzten sie ihren Weg unter der Führung von Unar fort. Mitten in der vierten Nacht ließ Unar sie plötzlich anhalten.

»Hier muss es sein.«

Unar überprüfte noch einmal sämtliche Sternbilder, dann markierte er eine bestimmte Stelle im Sand und schüttete auf einem Durchmesser von zwei Metern eine grünliche Flüssigkeit darauf. Die Flüssigkeit fraß sich regelrecht durch die Sandoberfläche. Nach mehreren Minuten gab es ein leises Plopp-Geräusch. Unar trat an den Rand des Loches, das die Flüssigkeit hinterlassen hatte, und blickte hinein.

»Wir haben einen Durchbruch zur Kuppel. Unter uns liegt die verschwundene Stadt. Wer möchte zuerst hinunter?«

»Ich gehe zuerst«, erklärte George, den ein Schauer bei dem Gedanken überlief, als erste lebende Person seit Ewigkeiten diese Stadt zu betreten. Welche Geschichten, welche Geheimnisse mochte sie verbergen?

Die Usahs halfen, ein Seil, das sie mitgebracht hatten, um ihn zu schlingen und festzuknoten. Danach ließen sie ihn vorsichtig herunter. Die ersten Meter war er in einem breiten Durchgang aus Sand, den die Flüssigkeit hinterlassen hatte. Doch von einem Augenblick zum nächsten schwebte er im freien Raum unter einer gewaltigen Sandkuppel. Er schwenkte seine Hand mit dem Leuchtelement, das er von den Usahs erhalten hatte, zu allen Seiten. Unter ihm breitete sich die verschwundene Stadt aus.

Langsam wurde George weiter heruntergelassen, bis er schließlich festen Boden unter seinen Füßen spürte. Er löste das Seil von seinem Körper und zog dreimal daran als Zeichen, dass die Usahs es wieder hochziehen und den nächsten herunterschicken konnten.

Während die anderen ihm nacheinander folgten, sah er sich schon einmal um. George schluckte, in ihm breitete sich ein Gefühl wie Ehrfurcht aus. Er war der Erste seit tausenden Jahren, der in diese Stadt kam. Und nach all dieser Zeit schien es, als wäre dieser Ort erst gestern noch voller Nirmaner gewesen. Er kam sich winzig klein vor im Vergleich zu dieser Stadt und zu der Geschichte, die sie ausstrahlte. Er war erstaunt, dass die Luft so gut war. Sie war zwar trocken, aber nicht muffig, wie er aus irgendeinem Grund erwartet hatte.

George selbst befand sich auf einer größeren Straße, die von mehreren Häusern gesäumt wurde. Von dieser Straße gingen zahlreiche kleinere Gänge ab. Die Häuser waren hauptsächlich zweigeschossig und wiesen die für den Orient typischen Dachterrassen auf. Einige Gebäude besaßen imposante goldene Kuppeln.

In der Zwischenzeit hatten alle den Weg zu ihm nach unten gefunden und standen neben ihm.

»Wow, das ist supercool«, meinte Sying und spähte neugierig in alle Richtungen.

»Du meinst wohl eher superunheimlich. Eine riesige Stadt und außer uns ist niemand hier.« Madu lief eine Gänsehaut über den Rücken.

»Im besten Fall, meinst du wohl. Denn wenn wir Pech haben, hausen hier vielleicht noch die Geister der letzten Stadtbewohner.« Am Schluss senkte George seine Stimme und schaute Madu ernst an.

»Meinst du wirklich?« Ängstlich sah Madu sich um.

»Ach, George veralbert dich nur. Hör auf damit«, sagte Charlie streng, woraufhin George sich galant verbeugte und mit näselnder Stimme sagte: »Wie immer ihr wünscht, Mylady.«

Daraufhin mussten sie alle lachen. Sie folgten der Straße weiter ins Stadtinnere und gelangten schließlich auf einen großen Platz, der bis auf eine Skulptur in der Mitte und einigen Bänken am Rand leer war.

Die aus Sandstein bestehende Skulptur zeigte offensichtlich die Szene, als der Blitzdolch unzerstörbar gemacht wurde. Ein kräftiger Mann hielt den gezackten Dolch über ein Feuer, während zwei weitere Personen, ein Mann und eine Frau, etwas darüber streuten.

Das scheint der Hauptplatz der Stadt zu sein, überlegte Charlie und versuchte sich zu orientieren. Von hier gehen fünf Straßen sternförmig ab. Wie symbolisch. Aber während alle ungefähr gleich groß sind, ist eine besonders breit und läuft auf ein beeindruckendes Gebäude mit mehreren goldenen Kuppeln zu.

Fatma sah sich auch um. »Also, was denkt ihr? Wo sollen wir mit der Suche anfangen?«

»Bisher waren die Scherben immer an wichtigen Orten versteckt. Der wichtigste Baum, die größte Muschel und so weiter«, antwortete Charlie. »Da wir keinen weiteren Hinweis über den Verbleib der Scherbe haben, würde ich vorschlagen, im wichtigsten Gebäude hier zu suchen, in dem Königspalast.« Sie wandte sich dem Gebäude mit den goldenen Kuppeln zu und zeigte darauf, »und ich vermute, das wird er sein.«

Dass dies der Palast war, konnte durchaus sein, es war eindeutig das prächtigste Bauwerk.

»Das ist ein sehr guter Vorschlag«, stimmte Fatma ihr zu. Erwartungsvoll gingen sie auf das entsprechende Bauwerk zu.

»Charlie, ich weiß die Scherbe ist wichtig, aber ich würde trotzdem gerne ...«

»… gerne nach dem Dolch suchen«, vollendete Charlie Georges Satz. Sie dachte kurz nach. »Ich denke, du solltest genau das tun. Der Dolch könnte sich als überaus nützlich erweisen.«

George war froh, dass sie seine Ansicht teilte. »Ich werde auch im Palast anfangen, aber an anderen Stellen als ihr. Trotzdem sollte jeder von uns auf beides achten.«

Sie erreichten schließlich den Palast, der sich von seiner Architektur und Pracht deutlich von der lehmartigen Bauweise der anderen Häuser unterschied. Bevor man durch die Haupttür trat, erstreckten sich zu beiden Seiten aufwendig verzierte Bogengänge. Kleinste Steinchen waren zu wunderschönen Mustern zusammengefügt worden.

Nachdem die Kinder den Palast betreten hatten, sahen sie, dass sich die bogenförmige Gestaltung auch im Inneren fortsetzte. Die Pracht vergangener Zeiten war selbst mit ihren spärlichen Lichtquellen noch deutlich zu erkennen. Die Leuchtkugeln, die sie sahen, waren schon längst verloschen. Allerdings konnten sie ab und zu eine Feuerschale neu anzünden, so dass sie ihre Umgebung besser erkennen konnten.

Sying holte den Stern hervor, in der Hoffnung, dass er ihnen noch mal half, die Scherbe zu finden. Sie gingen einen langen Gang entlang, der vor einem imposanten Tor endete. Rechts und links führten zwei Treppen ein Stockwerk höher.

George verabschiedete sich an dieser Stelle vom Rest der Gruppe und wollte sein Glück in den oberen Etagen versuchen. Er folgte der rechten Treppe nach oben und sah sich weiteren Zimmern gegenüber.

Da der Dolch wesentlich größer als die Scherbe war, konnte er die Räume schnell durchsuchen. Trotzdem könnte er wahrscheinlich ein Jahr lang Türen im Palast öffnen und er wäre immer noch nicht in allen Räumen gewesen. Wenn ihm nicht unglaubliches Glück beschert war, war die Suche zum Scheitern verurteilt. Dennoch gab er nicht auf.

Die anderen hatten zwischenzeitlich das Tor am Ende des Ganges geöffnet und den dahinterliegenden Raum betreten, der wohl als Speisesaal genutzt worden war. Eine große u-förmige Tischanordnung mit entsprechenden Sitzgelegenheiten und darüber hängenden Lüstern wies darauf hin. Von diesem gingen weitere Türen ab. Sie durchsuchten den Raum und teilten sich dann auf, um in die anderen Zimmer zu schauen.

»Hierhinter befindet sich der Thronsaal«, rief Sying seinen Freunden zu. »Das ist doch der ideale Ort, um etwas Wertvolles zu verstecken.«

»Da könntest du Recht haben«, stimmte Charlie ihm zu, als sie einen Blick in den Raum warf. Gemeinsam traten sie ein.

Im hinteren Bereich stand ein Thronsessel, der seltsamerweise zum größten Teil von einer Skulptur verdeckt wurde. Vor der Figur standen zwei mit Sand bedeckte Truhen. Der Stern auf Syings Brust fing an zu blinken. Sie hatten die richtige Stelle gefunden.

Madu stürzte auf die Truhen zu und wollte sie umgehend öffnen. Ein energisches »Stopp« ließ ihn innehalten. Irritiert drehte er sich zu Charlie um, die gerufen hatte, und sah sie fragend an.

»Irgendwie geht mir das bisher alles zu leicht«, erklärte sie. »Zwar war es nicht einfach, die verschwundene Stadt überhaupt zu finden, aber hier hat es bisher keine allzu großen Herausforderungen gegeben. Direkt im ersten Gebäude und in einem der ersten Räume finden wir die Scherbe. Bei Indiana Jones gibt es auch immer vor Erreichen des Ziels Fallen … Vielleicht irre ich mich, aber ich denke, wir sollten aufpassen und nichts überstürzen.«

Daher näherten sie sich nun den vor ihnen stehenden Truhen mit äußerster Vorsicht, bis sie schließlich davorstanden. Nichts war passiert.

Charlie pustete sachte den Sand von den Truhen. Darunter kam eine Inschrift zum Vorschein, die sie leider nicht lesen konnten. Die Scherben befähigten sie zwar dazu, alle zu verstehen und auch Arias Pergamentrolle lesen zu können, aber auf eine uralte, längst in Vergessenheit geratene Schrift bezog sich dies wohl nicht.

»Da steht Folgendes«, ertönte plötzlich eine dumpfe Stimme vor ihnen.

Erschrocken sprangen sie zurück. Die Sandskulptur sprach mit ihnen! Und sie bewegte sich langsam auf sie zu.

»Wer bist du?«, fragte Charlie mutiger, als sie sich fühlte.

»Ich bin der letzte Wächter der Stadt und hier, um dies zu bewachen.« Er zeigte auf die Truhen vor ihnen. »Und um die Zeit vorzugeben.«

»Welche Zeit? Warum? Was bedeutet das?«, fragte Madu.

»Die Zeit, die ihr habt, um das Rätsel, das auf den Truhen steht, zu lösen. Wenn die Zeit abgelaufen ist …« Statt einer weiteren Erklärung zog er seinen Säbel in einer Geschwindigkeit, die man ihm zuvor gar nicht zugetraut hatte, und schwang ihn drohend über die Köpfe der Kinder.

»Aber wir können das hier doch gar nicht lesen!«, wandte Fatma ein.

»Ich werde es euch vorlesen. Seid ihr bereit?«

»Einen Moment. Wie viel Zeit haben wir denn zur Verfügung?«, wollte Charlie wissen.

»In eurer Zeit sind das fünf Minuten.« Neben ihm erschien eine große Uhr, deren Zeiger auf fünf vor zwölf stand. Wie symbolisch!

Das war sehr wenig Zeit. Bisher hatten sie für jedes Rätsel deutlich länger gebraucht. Entschlossen sahen sie sich an. Sie mussten es einfach versuchen.

»Also gut, um was geht es hier?« Geschlossen traten sie vor.

»In einer Kiste befindet sich die Scherbe, in der anderen eine tödliche Substanz, die jeden innerhalb von Sekunden in diesem Raum töten wird. Wenn ihr nicht innerhalb der vorgegebenen Zeit eine Truhe öffnet, werde ich dafür sorgen, dass ihr den Raum nicht lebend verlasst. Bereit?«

Der Sandtyp hörte sich wirklich gruselig an, aber sie gaben nickend ihre Zustimmung.

»Auf der rechten Truhe von euch aus gesehen steht: ›In dieser Truhe befindet sich keine Scherbe.‹ Auf der linken Truhe steht: ›Nur eine dieser beiden Inschriften ist wahr.‹ Eure Zeit läuft ab jetzt.« Der Sekundenzeiger der Uhr lief los.

Sying winkte sofort ab: »Es tut mir leid. So etwas konnte ich noch nie. Dabei bin ich euch keine Hilfe.«

Madu schloss sich in dem Punkt auch Sying an und trat einen Schritt zurück.

»Das ist schon okay. Passt ihr auf den Sandmann auf und überlegt, wie wir im schlimmsten Fall hier herauskommen«, raunte Charlie ihnen zu.

Also blieben nur noch Fatma und sie.

Charlie überlegte laut. »Wenn sich rechts keine Scherbe in der Truhe befindet, müsste sie dementsprechend links sein. Aber woher sollen wir wissen, dass diese Aussage wahr ist? Sie könnte schließlich auch falsch sein und dann müssten wir genau die andere Truhe öffnen. Im Zweifelsfall müssen wir natürlich einfach eine vor Ablauf der Zeit öffnen. Damit haben wir zumindest eine fünfzigprozentige Chance, hier lebend wieder herauszukommen. Aber besser wäre natürlich, wenn wir es wüssten. Also nochmal von vorne …«

Fatma schwirrte der Kopf. Ihnen blieb wenig mehr als zwei Minuten Zeit. Sie unterbrach Charlie. »Wir verzetteln uns und wissen beim zweiten Satz schon nicht mehr, was wir uns beim ersten überlegt haben.«

Charlie schwieg. Fatma hatte Recht. Daher hörte sie gut zu, als Fatma feststellte: »Wir müssen ganz logisch vorgehen. Du hast gerade bei deinen Überlegungen mit der Schrift auf der rechten Truhe angefangen, was uns zu keiner neuen Erkenntnis geführt hat. Was ist, wenn wir mit der anderen Inschrift beginnen? Auf der linken Truhe steht: ›Nur eine dieser beiden Inschriften ist wahr.‹ Möglichkeit eins wäre, dass das stimmt. Dann kann aber das, was auf der rechten Truhe steht, nicht wahr sein; was bedeuten würde, dass in dieser rechten Truhe die Scherbe wäre und wir sie dementsprechend öffnen müssten.« Soweit konnte Charlie noch folgen.

»Möglichkeit zwei: Das, was auf der linken Truhe steht, ist nicht wahr. Also, es ist nicht wahr, dass eine der beiden Inschriften wahr ist. Dann kann die Inschrift auf der rechten Truhe ebenfalls nicht wahr sein. Das wiederum würde bedeuten, dass es falsch ist, dass dort keine Scherbe ist. Also, ist die Scherbe auch bei Möglichkeit zwei in der rechten Truhe.« Fatma sah Charlie an. »Wir müssen die rechte öffnen.«

Als Charlie versuchte, Fatmas Gedankengängen nachzuvollziehen, war ihr alles, was diese sagte, logisch erschienen, obwohl sie es jetzt nicht hätte wiederholen können. Sie warf einen Blick auf die Uhr, noch zehn Sekunden. Es blieb ihnen sowieso keine Zeit mehr, um das Ganze nochmal zu durchdenken. Sie stellte sich vor die rechte Truhe, warf einen letzten Blick auf ihre Freunde, die ihr aufmunternd zunickten, und öffnete sie mit einem Ruck. Dabei hielt sie unwillkürlich den Atem an, als ob dies irgendetwas bringen würde, und schaute hinein.

In der Truhe lag eine wunderschöne gelbfunkelnde Scherbe!

Erleichtert nahm sie sie an sich. Im gleichen Moment ertönte ein lautes Donnern. Der Sandmann vor ihnen fing genauso wie ihre Umgebung an zu rieseln.

»Ihr habt weise innerhalb der Zeit gewählt. Doch damit ist die Zeit dieser Stadt endgültig abgelaufen und ihr Schicksal besiegelt. Flieht!« Das waren seine Abschiedsworte, bevor von ihm nur noch ein Sandhaufen übrigblieb.

»Oh nein, die Stadt stürzt ein! Wir müssen hier raus«, schrie Madu.

So schnell sie konnten, rannten sie den Weg, den sie gekommen waren, zurück. Dabei riefen sie immer wieder Georges Namen. Sie hatten keine Zeit ihn zu suchen und hofften, dass er ebenfalls floh.

Sie liefen die Straßen entlang, während neben ihnen die Häuser immer weiter zu Sand zerfielen. Als sie den Marktplatz erreichten, bemerkten sie, dass bereits einzelne Stücke aus der Kuppel auf sie herabstürzten.

Charlie drehte sich um und sah George zu ihrer großen Erleichterung soeben den Palast verlassen. Er signalisierte ihnen weiterzulaufen, während er den Weg entlang eilte. Da seine Hände leer waren, hatte er den Dolch wohl nicht gefunden.

Endlich erreichten sie die Stelle, an der sie heruntergelassen worden waren. Dank der Usahs hing mittlerweile ein zweites Seil neben dem ersten, um direkt zwei Personen gleichzeitig hochziehen zu können. Unar hatte in einer Vision gesehen, dass sie die Menschen zügig aus der Stadt holen mussten.

Fatma und Sying machten den Anfang. Kaum hatten sie die Seile um ihren Körper geknotet, wurden sie schon nach oben gezogen. Danach folgten Charlie und Madu.

Wo bleibt George nur?, dachte Charlie besorgt, er hätte in der Zwischenzeit längst bei uns sein müssen.

George hatte deutlich mehr Schwierigkeiten auf dem Rückweg als die anderen kurz zuvor, da mittlerweile überall kleine Sandhügel lagen, die das Laufen erschwerten. Auch wurden die Klumpen, die herabstürzten und denen er ausweichen musste, immer größer. Als er auf dem großen Platz an der Skulptur vorbeistürmte, sah er etwas aus den Augenwinkeln, das ihn innehalten ließ. Ein helles Blitzen, das zuvor noch nicht da gewesen war. Er blickte nach oben und sah deutlich die Risse, die sich durch die Kuppel zogen. Viel Zeit blieb ihm nicht mehr, trotzdem lief er zu der Figur und nahm sie in Augenschein.

Sie war bereits von einigen Stücken aus der Kuppel getroffen worden. Dadurch war unter anderem die oberste Schicht des Dolches abgeplatzt. Im Gegensatz zu den anderen getroffenen Stellen kam darunter kein weiterer Sandstein zum Vorschein, sondern etwas Gläsernes.

Das ist verrückt, aber auch genial. Der Dolch ist zentral und dennoch vor allen Blicken verborgen in der Skulptur versteckt gewesen, schoss es George durch den Kopf.

Schnell versuchte er, ihn an sich zu nehmen. Dies gestaltete sich endlich einmal leichter als gedacht. Mit dem Dolch in der Hand rannte er weiter.

Das wird echt knapp, dachte er, während immer größere Sandbrocken neben ihm auf dem Boden aufschlugen.

Als er das Seil erreichte, steckte er den Dolch in seinen Gürtel. Er hatte keine Zeit mehr, das Seil um sich zu schlingen. Stattdessen hielt er es einfach fest und zog daran. Augenblicklich bewegte er sich nach oben. Es kostete ihn fast seine ganze Kraft, nicht loszulassen. Irgendwie gelang es ihm aber, sich festzuhalten und kurz darauf fand er sich auf der Kuppel wieder.

»Schnell weg!«, trieben die Usahs ihn an. Während hinter ihnen die Kuppel immer weiter einbrach, liefen sie gemeinsam auf die anderen zu, die außerhalb der Gefahrenzone auf sie warteten. Sie schafften es im letzten Moment, sich in Sicherheit zu bringen.

»Oh George, ich hatte solche Angst um dich.« Charlie flog ihm um den Hals.

»Keine Ohrfeige? Wir machen Fortschritte.« Grinsend legte er den Arm um sie.

Gemeinsam mit den anderen schauten sie zu, wie die verschwundene Stadt vollständig unter Tonnen von Sand verschwand. Es dauerte fast die halbe Nacht, aber keiner wollte weggehen oder sich abwenden. Es war, als wollten sie diese Stadt nicht alleine lassen bei ihrem endgültigen Untergang. Als es schließlich vorbei war, standen sie am Rand zu einem tiefen Tal, von dem bis auf die Anwesenden keiner wissen würde, was sich hinter seiner Entstehung verbarg.

George blickte gedankenverloren auf den Dolch in seiner Hand.

Charlie betrachtete ihn ebenfalls. »Er ist wundervoll. Es ist unglaublich, dass du ihn tatsächlich gefunden hast.«

»Er hat ihn gefunden, weil er dazu bestimmt war, ihn zu finden.« Unar war unbemerkt von hinten an sie herangetreten. Er streckte die Hand nach dem Dolch aus. »Darf ich?«

George reichte ihm den Dolch und Unar betrachtete ihn lange.

»Dies ist eine machtvolle Waffe. Doch gebrauche sie weise.« Er reichte sie an George zurück. »Der alte König ist mir gerade noch einmal erschienen. Die Usahs haben ihre Schuld getilgt. Alles ist jetzt so, wie es sein soll. Wir haben seinen Segen, an die Oberfläche zurückzukehren.

Und das werden wir jetzt auch tun, nicht sofort und nicht alle auf einmal, aber die, die bereit dazu sind, dürfen es gerne versuchen. Doch ihr werdet nicht mit uns zurückkommen, ihr wollt weiterziehen.«

Das war keine Frage, sondern eine Feststellung.

»Wir müssen, denn unsere Aufgabe ist hier noch nicht beendet«, sagte Charlie. Unar nickte, er hatte nichts anderes erwartet.

»Ihr wollt zu den Sümpfen? Ihr könnt die Nulis bis zum Rand der Wüste benutzen. Danach würden sie euch sowieso nichts mehr nutzen. Lasst sie einfach frei. Sie finden alleine den Weg zurück.«

»Unar, ich ...«, setzte Charlie zu einer Frage an, wurde jedoch umgehend von Unar unterbrochen, der sie verständnisvoll anblickte.

»Ich weiß, was du fragen möchtest, die Antwort lautet, nein. Auf meinen meditativen Reisen habe ich gesehen, dass du gerne den Zeitpunkt deiner Rückkehr verändern würdest, aber mit der Zeit darf man nicht spielen. Wir wünschen euch bei eurer Mission viel Glück und möge die Sonne von Nirma euch immer leuchten.«

»Mögen sie auch dir und deinem Volk immer leuchten.«

Brelor und Raspe

Brelor empfing Raspe in seinem Thronsaal, einem großen, unheimlich wirkenden Raum. Der steinerne Thron, auf dem Brelor saß, war mit schaurigen Fratzen übersät. Es hielt sich das Gerücht, dass dies Gesichter von Trollen waren, die einst bei einem Auftrag versagt hatten und die Brelor zur ewigen Qual in seinen steinernen Thron gezaubert hatte.

Neben Brelor standen zwei Wächter, bereit, jeden auf den kleinsten Befehl Brelors hin gefangen zu nehmen oder zu töten. Die Seiten des Raumes säumten schaurige Steinskulpturen, Nirmaner der verschiedenen Völker, die Brelor aus Wut oder nur aus Spaß verwandelt hatte.

An der Decke hingen düstere Leuchter. Krähen flogen hin und her oder saßen auf einigen Vorsprüngen.

Bis vor Brelors Thron musste Raspe einen langen Weg zurücklegen, der dazu gedacht war, dass man sich mit jedem Schritt kleiner und unbedeutender vorkam. Aber diesmal konnte nichts das Hochgefühl bei Raspe trüben, als er Brelor stolz die Rolle überreichte.

Brelor nahm sie an sich und studierte sie schweigend. Schließlich sprach er mit schneidender, kalter Stimme: »Nun, Raspe, ich bin erstaunt zu sehen, dass du überhaupt etwas richtig machen kannst. Denn vier Rätsel bedeuten, dass die Kinder immerhin schon drei Scherben gefunden haben und sich auf der Suche nach der vierten befinden.«

Bei seinen letzten Worten war seine Stimme lauter und

wütender geworden. Unwillkürlich zuckte Raspe zusammen und duckte sich, während Brelor fortfuhr: »Da es ihnen ohne dies hier«, er hob die Hand mit der Pergamentrolle ein wenig höher, »schwerfallen dürfte, auch die fünfte zu finden, will ich dir dein Versagen zuvor großzügig verzeihen. Allerdings möchte ich diesmal höchstpersönlich sichergehen, dass die Kinder an dieser Stelle wirklich nicht weiterkommen. Wir entschlüsseln den nächsten Hinweis. Dann bereiten wir eine entsprechende Überraschung für diesen Ort vor. Für den Fall, dass sie ihn aus einem glücklichen Zufall heraus doch finden. Sie werden es bereuen, sich jemals mit mir angelegt zu haben.«

»Herr, der Hinweis ist noch nicht zu sehen.«

»Dann werde ich ihn eben sichtbar machen. Ich habe Rätsel noch nie gemocht, was wahrscheinlich genau der Grund dafür ist, dass Aria diese Form gewählt hat. Aber eins nach dem anderen. Komm mit!«

Energisch stürmte Brelor voraus, gefolgt von Raspe und seinen Wächtern, die kaum mit ihm Schritt halten konnten. Er eilte durch die halbe Burg zu einer engen Treppe, die zu einem besonderen Bereich der unteren Burggemäuer führte.

In diesen Gewölben hatte er mithilfe schauriger Praktiken seine Magie verstärkt. Dort war er immer mehr dem Bösen verfallen und hatte den Stern gezwungen, ihn mächtiger zu machen als jeden anderen. Hier unten hatte er die Grundpfeiler für seinen Aufstieg an die Macht gelegt und lange würde es nicht mehr dauern, bis ihn nichts mehr aufhalten konnte.

Raspe hatte seinen Herrn bisher noch nie nach unten

begleiten dürfen, aber nun wollte Brelor offenbar einen Zeugen für seine Überlegenheit und seine Fähigkeiten.

An einer Seite standen in dem Gewölbe mehrere Regale nebeneinander, auf denen viele Behälter standen, in denen die schaurigsten Dinge schwammen. So gab es Körperteile oder seltsame Tiere, die aussahen, als hätte Brelor neue Kreuzungen versucht.

In der Mitte befand sich eine große Steinplatte, auf der Brelor die Rolle ausbreitete. In einer großen Schüssel mischte er unter leisen Zaubersprüchen mehrere seltsame Flüssigkeiten zusammen. Zwischendurch fing das Gemisch immer mal wieder an zu brodeln oder es stiegen kleine schwarze Rauchschwaden davon auf.

Zuletzt nahm Brelor ein scharfes Messer und schnitt sich in die linke Handfläche. Raspes Zurückzucken kommentierte er mit einem verächtlichen Gesichtsausdruck. Von seinem Blut ließ er fünf Tropfen in die Schale fallen, die bei Kontakt mit der Flüssigkeit ein zischendes Geräusch verursachten. Nach dem letzten Tropfen wurde die Mischung durchsichtig.

Brelor nahm eine Pipette und träufelte einige Tropfen auf das Pergament. Buchstaben wurden sichtbar und flossen zu einem Text zusammen. Doch blieb Brelor nur ein kurzer Moment, um sich darüber zu freuen, denn nur einen Lidschlag später begannen sie sich wieder aufzulösen.

Brelor fluchte laut: »Oh nein! Aria hat die Rolle präpariert. Sobald fremde Magie mit ihr in Kontakt kommt, verschwinden die Buchstaben.«

Schnell griff er ein weiteres Fläschchen aus seinem Vorrat und schüttete den Inhalt über das Papier. Sofort wurde die Zerstörung der Schrift aufgehalten. Doch es war fast zu spät. Bis auf wenige Zeilen war der Text nicht mehr lesbar.

Brelor bekam einen Tobsuchtsanfall. Sein Wutgeheul war durch das gesamte Gebäude zu hören. Nachdem er sich wieder einigermaßen beruhigt hatte, las Brelor sich die verbliebenen Zeilen durch. Er runzelte die Stirn.

»Ich weiß einfach nicht, was es bedeuten soll.«

Raspe, der mitgelesen hatte, hatte auch keine Ahnung. »Vielleicht, Herr, kann Aria …«

»Wenn sie in den vergangenen hundert Jahren nichts über den Verbleib der Scherben gesagt hat, wird sie auch jetzt nichts verraten. Aber ich habe eine Idee, wer uns da helfen könnte.«

Eine wuselige Begegnung

Es war jemand hier und hat unsere Sachen durchwühlt«, stellte Charlie stirnrunzelnd fest und ließ ihren Blick über ihr Lager schweifen.

Nachdem sie die Wüste verlassen hatten, hatten sie an einer Oase ihre Vorräte aufgefüllt und neue Kah-tings gemietet. Die Nulis hatten sie vor dem Erreichen der Oase zurück zu den Usahs geschickt, um keine unnötige Aufmerksamkeit auf die Usahs zu lenken. Auch wenn diese wieder an die Oberfläche zurückwollten, sollte dies zu einem Zeitpunkt geschehen, den allein sie bestimmten.

Die erste Wegstrecke zu den Sümpfen hatten sie bequem auf den Kah-tings zurücklegen können. Erst als das Gelände für die Tiere zu schwierig wurde, mussten sie erneut zu Fuß laufen.

Es war zwar nicht direkt kalt, doch lag eine gewisse Feuchtigkeit in der Luft, die ihnen im Sitzen langsam unter die Haut kroch und sie veranlasste, sich enger in ihre Jacken zu kuscheln. Es machte sich definitiv bemerkbar, dass sie die Wüstenregion schon länger hinter sich gelassen hatten und sie sich immer mehr den Sümpfen näherten. Neben den klimatischen Veränderungen sahen sie wesentlich mehr Bäume und Pflanzen, als dies in der Wüste der Fall gewesen war.

Als Charlie nun die Veränderung an ihren Sachen bemerkte, waren sie soeben vom Holzsammeln zu ihrem Lagerplatz zurückgekehrt.

»Du hast Recht«, stimmte George ihr zu. »Unsere Rucksäcke stehen nicht mehr an denselben Plätzen wie zuvor, und einige sind sogar umgekippt.«

»Vielleicht waren es Tiere«, mutmaßte Fatma.

Doch als sie in ihre Rucksäcke schauten, fehlte in jedem eine Kleinigkeit.

Kopfschüttelnd hielt Sying ein halbes Brot in der Hand. »Wer stiehlt denn nur eine Brothälfte?«

»Das ist wirklich äußerst seltsam«, stimmte Charlie ihm zu. »Von meinen vier Blätterbroten fehlen ebenfalls zwei.«

Und so verhielt es sich mit allem. Überall fehlte ein bisschen vom Proviant, von den Gewürzen oder dem Obst, selbst ihre Getränkeflaschen waren nur noch halb voll.

»Ein Dieb mit Gewissen. Verstehe das, wer will!«, sagte Sying.

»Ja, aber was machen wir jetzt?«, fragte Fatma.

»Na, das, was wir sowieso vorhatten, nämlich essen!«, meinte Madu und biss auch schon genüsslich in sein Blätterbrot.

Achselzuckend taten es die anderen ihm gleich. Die fehlenden Essensvorräte waren zwar eigenartig, aber nicht weiter tragisch.

In den nächsten Tagen verlief ihre Wanderung ohne weitere Auffälligkeiten, so dass sie gut vorankamen. Sie waren den Sümpfen schon sehr nahe, als sie das Gefühl beschlich, beobachtet und verfolgt zu werden. Doch obwohl sie sich immer wieder unerwartet umdrehten, konnten sie niemanden entdecken. Bevor sie an diesem Abend erneut ihr Lager aufschlugen, sahen Charlie und Fatma die Jungs vor sich miteinander tuscheln.

»Hey, was flüstert ihr so geheimnisvoll?«, rief Charlie ihnen zu.

»Nichts Besonderes«, antwortete Madu ihnen.

Allerdings wollten die Mädchen ihm dies nicht so recht abnehmen. Nachdem sie an einem geeigneten Platz die Zelte aufgebaut hatten, brachten sie ihre Rucksäcke hinein. Nur George ließ seinen etwas abseits an einem Baum stehen, was Charlie stirnrunzelnd zur Kenntnis nahm. Was sollte das?

Diesmal gingen George, Madu und Sying in den Wald Holz sammeln, während die Mädchen das Abendessen vorbereiteten. Sie hatten soeben die meisten Zutaten für das Gericht, das sie kochen wollten, geschnitten, als auf einmal um Georges Rucksack herum ein riesiger Tumult entstand. Offenbar hatten die Jungen ihrem Verfolger mit dem freistehenden Rucksack eine Falle gestellt, in die dieser auch prompt getappt war. Als der Dieb versuchte, etwas daraus zu stehlen, hatten George, Madu und Sying sich auf ihn gestürzt.

Obwohl sie zu dritt waren, brauchten sie eine Weile, bis sie das zappelnde Wesen unter Kontrolle gebracht und gefesselt hatten. Sichtlich zufrieden präsentierten sie den Mädchen ihre Beute.

»Also das hattet ihr vor! Warum habt ihr uns nichts gesagt? Wir hätten euch helfen können.« Charlie sah die Jungen streng an.

»Wir haben gedacht, dass es unauffälliger ist, wenn ihr

euch ganz normal verhaltet, weil ihr von nichts wisst«, erklärte George und betrachtete ihren Gefangenen.

Dieser hatte zumindest im Moment jede Gegenwehr aufgegeben und saß mit gesenktem Kopf da, so dass man außer einer Menge langer und verfilzter Haare nicht viel sehen konnte. Seine Kleidung hatte wohl auch schon einmal bessere Zeiten erlebt, da sie schmutzig und an vielen Stellen geflickt war.

Mit einem Ruck zog George den Kopf des Gefangenen an dessen Haaren nach hinten, um ihm endlich ins Gesicht sehen zu können. »So, nun zu dir, Dieb. Du bist ... ein Mädchen!« Was immer er hatte sagen wollen, hatte George vergessen. Perplex ließ er die Haare los und trat einen Schritt zurück.

»Was dagegen?«, fauchte das Mädchen, wobei sie böse in die Runde blickte.

»Warum hast du uns bestohlen?«, fragte Madu, da George offenbar zu perplex war, um weiterzureden.

»Ich stehle nicht.«

»Willst du damit etwa sagen, du hast unsere Sachen vor einigen Tagen nicht genommen und wolltest gerade nicht noch weitere Dinge stehlen?«

»Ich stehle nicht«, beharrte das Mädchen erneut, um danach so würdevoll wie möglich zu erklären: »Ich gehöre zu den Wuseln. Wir erwuseln die Sachen, die wir benötigen.«

»Ein Wusel ...?«

Das Mädchen seufzte. »In dieser Gegend wächst nicht viel Essbares und man kann auch nichts anpflanzen. Dafür, dass wir dennoch hier leben und uns um diese Region kümmern, lassen uns Reisende, die unser Gebiet durchqueren, immer etwas zurück. Manchmal ist es Proviant, manchmal Kleidung oder andere nützliche Sachen. Dies ist ein ungeschriebenes Gesetz. Wenn einer nichts gibt, sind wir dazu berechtigt, uns unseren Anteil selbst zu holen, ihn zu erwuseln.

Doch seit Brelor reisen nur noch wenige durch unser Gebiet, abgesehen von seinen Schergen, die natürlich nie etwas zurücklassen. Bei denen macht es am meisten Spaß, uns unseren Anteil zu erwuseln. Gehört ihr etwa zu denen?« Finster und herausfordernd sah sie alle an.

Sying war empört. »Ob wir zu Brelor gehören? Wir kämpfen gegen ihn! Wir werden bis in sein Reich vordringen und ihn besiegen.«

»Na dann viel Glück dabei, wenn ihr es überhaupt bis dahin schaffen solltet, was ich im Übrigen stark bezweifele.«

»Wieso? Was meinst du damit?« George hatte offenbar seine Sprache wiedergefunden.

»Als Wusel hört man so einiges. Angeblich hat Brelor einen Schattengürtel um sein Reich gelegt, der dafür sorgt, dass man, sobald man ihn betritt, einschläft und verloren ist.«

Madu machte das Zeichen gegen das Böse. Das hörte sich überhaupt nicht gut an. »Was soll das bedeuten, verloren?«

»Das weiß niemand genau. Vermutlich, weil noch niemand, der eingeschlafen ist, zurückgekehrt ist und davon berichten konnte.«

»Was machen wir nun mit ihr?«, fragte Charlie grübelnd.

»Glauben wir ihr die Geschichte über die Wusel und den Schattengürtel?«

»Bitte, können wir sie nicht freilassen? Egal, ob das mit den Wuseln stimmt oder nicht, ich finde es ganz schrecklich, sie so gefesselt zu sehen.« Fatma sah bei diesen Worten ganz elend aus und schien wirklich sehr unter dieser Situation zu leiden.

Das wollten sie natürlich auf keinen Fall. Und da sie ja schlecht die ganze Zeit eine Gefangene mit sich herumschleppen konnten ...

Sie nickten sich kurz zu und dann schnitt George rasch die Fesseln des Wusels – oder hieß es Wuselin? – durch.

Man sah ihr die Überraschung an, damit hatte sie nicht gerechnet, wie ihre nächsten Worte bestätigten. »Ihr lasst mich frei?«

»Ja, genau«, bestätigte Fatma. »Und hier ist mein Obolus für meine Durchreise.«

Sie reichte dem Mädchen ein Obergewand, das sie von den Usahs erhalten hatte. Auch die anderen gaben ein Kleidungsstück ab, sodass das Mädchen schließlich ganz gerührt ihr Lager mit reicher Beute verließ.

Da es in der Zwischenzeit spät geworden war, gingen sie bald schlafen. Als sie am nächsten Morgen aus ihren Zelten krochen, wartete das Mädchen auf sie.

»Mein Vater schickt euch diese Wurzeln als Dank für eure Sachen.« Sie zeigte auf einen Korb mit Wurzeln zu ihren Füßen. »Ich habe ihm von euch und eurem Vorhaben erzählt. Wenn ihr dies kaut, schlaft ihr nicht ein. Aber es ist wichtig, sie genau dann zu zerkauen, wenn ihr den Schattengürtel betretet, da die Wurzeln sonst nicht mehr wirken. Ich wünsche euch viel Glück. Möge die Sonne von Nirma euch immer leuchten.«

Nach diesen Worten verschwand sie so schnell, dass die Kinder keine Gelegenheit mehr hatten, ihr Fragen zu stellen oder zu danken.

Sie verstauten die Wurzeln in ihren Rucksäcken und zogen weiter.

Der Sumpf

Vor ihnen breitete sich die Sumpflandschaft aus. Der schlammige Boden, das stehende Wasser und umgestürzte Bäume erinnerten an einen Sumpf auf der Erde. Doch hier auf Nirma wuchsen dort Büsche und Sträucher, die farblich sortiert zusammenstanden. Einige waren rot mit großen Blättern, andere blau mit kleinen Blättern. Wieder andere hatten gelb schillernde spitze Stacheln.

Die fünf Freunde betrachteten die Landschaft vor ihnen. »Wow« war das Wort, das gerade alle dachten.

Über der Landschaft hing ein dichter Nebel, der es ihnen unmöglich machte, die Gebilde, die sich in der Ferne erhoben, genau zu erkennen. Sie schienen aufgrund der Schemen und Schatten sehr groß zu sein und auch weit in den Himmel zu reichen.

In den Sumpf hinein führte ein Weg aus Steinen, die sich so aneinanderreihten, dass man bequem auf ihnen gehen konnte. Sie konnten vereinzelte Abzweigungen ausmachen. Vorsichtig testeten sie die Steine, die vor ihnen lagen, auf Stabilität. Da sie feststellten, dass sie diese ohne Probleme betreten konnten und sie nicht einmal unter ihrem Gewicht weiter einsanken, wurden sie mutiger. Es dauerte nicht lange und sie folgten dem Weg im zügigen Tempo.

Wenn ein Stein zwischendurch fehlte, mussten sie ein Stück weiter auf den nächsten springen. An einer Stelle trat Madu, der ein wenig herumgealbert hatte, daneben und fiel plötzlich bäuchlings neben die Steine in den Matsch.

Als er sich endlich aus der Pampe befreit hatte und wieder stand, sah er wie das Sumpfmonster höchstpersönlich aus. Die anderen brachen in schallendes Gelächter aus. Auf Madus gesamten Körper und seinem Gesicht lag eine dicke, zähe Schlammschicht. Seine Augen hatte er geschlossen, da sich selbst darüber Schlamm befand. Er versuchte mit seinem Arm seine Augen frei zu wischen, verschlimmerte jedoch nur die Situation.

Lachend kam Fatma ihm zu Hilfe. Mit einem Tuch, das sie bereits herausgeholt hatte, wischte sie seine Augen, Nase und Mund einigermaßen sauber.

Sying, der sich vor Lachen überhaupt nicht mehr beruhigen konnte, wurde auf einmal von einer dicken Schlammkugel getroffen. Irritiert blickte er auf und sah einem jetzt grinsenden Madu ins Gesicht.

»Na, warte!« Sying bückte sich, formte ebenfalls eine Schlammkugel und bewarf Madu damit.

Es dauerte nicht lange, bis zwischen den beiden eine riesige Schlammschlacht im Gange war, die von den anderen aus sicherer Entfernung beobachtet und durch wechselnde Anfeuerungsrufe unterstützt wurde. Als Madus und Syings Kräfte deutlich nachließen, einigten sich beide, so würdevoll sie konnten, auf ein Unentschieden.

Nach diesem Intermezzo gingen sie weiter. Madu und Sying bildeten den Schluss, da keiner der anderen große Lust verspürte, immer durch herabfallende Schlammflatschen der beiden zu laufen. Der Nebel hatte sich nicht verändert, allerdings wurde es langsam dunkler, was ihre Sicht zusätzlich erschwerte. Allmählich machte sich bei allen auch eine gewisse Müdigkeit bemerkbar.

»Was haltet ihr davon, wenn wir uns in der nächsten Stunde nach einem geeigneten Übernachtungsplatz umsehen?«, schlug Charlie den anderen vor.

»Und auch nach einem geeigneten Lagerplatz zum Abendessen«, ergänzte Madu, was ihm von Sying einen weiteren Schlammkugelwurf einbrachte.

George wollte soeben einen Platz im Sumpf, der ihm etwas weniger feucht erschien, als Übernachtungsstelle vorschlagen, als ihn ein leises Summen innehalten ließ. Dieses Summen wurde zunehmend lauter und schien von allen Seiten immer weiter auf sie zuzukommen. Im Nebel waren immer mehr fliegende Lichtpunkte zu erkennen.

Mit einem Mal sahen sie, dass es sich bei den Lichtpunkten um unzählige fliegende Tiere handelte, die einen grünlich schillernden Körper hatten. Sie waren ungefähr zehn Zentimeter lang und erinnerten ein wenig an die Libellen auf der Erde.

Im Gegensatz zu diesen konnten die Tiere hier aber äußerst schmerzhaft zustechen, wie die Kinder zu ihrem Leidwesen bald feststellen mussten. George spürte den ersten Stich auf seiner rechten Hand und sah schaudernd, wie sich an der Einstichstelle eine dicke, grüne Beule entwickelte.

»Lauft«, schrie er den anderen zu.

Sie rannten und stolperten die Steine entlang, doch diese Biester waren überall. Egal, wie sie auch danach schlugen, sie wurden an allen freiliegenden Hautstellen getroffen.

Und an jeder Stelle erschien neben einem starken Schmerz diese grünliche Pustel.

Hoffentlich sind diese Viecher nicht giftig, dachte George, als er einen Schlag im Rücken spürte und hinfiel. Bevor er sich wieder aufrappeln konnte, war Madu über ihm. »George, hör endlich zu.«

Verwirrt drehte George sich zu ihm um, während er weiterhin versuchte sich der Stiche zu erwehren. Aber das musste nur er tun, denn Madu wurde von den Tieren nicht beachtet.

»Es ist der Schlamm. Sie stechen dich nicht, wenn du mit Schlamm bedeckt bist.«

Umgehend rollte George sich in den Matsch. Er spürte direkt die wohltuende Kühle auf seiner Haut. Er nahm den Morast in beide Hände und rieb sich zügig damit ein. Augenblicklich ließen ihn die Stechbiester in Ruhe.

Er sah sich um. Da er vorausgelaufen war, war er als letzter von Madu angehalten worden. Fatma und Charlie hatten sich bereits komplett eingeschmiert und erholten sich gerade von dem Angriff.

Auf den ersten Blick schätzte George, dass Charlie am meisten abbekommen hatte. Vielleicht roch sie am besten. Was auch immer der Grund dafür war, sie sah einfach furchtbar aus. Selbst unter der dicken Schlammschicht konnte man das vollkommen verbeulte Gesicht erahnen.

Sying war genau wie Madu nicht gestochen worden.

George sah auf seine Hand und betrachtete die pralle grüne Pustel, die mitten auf seinem Handrücken prangte. Vorsichtig knibbelte er daran. Aus einem kleinen Loch lief grüne Flüssigkeit heraus. Überall, wo sie unversehrte Haut berührte, entstanden sofort neue Blasen. Das hätte er wohl besser gelassen!

»Ihr dürft die Blasen nicht aufmachen, dann verschlimmert sich der Ausschlag«, warnte er die anderen.

In ihrem äußerst angeschlagenen und desolaten Zustand gingen sie zu dem Platz herüber, den George noch vor dem Angriff gesehen hatte und ließen sich dort nieder. Nur Madu aß etwas, alle anderen versuchten sofort zu schlafen.

Da sie aber ziemlich durchnässt waren und der Dreck auf ihnen in dem feuchten Nebel sehr schlecht trocknete, fingen sie an zu frieren. Wenigstens ließen bei George und Fatma die Schwellungen langsam nach.

Nur Charlie sah noch genauso schlimm aus wie zuvor. Sie fühlte sich auch überhaupt nicht gut und wälzte sich unruhig hin und her. Fatma legte ihr die Hand auf die Stirn. Sie fühlte sich fiebrig an.

»Es geht ihr nicht gut. Irgendetwas stimmt nicht. Wir brauchen dringend Hilfe«, raunte Fatma George leise zu. Er sah besorgt zu Charlie hinüber.

»Hier werden wir sie nicht bekommen. Hier ist niemand. Wir müssen weiter.«

»Das wird sie nicht schaffen.«

George dachte angestrengt nach. »Okay, wir machen Folgendes: Madu, komm bitte mal her! Du bist neben mir der Schnellste von uns. Du läufst vor und versuchst jemanden zu finden, der uns helfen kann. Bleib aber auf dem Weg. Es nützt uns nichts, wenn du uns verloren gehst. Wir folgen langsamer mit Charlie.«

Madu nickte zustimmend, griff sich nur noch seine

Wasserflasche und lief los. Fatma und George hakten Charlie auf beiden Seiten unter. Sying ging vor ihnen her und achtete auf den Weg. Sie kamen unglaublich langsam vorwärts, wobei Charlie die ersten hundert Meter noch, wenn auch mit kleinen Schritten, mitging. Danach zogen sie sie fast nur noch mit sich, bis George auf einmal anhielt.

»Das geht so nicht, das halten wir keine fünf Meter mehr durch.« Kurzerhand legte er sie sich quer über die Schultern. »Geht es so? Liegst du einigermaßen bequem?«

Doch er erhielt keine Antwort. Charlie war ohnmächtig.

Erwischt

Schwere Schritte ließen Ehawee hochfahren. Sie war im Sitzen hinter ihrem Säulenversteck eingenickt. Brelor ging auf dem Weg zu seinem Schlafzimmer sehr dicht an ihr vorbei. Sie presste sich, so stark sie konnte, gegen die Säule, als wolle sie mit ihr verschmelzen. Brelor sagte etwas zu den Wächtern, die daraufhin ihren Platz verließen und weggingen.

Was hatte sie doch für ein Glück! Sie hatte sich schon den Kopf darüber zerbrochen, wie sie an den Wächtern vorbeikommen sollte.

Hoffentlich kommen sie nicht so schnell wieder. Wie lange Brelor wohl braucht, um einzuschlafen? Ich muss den richtigen Moment abwarten.

Als sie glaubte, dass ausreichend Zeit vergangen war, lief sie zur Tür und horchte. Sie konnte nichts hören. Langsam drückte Ehawee die Türklinke nach unten, öffnete die Tür einen Spalt, huschte in das Zimmer und sah sich um.

Die Wände waren schwarz und mit goldenen Ornamenten bedruckt. Rechts von ihr flackerte in einem großen steinernen Kamin ein Feuer und sorgte in dem Raum für behagliche Temperaturen. Die linke Wand wurde von großen aus dunklen Hölzern bestehenden wuchtigen Schränken eingenommen.

Vor ihr befand sich ein imposantes Himmelbett mit vier gewundenen dunklen Holzspiralen in den Ecken, die zur Decke hin schmaler wurden. An diesen waren schwere, samtene dunkelgrüne Vorhänge befestigt, die im Moment zugezogen waren. Neben dem Bett stand ein Nachttisch, auf dem abgesehen von einem kleinen Schmuckkästchen nichts stand.

Ehawee schlich zum Bett und war froh, dass der dicke Teppich ihre Schritte dabei komplett verschluckte. Neben dem Bett stehend, konnte sie durch einen kleinen Spalt zwischen den Vorhängen die Bettdecke sehen.

Brelor selbst konnte sie nicht erkennen, er lag wohl komplett darunter. Das spielte aber auch keine Rolle, denn das, was sie suchte, lag offensichtlich in dem Schmuckkästchen auf dem Nachttisch. Zumindest lugte eine Kette, wie Brelor sie sonst trug, unter dem Deckel des Schmuckkästchens hervor.

Welch eine günstige Gelegenheit. Sie wollte gerade danach greifen, als eine Hand schraubstockartig ihr Handgelenk umklammerte. Ehawee wäre vor Schreck fast in Ohnmacht gefallen. Sie drehte sich um und stand Brelor gegenüber.

Rettung in letzter Sekunde

Seit George Charlie trug, kamen sie schneller voran. Anfangs zumindest, doch je länger Fatma, Sying und George gingen, desto mehr kam George an die Grenzen seiner Belastbarkeit. Mit der Zeit hob er die Füße gar nicht mehr vom Boden, sondern schlurfte nur noch. Er versuchte, sich selbst weiter anzutreiben, erst recht, nachdem Charlie angefangen hatte, auffällig zu atmen. Jeder ihrer Atemzüge war von einem Rasseln begleitet und hörte sich sehr angestrengt an.

»George.« Fatma legte ihm eine Hand auf den Arm.

Was macht sie da?, dachte George ärgerlich. Ich darf nicht stehen bleiben. Wenn ich stehen bleibe, finde ich keine Kraft mehr, weiterzulaufen. Das weiß ich genau. Aber solange ich mich bewege, schaffe ich es immer wieder einen Fuß vor den anderen zu setzen.

»George!« Fatma hielt ihn jetzt energisch fest und sagte dann sanfter: »Lass Charlie herunter. Wir warten hier auf Madu. Er wird sicher bald kommen.«

»Nein, ich muss …«

»Nein, musst du nicht! Lass sie herunter. Ruh dich etwas aus. Ich pass auf Charlie auf.« Fatmas Stimme klang freundlich, aber bestimmt.

»Na gut, vielleicht nur einen kleinen Moment.«

Vorsichtig legte er Charlie ab, Fatma und Sying halfen ihm dabei. Obwohl er nun von der Last befreit war, hatte er keine Kraft mehr und sackte neben Charlie zu Boden.

George legte vorsichtig ihren Kopf in seinen Schoß und streichelte ihre Wange.

Fatma versuchte Charlie etwas Wasser einzuflößen, aber es lief über ihre Mundwinkel sofort wieder heraus. Als sie daraufhin etwas mehr in Charlies Mund kippte, löste das bei ihr einen so schlimmen Hustenanfall aus, dass Fatma auf weitere Experimente diesbezüglich verzichtete. Stattdessen beschränkte sie sich darauf, Charlies Stirn mit Wasser zu kühlen.

Die nachfolgenden Minuten waren die längsten ihres Lebens. Sie fühlten sich absolut hilflos, da sie nur warten und auf Rettung hoffen konnten. Als sie schon fast nicht mehr daran glaubten, hörten sie plötzlich ein Geräusch. Durch den Nebel kam etwas auf sie zu.

Fatma und Sying sprangen auf und machten mit »hierher«- und »wir sind hier«-Rufen auf sich aufmerksam. Sie vertrauten darauf, dass dort wirklich die benötigte Hilfe auf sie zu kam.

Als sie Madu bei einer Gruppe Nirmaner entdeckten, waren sie beruhigt und klopften ihm anerkennend auf die Schulter. Madu erklärte ihnen, dass er mitten in den Sümpfen auf eine Gruppe Levitaner, der korrekte Name der Sumpfbewohner, getroffen war. Nachdem er ihnen die Lage geschildert hatte, waren sie sofort mitgekommen.

Die Levitaner hielten sich nicht mit Begrüßungen auf, sondern kümmerten sich sofort um Charlie. Die zwischen ihnen gemurmelten Worte konnten die Kinder kaum verstehen, aber das war auch nicht wichtig.

Sie waren so froh, dass Charlie versorgt wurde und sie die Verantwortung abgeben konnten. Trotzdem beobachteten sie mit gemischten Gefühlen, wie Charlie auf eine Art Trage gehoben und in schnellem Tempo abtransportiert wurde. Dabei wurde sie von den meisten Levitanern begleitet.

Einer, der zurückgeblieben war, trat zu ihnen. »Man nennt mich Sador. Eure Freundin hat großes Glück gehabt. Eine Stunde später und auch wir hätten nichts mehr für sie tun können.«

»Dann wird sie wieder gesund?«, fragte Fatma.

»Wenn keine Komplikationen auftreten, wird es ihr bald bessergehen.« Er musterte sie alle. »Ihr hattet eine unerfreuliche Begegnung mit den Mokos. Fiese Biester, die abends in Schwärmen auftauchen und schmerzhafte Stiche mit unangenehmen Blasen verursachen. Lästig und unangenehm, aber in der Regel nicht gefährlich. Allerdings sind einige wenige der Mokos mit einem Krankheitserreger infiziert, der bei der gestochenen Person unbehandelt zum Tod führt. Eure Freundin hatte einfach das Pech, von genau so einem Biest gestochen zu werden.«

Er musterte kurz ihre erschöpften Gesichter. »Es ist zu Fuß noch ein langer Weg bis in unsere Stadt. Eure Freundin musste zur weiteren Behandlung so schnell wie möglich in unser Krankenhaus gebracht werden. Aber ich denke, für euch macht es keinen Sinn, jetzt noch den Rückweg zur Stadt anzutreten. Wir werden alle hier übernachten.«

Er gab seinen Leuten im Hintergrund ein Zeichen. Nach kurzer Zeit hatten sie Zelte aufgebaut, die durchaus komfortabel waren. Nur zu gerne nahmen die Kinder

Sadors Vorschlag an. Sie schafften es noch so gerade in die Zelte zu kriechen, als sie auch schon einschliefen.

Am nächsten Morgen fühlten sie sich deutlich besser. Wäre da nicht die Sorge um Charlie gewesen, wäre es ihnen sogar hervorragend gegangen.

Das Mittel, das Fatma und George von Sador gegen die Stiche erhalten hatten, hatte bei ihnen wahre Wunder gewirkt. Sie bedankten sich ganz herzlich bei ihren Rettern, vor allem natürlich für die Hilfe bei Charlie.

Dabei hatten sie zum ersten Mal Gelegenheit, sich die Sumpfbewohner in Ruhe anzusehen. Dazu waren sie am Tag zuvor wegen der Sorge um Charlie und ihrer Müdigkeit nicht wirklich in der Lage gewesen.

Die Levitaner hatten eine normale Statur. Sofern die sechs, die bei ihnen geblieben waren, repräsentativ waren, gab es bei ihnen ungefähr die gleichen Abweichungen in Größe und Gewicht, wie dies auch bei den Menschen der Fall war.

Unterschiedlich waren neben der grünen Haut, die bei ihnen eine leicht bräunliche Schattierung aufwies, die Hände und Füße der Sumpfbewohner. Beides wirkte im Verhältnis zum Rest des Körpers überdimensioniert, als hätten diese Körperteile etwas zu spät vergessen mit dem Wachstum aufzuhören. Die Füße erschienen ihnen unnatürlich breit.

Zuerst dachten die Kinder noch, dass dies lediglich aufgrund der Schuhe so wirkte, doch als sie eine Frau in Sandalen sahen, wurde ihnen klar, dass die Schuhe auch der tatsächlichen Form der Füße entsprachen. Abgesehen von den Schuhen trugen sie eine ziemlich zweckmäßige, strapazierbare, bräunliche Kleidung in Form einer Hose und eines langärmligen T-Shirts.

Wie knapp Charlies Rettung wirklich war, erklärte ihnen dann Sador: »Normalerweise hält sich abends und nachts niemand mehr von uns in den Sümpfen auf. Einen der Gründe habt ihr bereits am eigenen Leib zu spüren bekommen. Wenn wir uns auch vor den Mokos recht gut schützen können, ist ihr ständiges Herumschwirren extrem lästig und hält uns von der Arbeit ab. Deshalb arbeiten wir bis auf wenige Ausnahmen im Jahr nur tagsüber. Ihr hattet großes Glück, dass gestern so eine Ausnahme war, sonst hätten wir uns alle in der Stadt befunden und für Charlie wäre es zu spät gewesen. Leider kann ich euch noch nicht sagen, wie es eurer Freundin geht, aber sobald wir in der Stadt sind, wissen wir mehr.«

Obwohl die Kinder sich große Sorgen machten und auf positive Nachrichten hofften, konnten sie nur abwarten.

»Was arbeitet ihr denn hier in den Sümpfen?«, fragte George neugierig.

»Oh, wir gewinnen hier wichtige Rohstoffe für ganz Nirma. Ihr werdet schon sehen«, antwortete Sador geheimnisvoll. »Am besten brechen wir gleich auf.«

»Können wir nicht zuerst ein kleines Frühstück einnehmen?«, konnte Madu sich nicht verkneifen zu fragen und fügte, als er das genervte Aufstöhnen der anderen hörte, maulend hinzu: »Das Abendessen ist schließlich auch schon ausgefallen.«

»Nun, ich schlage vor, dass wir die frühe Stunde nutzen, um schnell in unsere Stadt Levia zu gelangen. Ich bin sicher, dort erwartet dich ein besseres Frühstück als hier, vor allen Dingen, da du es dir hier mit einer Horde Springer teilen kannst.«

Da niemand, auch nicht Madu, nach ihrem Erlebnis mit den Mokos es darauf abgesehen hatte, die Springer – was immer das war – kennenzulernen, stimmten sie dem Vorschlag schnell zu. Als sie dann noch herausfanden, dass ihnen aus der Stadt ein Gefährt geschickt worden war und sie zurückfahren konnten, hellte sich sogar Madus Stimmung wieder auf.

Das Gefährt, auf das sie stiegen, glich fast einem fliegenden Teppich mit Sitzen. Es war bis auf die Sitze ganz flach, hatte ein Rohrsystem unter sich und schwebte wahrhaftig in der Luft. Nach ihren bisherigen Erfahrungen auf Nirma hatten sie überhaupt nicht damit gerechnet, etwas derartig Futuristisches zu erleben.

Während sie über die Sumpflandschaft glitten, klärte Sador sie auf: »Das Geheimnis liegt in den Gasen, die im Sumpf gebildet werden. Sie haben neben anderen Eigenschaften einen immensen Auftrieb, den wir uns an diversen Stellen zu Nutze machen. Außerdem werden die Gase für die Leuchtelemente, die hier hergestellt werden, gebraucht. Die Lampen funktionieren überall auf Nirma. Doch der Auftrieb für unsere Fahrzeuge und andere Dinge klappt nur hier in den Sümpfen, da man dafür einen großen Untergrund mit ständiger Gasbildung braucht.«

Was Sador mit anderen Dingen, für die sie den Auftrieb nutzten, gemeint hatte, sahen sie kurz darauf, als sie den Nebel verließen.

»Das gibt es doch nicht.« Staunend betrachteten die Kinder das, was bisher vom Nebel verborgen worden war.

Einen Irrtum mussten sie sofort korrigieren. Die Schemen, die sie aus der Ferne gesehen hatten, ragten nicht bis in den Himmel, sie befanden sich im Himmel.

Vor ihnen schwebten unterschiedlich große Ebenen in der Luft. Im Hintergrund war die größte Ebene, auf der sich eine ganze Stadt befand. Unabhängig davon schwebten in verschiedenen Höhen andere Ebenen. Auf einigen befanden sich Wälder, andere sahen leer aus. Es gab ganz kleine mit nur einem oder zwei Häusern, und direkt vor ihnen waren welche mit riesigen Röhrenkonstruktionen, deren Sinn sie nicht genau zu erkennen vermochten.

Alle Ebenen waren anders geformt, aber immer mit abgerundeten Ecken. Sie liefen nach unten zu einer Art Rohr zusammen, wobei die Breite des Rohrs mit der Größe der jeweiligen Ebene zusammenhing. Zwischen den Ebenen schien sich etwas hin und her zu bewegen.

»Wahnsinn«, entfuhr es Madu. »Einfach absoluter Wahnsinn.«

»Auf den Ebenen mit den Rohren stellen wir die Leuchtkugeln her.«

»Und das alles hält sich nur durch den Auftrieb der Gase in der Luft?«, fragte George.

»Genauso ist es. Natürlich müssen noch ein paar Feinheiten beachtet werden, aber im Wesentlichen stimmt es.«

Sie hielten genau unter der Ebene mit der großen Stadt an. Jetzt erst sahen sie noch weitere Details, die ihnen aus der Ferne nicht aufgefallen waren. Von dem untersten Bereich der in der Mitte zu einem Rohr zusammenlaufenden Ebene fiel ein Luft- beziehungsweise Gasstrom bis auf den Boden. Um diesen Strom herum fanden sich kreisförmig am Rand angeordnete weitere große Platten, die sich unterschiedlich von oben nach unten bewegten und die – kaum zu glauben – als Aufzüge dienten.

Die vier folgten den Levitanern auf eine sich gerade auf dem Boden befindende Platte.

Sador wandte sich an sie. »Da dies für euch hier neu ist, solltet ihr euch vielleicht besser setzen.«

Dieser Aufforderung kamen sie nur allzu gerne nach. Sie setzten sich alle möglichst mittig hin, während die Levitaner teilweise sehr dicht am Rand stehen blieben. Ihre Unterhaltung geriet nicht einmal ins Stocken, als die Platte sich plötzlich zügig innerhalb des Stromes nach oben bewegte.

Sying wurde schon wieder grün im Gesicht, obwohl die Fahrt nicht allzu lange dauerte. Die anderen hatten keine solche Probleme, waren aber trotzdem froh, die Fahrt im Sitzen machen zu können. Und dann waren sie da!

Levia

Sie landeten sehr zentral in der Stadt, deren Häuser aus den unterschiedlichsten Materialien zu bestehen schienen. Einige Häuser waren aus Erde errichtet, dunkler als die Gebäude in der verschwundenen Stadt, aber genauso kunstvoll; andere dagegen ähnelten eher einer Erdhöhle. Daneben gab es auch durchaus futuristisch anmutende Gebäude aus hellem Stein mit Verglasungen und diversen Metallelementen.

Die Bewohner der Stadt waren im Gegensatz zu ihren Begleitern alle auffallend und äußerst bunt gekleidet.

Vermutlich tragen sie bei der Arbeit in den Sümpfen eher zweckmäßige und triste Kleidung und wollen sich in der Stadt dafür entschädigen, überlegte Fatma.

Sador übergab sie mit freundlichen Worten an einen älteren Mann namens Melur, der sie zum Herrscherpaar führen sollte. Er selbst verabschiedete sich vorerst mit den Worten, dass sie sich schon in Kürze wiedersehen würden.

Er stieg auf ein Gefährt, das entfernt an ein Fahrrad erinnerte, aber anstatt Rädern ein Brett ähnlich einem Snowboard hatte. Mit diesem fuhr er über den Boden schwebend davon.

Verblüfft sahen sie ihm nach.

Melur, dem ihre verwunderten Blicke nicht entgangen war, erklärte: »Dieses Gefährt nennen wir Hebaan. Bewegt wird es durch das Gas, das aus den Schlitzen am Boden strömt. Die Schlitze ziehen sich durch die ganze Stadt. Die Hebaane gehören allen Bewohnern und können von jedem genutzt werden.«

Erstaunt hatten die Freunde den Ausführungen Melurs gelauscht. Und tatsächlich, bei genauerer Betrachtung des Bodens fiel ihnen auf, dass das, was sie auf den ersten Blick für Linien gehalten hatten, in Wirklichkeit feine Schlitze im Boden waren. Interessiert beobachteten sie, wie viele Personen auf ähnlichen Fortbewegungsmitteln unterwegs waren und kreuz und quer durch die Stadt fuhren.

Da sie zu dem Herrscherpaar zu Fuß gehen konnten, bekamen sie ausreichend Gelegenheit, sich alles anzuschauen. Fasziniert waren sie von der Tatsache, dass niemandem ein Hebaan gehörte. Hatte man sein Ziel erreicht, wurde das Hebaan einfach beiseite gezogen, wo es darauf wartete, vom nächsten benutzt zu werden.

Die Straßenlaternen waren besonders aufwendig gestaltet. Zu gern hätten sie sie leuchten gesehen.

Auf ihrem Weg kam die Gruppe unter anderem an einem großen Gebäude vorbei, bei dem es sich Melurs Erklärung nach um das Krankenhaus handelte. Sofort prasselten die Fragen auf ihn ein.

»Ist Charlie da?«

»Können wir sie besuchen?«

»Wie geht es ihr?«

Melur beantwortete sie alle geduldig. »Ja, eure Freundin ist dort untergebracht. Ihr müsst aber zuerst zum Rat, um den Grund für eure Anwesenheit zu nennen. Danach dürft ihr sie sofort besuchen. Wenn sie auch noch schwach ist, hat sich ihr Zustand im Vergleich zu gestern Abend schon deutlich gebessert.«

Seine Worte beruhigten sie einigermaßen, trotzdem waren sie enttäuscht. Sie hätten Charlie gern direkt gesehen, doch erschien es ihnen äußerst unhöflich darauf zu bestehen. Auf die kleine Verzögerung kam es sicherlich nicht an.

Das Gebäude, der Herrscherpalast oder Amtssitz – so genau hatten sie das nicht verstanden –, in den Melur sie führte, gehörte definitiv zu den modernen Gebäuden. Es sah aus wie ein riesiger Kegel, der aus einem einzigen Weg zu bestehen schien. Sie betraten einen breiten weißen Weg, der sich in einer großen Spirale bis zur Spitze hochschraubte.

Von der jeweils höheren Windung konnte individuell ein Schutz ähnlich einem Fenster gegen Wind und Wetter heruntergeklappt werden. Da es aber zurzeit windstill und sonnig war, war der Kegel zu allen Seiten offen. Die Mitte war bis auf eine Ebene, die von oben auf zweidrittel der Höhe des Kegels herabhing und die sie jetzt betraten, ein freier Raum. Dabei erreichten sie die Ebene über seitliche, vom Spiralweg ausgehende Verbindungen.

Im hinteren Bereich der Ebene stand quer ein langer Tisch, hinter dem insgesamt zwölf Personen saßen, die ein äußerst buntes Bild abgaben und die, wie Melur ihnen erklärte, die Geschicke der Stadt und des Sumpfes leiteten. In der Mitte hinter dem Tisch hatten etwas erhöht die beiden Vorsitzenden der Führungsriege, Suria und Sador, ihren Platz.

Als die Kinder den letzten Namen vernahmen, schauten

sie sich Sador noch einmal genauer an. Es war tatsächlich ihr Sador aus den Sümpfen, wobei er in seinen nun sehr bunten Kleidern, die er gegen die Sumpfkleidung getauscht hatte, fast nicht wiederzuerkennen war. Sein Oberteil bestand aus rechteckigen Lappen, bei dem jede Reihe eine andere Farbe aufwies. Seinen Kopf zierte ein goldener Haarreif, von dessen vorderem Bereich ein breiter bogenförmiger Streifen über seinen Kopf nach hinten abging.

Suria, die etwas fülliger und älter war als Sador, trug dagegen ein Kleid, das aus vielen bunten Bällen zu bestehen schien und ihr bis zu den Knien reichte. Aus ihrem Haar kamen als Schmuck viele bunte Kringel, die zu den Farben ihres Kleides passten.

Sador war mit fünf anderen hauptsächlich für die Belange der Sümpfe zuständig, wohingegen Suria mit ihren fünf Leuten die Stadtangelegenheiten vertrat. Grundsätzlich stimmten aber immer alle zu einem Thema mit einer Stimme ab, nur bei Suria und Sador zählte bei Bereichen, die ihre Verantwortlichkeiten betrafen, die Stimme doppelt. Die zehn Berater wurden alle vier Jahre neu gewählt. Suria und Sador waren auf Lebenszeit gewählt, konnten aber bei Amtsmissbrauch abgesetzt werden oder sich aus Alters- oder Krankheitsgründen zurückziehen.

Die Freunde traten vor und blickten den zwölf gespannt entgegen.

Suria richtete das Wort an sie: »Retter von Nirma, ich freue mich sehr, euch trotz der widrigen Umstände in unserer Stadt Levia begrüßen zu können. Wie mir gerade noch berichtet wurde, geht es eurer Freundin viel besser und natürlich dürft ihr sie nach unserem Gespräch umgehend besuchen.«

Die Gesichter der Kinder hellten sich bei dieser Ankündigung deutlich auf.

»Aber zunächst möchten wir gerne erfahren, was euch in unsere Gegend gebracht hat und wie wir euch helfen können.«

George trat vor und berichtete den Anwesenden kurz von ihren Erlebnissen, und dass ihnen nur noch eine Scherbe fehlen würde, um den zweiten Stern zu vervollständigen. Dann erzählte er von dem Diebstahl der Pergamentrolle, bevor sie das letzte Rätsel lesen konnten, und von ihrer Vermutung, dass Aria die Scherbe in den Sumpfgebieten versteckt haben könnte.

Nachdem er seinen Bericht beendet hatte, beriet Suria sich leise mit Sador, der sich danach an sie wandte: »Wir wissen auch nicht, wo Aria die Scherbe versteckt haben könnte.« Er hob beschwichtigend die Hand, als er die Enttäuschung bei den vieren spürte. »Daher werden wir uns zu einer Beratung zurückziehen und überlegen, wie wir das Problem lösen können. In der Zwischenzeit bringt euch Melur endlich zu eurer Freundin und zeigt euch, wenn ihr wollt, ein wenig von unserer Stadt.«

Da ihre Kleidung vom Aufenthalt in den Sümpfen sehr schmutzig war, wies er Melur an, ihnen auch noch eine Waschgelegenheit und neue Kleidung zur Verfügung zu stellen. Er nickte ihnen zur Verabschiedung zu und Melur führte sie den gleichen Weg wieder aus dem Gebäude.

Seine Frage, ob sie erst zu Charlie oder neue Kleider haben wollten, wurde ihm eindeutig und schnell beantwortet. Sie wollten alle zuerst ausnahmslos zu Charlie, so dass Melur sie auf dem kürzesten Weg zum Krankenhaus brachte. Während sie ihm im Inneren durch die Gänge folgten, konnten sie auch in einige Krankenzimmer hineinsehen. Verblüfft stellten sie fest, dass einige Patienten in der Luft schwebten. Dank Melur bekamen sie den Grund dafür gleich erklärt.

»Das sind unsere Langzeitpatienten, die sich entweder im Koma befinden oder aus einem anderen Grund längere Zeit nicht aufstehen dürfen. Um Druckstellen zu vermeiden, liegen sie nicht in einem Bett. Stattdessen haben wir das Sumpfgas so umgeleitet, dass es wie eine Liegefläche wirkt. Durch regelmäßige Veränderungen in den Leitungen wird immer unterschiedlich viel Gas auf eine gewisse Fläche geleitet. Diese Technik ist viel effektiver, als die Patienten immer wieder in ihrem Bett umzulagern, wie wir das früher gemacht haben. Deswegen verlegen die anderen Völker auf Nirma gerne schwere Krankheitsfälle zu uns.«

Das erklärte, warum sie unter anderem einen Yetiden und eine Arborianerin gesehen hatten.

Kurz darauf hatten sie Charlies Zimmer, das sie für sich alleine hatte, erreicht. Sie saß auf ihrem Bett und blickte sie vergnügt an. Erleichtert sahen sie, dass es Charlie tatsächlich besser ging.

Sie sah zwar immer noch äußerst blass aus, wobei das schrillgelbe Krankenhaushemd, das man ihr gegeben hatte, auch nicht gerade zu einem besseren Teint führte. Die Schwellung ihres Gesichtes war mittlerweile fast komplett zurückgegangen und sie atmete wieder normal.

»Sie haben mir versprochen, wenn ich weiterhin so gut auf die Behandlung anspreche, darf ich wahrscheinlich morgen das Krankenhaus verlassen.«

Das war wirklich eine gute Nachricht. Die Freunde hatten sich gerade gegenseitig auf den neuesten Stand gebracht, als eine Krankenschwester ins Zimmer kam und verkündete, dass Charlie noch Ruhe bräuchte und der Besuch jetzt leider gehen müsste.

Daher verabschiedeten George, Fatma, Madu und Sying sich, und Melur brachte die vier in eine Art Hotel in der Nähe des Krankenhauses. Dort konnten sie kurz frühstücken, duschen und die neuen Sachen, die Melur ihnen in der Zwischenzeit auf ihre Zimmer gebracht hatte, anziehen.

Nachdem sie ihre Kleidungsstücke gesehen hatten, ging jedem der gleiche Gedanke durch den Kopf, ob sie es nicht doch noch einmal mit den alten Sachen versuchen sollten. Da diese aber komplett mit einer Schlammschicht überzogen waren und die Freunde ihre Gastgeber auch nicht brüskieren wollten, zogen sie sie schließlich zähneknirschend an.

Als sich die vier danach in Georges Zimmer trafen, wussten sie nicht genau, ob sie lachen oder weinen sollten. Georges Outfit hatte eindeutig den Vogel abgeschossen und, nachdem sie ihn gesehen hatten, fanden Fatma, Sying und Madu ihre eigenen Sachen gar nicht mehr so schlimm.

Fatma hatte ein leuchtend rotes langes Kleid mit großen gelben Kreisen sowie ein oranges Kopftuch, Madu ein gelbgrün gestreiftes Oberteil mit einer himmelblauen Hose und Sying ein pinkfarbenes T-Shirt mit einer karierten Hose, die aus einem langen und einem kurzen Bein bestand, bekommen. George aber hatte man einen engen, glitzernden, türkisfarbenen Ganzkörperoverall mit unzähligen Rüschen gegeben, den er sich seinem Gesichtsausdruck nach zu urteilen sofort vom Leib reißen würde, sobald seine alten Kleider wieder sauber wären. Die drei versuchten mühsam sich ein Lachen zu verkneifen.

Es klopfte und Fatma öffnete die Tür. Melur war gekommen, um sie auf eine Stadtführung mitzunehmen.

Als er sie sah, sagte er begeistert: »Ihr seht toll aus! Ich wusste, dass ich die richtigen Kleider für euch herausgesucht habe. Die Farben passen hervorragend zu euch.«

George war kurz davor ihm an die Gurgel zu gehen, was Melur aber nicht zu bemerken schien. Im Gegenteil, als er George ansah, fiel ihm auf, dass dieser noch nicht die passende Kopfbedeckung trug, und kam mit einem riesigen, Rüschen besetzten Etwas auf George zu. Diesmal konnte selbst Melur Georges mörderischen Gesichtsausdruck nicht fehldeuten.

Verunsichert verlangsamte er seinen Schritt. »Ähm … vielleicht kann man auch darauf verzichten … ja, ich denke, es wird auch ohne gehen.« In einem kleinen Anfall von Trotz und Wahnsinn fügte er hinzu: »Allerdings ist es modisch so nicht ganz korrekt, vielleicht …«

Hastig unterbrach Fatma ihn: »Können wir nicht schnell losgehen? Ich bin schon ganz gespannt auf die verschiedenen Ebenen.«

Lächelnd sah Melur sie an. »Aber natürlich, wenn ihr mir folgen möchtet.«

Er warf noch einen letzten bedauernden Blick auf George, legte dann resigniert das Rüschenteil aufs Bett und verließ den Raum. Die Kinder folgten ihm.

Melur hatte vor, ihnen zunächst die Herstellung der Leuchtelemente zu zeigen. Daher setzten sie sich auf einen Hebaan, der diesmal für fünf Personen ausgelegt war. Damit fuhren sie zum Rand der Ebene, was sie überraschte. Sie hatten mit einer Aufzugfahrt aus der Mitte der Stadt gerechnet.

Genaugenommen kamen sie auch nicht bis zum Rand, da die letzten zwanzig Meter als Sperrgebiet galten und nicht betreten werden durften. Stattdessen führte Melur sie eine steile weiße Treppe hinauf, die auf einer weißen Plattform endete.

Außer ihnen befanden sich noch weitere Personen auf der Plattform. Sie standen in einer Reihe an, in der die Person an der Spitze eine Art breites Surfbrett erhielt. Einige legten sich direkt darauf und wurden von anderen über den Plattformrand geschoben, andere sprangen und legten sich in der Luft auf ihr Brett.

Wie sie erfuhren, existierten zwischen den einzelnen Ebenen sogenannte Gasstraßen, auf denen man mit einem Board zu einer tieferliegenden Ebene gleiten konnte. Dies funktionierte zurzeit nur für den Weg nach unten, hinauf mussten alle wieder über die Aufzüge gehen.

Es wurde aber an einer Lösung gearbeitet, damit in Zukunft auch der umgekehrte Weg mit den Boards möglich sein sollte. Im Moment war die Gaskraft, die für den Weg nach oben aufgewendet werden musste, so enorm, dass die Boards bei kleinen Wacklern immer wieder ins Trudeln gerieten und nach außen ausbrachen. Solange dieser Fehler nicht behoben werden konnte, war die umgekehrte Benutzung streng verboten und nur zu Testversuchen erlaubt.

Sying fragte leicht beunruhigt: »Und damit sollen wir auf die andere Ebene gleiten?«

»Ja, aber keine Sorge. Wir bekommen für die Fahrt einen Gleiter gestellt.«

Er zeigte auf einen Levitaner, der neben einem bereits auf einer Rampe schräg gestelltem großen Board stand, auf dem sie alle bequem Platz finden konnten. Der Gleiter zeigte ihnen, wie sie ihre Positionen auf dem Board einnehmen mussten.

Dabei stellten die Freunde fest, dass das Board doch nicht, wie sie zuerst gedacht hatten, eine ganz glatte Oberfläche hatte. Jeder Platz besaß Halterungen für die Schultern, Griffe für die Hände und Vorrichtungen für die Beine. Nachdem sie mithilfe von Melur ihre Plätze ordnungsgemäß eingenommen hatten und bäuchlings auf dem Board lagen, legte sich der Gleiter vorne in die Mitte, löste die Verankerung und los ging der Flug.

Sie schossen die Rampe steil hinab, um kurz darauf von der Gasstraße aufgefangen zu werden. Die Freunde konnten ein paar Schreckensrufe nicht vermeiden. Ruhig und gleichmäßig glitten sie tiefer, wobei sie auch noch Blicke auf einige andere Ebenen werfen konnten.

Sie erkannten, dass die Ebene, von der sie ursprünglich gedacht hatten, dass sie leer sei, in Wirklichkeit einen großen See trug, an dessen Rändern Sand aufgeschüttet war. Für weitere Eindrücke fehlte ihnen die Zeit, da sie nur wenig später schon die Arbeitsebene erreichten, sanft auf ihr landeten und das Board verließen.

Danach wurden sie an unzähligen Rohren mit unterschiedlichen Durchmessern vorbeigeführt, während Melur ihnen den genauen Herstellungsprozess erläuterte:»Die bunten Büsche, die ihr unten in den Sümpfen gesehen habt, sondern in den Farben ihrer Blätter eine Art Kautschuk ab. Dieser wird von uns in den Sümpfen regelmäßig abgeerntet und auf dieser Ebene in unterschiedliche Formen gebracht. Im Anschluss daran leiten wir das ebenfalls aus den Sümpfen gewonnene Gas in die diversen Kautschukformen, die bei Kontakt mit dem Gas augenblicklich aushärten und nahezu unzerstörbar werden. Sobald es dunkel wird, leuchten die Leuchtelemente von alleine.

Von hier aus liefern wir die Leuchtelemente dann an ganz Nirma. Hauptsächlich verschicken wir die klassischen runden Formen und benutzen die ungewöhnlicheren eher für den Eigenbedarf. Wir veranstalten sogar regelmäßig Designerwettbewerbe, bei denen das kreativste und schönste Leuchtelement gesucht wird. Die Ebenen und die Stadt beleuchten wir zusätzlich durch Leuchtschläuche, von denen einige viele Kilometer lang sind.«

Staunend sahen sich die Kinder die einzelnen Produktionsschritte und die Ergebnisse an. Fragend zeigte Madu auf einen großen Korb, in den kleine Kugeln fielen, und die sich klar von den anderen abhoben.»Sind das auch Leuchtelemente?«

Melur schüttelte den Kopf.»Das ist eine Art Nebenprodukt, das nur selten zur großen Freude der Kinder und zum Verdruss der Erwachsenen verkauft wird. Die Hülle ist viel dünner und geht sofort kaputt, wenn man die Kugeln wirft. Und dann stinkt es so fürchterlich, dass die gesamte Stadt an den zwei Tagen im Jahr, an denen diese Kugeln benutzt werden dürfen, nur mit Nasenklammern durch die Gegend läuft.«

Sying und Madu bekamen glänzende Augen. »Stinkbomben!«

Niemand bekam mit, wie sie sich heimlich ein paar davon einsteckten.

Eine schaurige Geschichte

Bald darauf war es an der Zeit in die Stadt zurückzukehren. Dazu mussten sie zunächst mit dem Aufzug zum Sumpf hinabfahren. Danach überbrückten sie die Distanz zur Stadtebene mit einem ähnlichen Fahrzeug, das sie bei ihrer ersten Fahrt benutzt hatten.

Melur führte sie erneut zum Regierungsgebäude. Nicht nur Madu war begeistert, als sie auf der Bodenebene zwischen dem Spiralweg ein großes Buffet vorfanden, das sowohl für sie als auch für einige Einheimische aufgebaut worden war und an dem sie sich stärken konnten.

Das Buffet war genauso bunt wie die Kleidung der Levitaner. Auf unzähligen kleinen Löffeln waren unterschiedlich bunte Kugeln angerichtet. Nachdem die Freunde beobachtet hatten, dass man sich die einzelnen Löffel komplett in den Mund schob, versuchten sie es selbst. Überrascht stellten sie fest, dass mit den verschiedenen Farben auch unterschiedliche Geschmacksrichtungen einhergingen. So schmeckten einige Kugeln nach Gemüse, andere nach Fisch, Fleisch oder einem süßen Nachtisch.

Suria trat lächelnd zu George, der ein wenig abseits stand und gerade einen Löffel gelber Kugeln mit pinkfarbenen Schlieren in den Mund steckte. Auch mit einem Blick auf die anderen meinte sie zu ihm: »Es freut mich, dass euch unsere Speisen schmecken, und ich hoffe, dass euch die Besichtigung unserer Stadt gefallen hat.«

Sofort schwärmte George begeistert von ihrem Ausflug: »Es war toll, vor allem die Fahrt mit dem Board war megacool!« Dann wurde er etwas ernster: »Gibt es denn Neuigkeiten über die Scherbe? Habt ihr eine Idee, wo wir sie finden können?«

Augenblicklich bekam Suria einen gequälten Gesichtsausdruck. Sie überlegte und nickte schließlich. »Eigentlich wollten wir euch erst morgen darüber informieren. Aber da du mich jetzt danach fragst, will ich dir auch antworten. Wie du ja weißt, haben wir uns zu einer Beratung zurückgezogen, um zu überlegen, wie wir am besten die letzte Scherbe finden können. Es ist uns eine einzige Lösung eingefallen. Doch ich muss dir direkt sagen, dass sie uns allen nicht gefällt. Und würde etwas weniger als die Rettung Nirmas auf dem Spiel stehen, würden wir diese nicht einmal entfernt in Betracht ziehen.«

Das klang äußerst unheimlich, weswegen George Suria mit gemischten Gefühlen ansah und auf weitere Erklärungen wartete.

»Nirma ist bis auf wenige Ausnahmen eine sehr friedliche Welt und die Nirmaner in der Regel ein sehr freundliches Volk. Es gibt zwar einige dunkle Völker, aber die sind erst unter Brelor so erstarkt, dass sie für andere eine Gefahr darstellen. Davon abgesehen hat es in der Vergangenheit nur kleinere Verbrechen gegeben, die fast nicht der Rede wert waren. Dementsprechend gibt es auf Nirma auch keine Gefängnisse. Das heißt, keine bis auf eines und dieses existiert schon fast so lange wie unsere Welt. Es wurde nur für ein einziges Wesen gebaut, das eines der ältesten auf Nirma ist. Ich spreche von der Sumpfhexe.«

»Es gibt auf Nirma Hexen?« George konnte es nicht fassen.

»Genaugenommen gibt es eine Einzige und diese schon sehr lange. Zu Beginn der nirmanischen Zeit, als die Sternensplitter auf Nirma fielen und die Sterne zusammengefügt wurden, waren sich alle Völker über die Verwendung der Sterne einig. Nur die Sumpfhexe wollte damals die Sterne für sich und die alleinige Macht über Nirma. Es gab damals einen fürchterlichen Kampf mit unzähligen Verletzten und Toten und nur mit vereinten Kräften aller Völker und der drei Sterne gelang es überhaupt, die Sumpfhexe zu bannen.«

»Dann muss sie aber sehr mächtig gewesen sein, wenn sie allein so viel Widerstand leisten konnte!«, staunte George.

»Unvorstellbar mächtig und zu gefährlich, um sie jemals wieder frei zu lassen. Doch was sollte mit ihr geschehen? Man konnte sie auch nicht einfach in einem Gebäude auf Nirma einsperren, da sie als magisches Sumpfgeschöpf ihre Energie aus dem Boden ziehen und damit jederzeit wieder mächtig und unberechenbar werden konnte. Da unsere Ebenen, wie du weißt, keinen direkten Kontakt zum Boden haben, wurde beschlossen, die höchste und am weitesten entfernte Ebene zum Gefängnis für die Sumpfhexe umzufunktionieren. Der gesamte Bereich wurde einer Sumpflandschaft nachempfunden. Der Sumpf und die Erde stellen in der Luft keine Gefahr dar, da kein Kontakt zur Nirmaoberfläche besteht und sich so kein Energiefluss für die Sumpfhexe aufbauen kann. Die Sumpfhexe wurde zur Strafe für immer dorthin verbannt. Neben ihren magischen Fähigkeiten, die dort oben blockiert sind, besitzt sie zusätzlich das zweite Gesicht, das bedeutet, sie hat Visionen und kann in andere Zeiten blicken. Sie weiß trotz ihrer Isolation viele Dinge und bestimmt auch alle Verstecke der Scherben. Es ist die einzige Möglichkeit, die wir gefunden haben. Wir müssen zu ihr.«

George rieb sich nachdenklich das Kinn. Das klang alles äußerst vage und beunruhigend in seinen Ohren.

»Was glaubst du denn? Wird sie uns helfen? Welchen Grund hätte sie das zu tun?«

»Das genau ist das Problem, wir wissen es nicht. Genau genommen, wissen wir nicht einmal, ob sie noch lebt!«

Entsetzt starrte er sie an. Ihre einzige Hoffnung und Chance konnte tot sein? »Wie kann das sein?«

»Wir alle haben sie noch nie gesehen. Niemand hat das, seit sie dorthin gebracht wurde.«

Ich habe mich wohl verhört, dachte George. Die Hexe ist seit unendlich langer Zeit völlig allein und ohne Kontakt zu anderen! Wie grausam und furchtbar ist denn dieses Schicksal? Sein Kopf weigerte sich, diese Information komplett aufzunehmen und zu verarbeiten. Ich kann mir schon das immense Alter der Sumpfhexe nicht vorstellen, diesen Zeitraum auch noch allein gefangen zu sein … Egal, was sie getan hat, ich habe dennoch Mitleid mit ihr.

Fatma kam in diesem Moment lächelnd auf ihn zu. »Du musst unbedingt dies hier probieren. Bei mir zuhause gibt es ein Gericht, das fast genau so schmeckt.« Sie hielt ihm einen Löffel vors Gesicht und bemerkte erst jetzt, dass er äußerst besorgt aussah.

»Was ist los mit dir? Stimmt irgendetwas nicht? Geht es Charlie gut?«

George sah sie an und beschloss, ihr und den anderen den Abend nicht zu verderben. Es war völlig ausreichend, wenn sie am nächsten Morgen alles erfuhren.

»Nein, es ist alles in Ordnung. Charlie geht es gut. Ich war gerade nur in Gedanken.«

Fatma blickte ihn zweifelnd an. Er schnappte sich den Löffel aus Fatmas Hand und probierte diese Geschmacksrichtung.

»Mmmhh, das ist wirklich köstlich, davon würde ich gerne noch welche essen.« Er nickte Suria zu, die ihn verständnisvoll gehen ließ, und zog Fatma zurück zum Buffet.

Es wurde ein sehr schöner Abend und als er die fröhlichen Gesichter seiner Freunde sah, wusste er, dass er richtig gehandelt hatte. Ein wenig Entspannung tat ihnen gut.

Als sie schließlich zu ihren Zimmern zurückgingen, vergaß auch er letztlich seine Sorgen, so überwältigend war das Lichtspektakel, das sich ihnen bot. Sie hatten im Hellen ja bereits diverse Leuchtelemente gesehen, die bei Tageslicht aber nicht geleuchtet hatten. Das war nun anders. Es gab überall Lichter.

Die anderen Ebenen leuchteten in unterschiedlichen Mustern. Einige sahen aus, als wären sie von Leuchtschläuchen umwickelt, andere wiesen Längsstreifen oder ganze Bilder auf. In der Stadt selbst waren bunte Lichtschläuche in den Straßen und ganze Häuser hoch verlegt. Dabei war es jedoch nicht so, dass man das Gefühl hatte, von bunten und blinkenden Reklametafeln umgeben zu sein. Die Farbabstufungen waren individuell ausgerichtet, wobei es durchaus grelle und auffällige Ecken gab. Dagegen wurde an vielen Stellen auch eine schöne und heimelige Atmosphäre erzeugt.

Ich habe doch mal gelesen, erinnerte Fatma sich, dass es Saunen gibt, in denen durch wechselnde Farben ein positiver Effekt auf die Gesundheit erzeugt wird. Bisher konnte ich mir nie so recht vorstellen, wie das funktioniert. Aber jetzt habe ich das Gefühl, als würden die Farben durch mich hindurchströmen und mich leicht und unbeschwert machen.

Viel zu schnell hatten sie ihre Unterkunft erreicht. Zu gern hätten sie sich weiterhin das Lichtermeer angesehen. Bedauernd sagten sie sich gute Nacht und gingen in ihre Zimmer.

Nur Sying hielt Madu noch einen Augenblick zurück. »Was machen wir jetzt mit den Stinkbomben? Sollen wir sie George ins Zimmer werfen?«

Madu, der eigentlich für jeden Scherz zu haben war, schüttelte den Kopf. Sie wussten nicht genau, was ihnen noch alles bevorstand, und sie konnten bei ihrem Abenteuer alle Kräfte gebrauchen. Außerdem wollte er nicht so unhöflich sein und das Haus ihrer Gastgeber verpesten.

»Nein, wir packen sie ein und benutzen sie später. Vielleicht können wir ja welche mit nach Hause nehmen.« Madu lächelte versonnen bei der Vorstellung, eine der Bomben bei den anderen Jungs loszulassen.

Mit dem Vorschlag war Sying einverstanden. Kurze Zeit später lagen sie im Bett und schliefen friedlich ein.

Das letzte Rätsel

Wie? Was?« Ehawee sah verwirrt von Brelor zum Bett.

»Ein Kissen«, erklärte Brelor die Erhebung unter der Bettdecke. »Meine liebe Ehawee, hast du mich wirklich für so dumm gehalten? Glaubst du, dass nur irgendetwas in meinem Schloss vor sich geht, von dem ich nichts weiß? Den Stern«, er klappte den Deckel des Kästchens auf, so dass Ehawee erkennen konnte, dass dort zwar eine Kette, aber kein Stern lag, »nehme ich niemals ab. Schließlich hängt meine gesamte Magie und Macht daran und beides möchte ich nun einmal gerne behalten. Deswegen habe ich die Kette, an der mein Stern hängt, auch magisch verstärkt. Niemand kann sie abreißen.«

Ehawee schluchzte auf. Sie war in eine Falle getappt. Er hatte die ganze Zeit mit ihr gespielt und sie hatte es, naiv wie sie war, nicht bemerkt.

Wie um ihre Gedanken zu bestätigen, sagte Brelor in diesem Moment: »Ich fand es äußerst amüsant, dich zu beobachten, ein netter Zeitvertreib. Ich war gespannt zu sehen, wie du aus deiner Zelle fliehen wolltest. Nebenbei bemerkt, darf sich der Troll für sein Versagen in dieser Angelegenheit die Gefängnistüren jetzt von der anderen Seite ansehen. Ich musste ihn schließlich für seine Nachlässigkeit bestrafen. Also, sieh es endlich ein, dass niemand, der sich mir widersetzt, eine Chance gegen mich hat. Bisher war ich noch äußerst zuvorkommend zu dir.

Aber hast du mir meine Großzügigkeit gedankt? Wohl eher nicht. Da es offensichtlich gar nicht so leicht ist, dich einzusperren, muss ich mir wohl einen anderen Ort für dich überlegen. Einen, wo du es nicht so gemütlich hast und von dem du garantiert nicht fliehen kannst und an dem dir auch dein kleiner Freund nicht helfen kann.«

Bei Ehawees entsetztem Blick lachte Brelor dröhnend.

»Natürlich weiß ich von ihm und jetzt wird er mir äußerst nützlich sein.«

Brelor griff in Ehawees Tasche und zog den zappelnden Fred heraus. Dann hielt er Ehawee ein Papier vor die Nase, das sie geschockt als Arias Pergamentrolle erkannte.

Oh nein, wie sollen meine Freunde nun die ihnen zugedachte Aufgabe erfüllen?, dachte Ehawee.

»Gar nicht«, ließ Brelor sich vernehmen, als hätte er ihre Gedanken gelesen. »Sie haben keine Chance mehr, die letzte Scherbe zu finden. Trotzdem möchte ich wissen, wo sie sich befindet, und du wirst es mir sagen.«

Widerstand regte sich bei Ehawee, stur schob sie ihr Kinn nach vorne und sagte in ihrem arrogantesten Tonfall: »Ich wüsste nicht, warum ich das tun sollte.«

»Treib es nicht zu weit, kleines Mädchen«, herrschte Brelor sie an. »Noch bin ich freundlich, aber das kann sich ändern. Und um deine Motivation zu erhöhen, mir in diesem Punkt zu helfen …«

Mit großen Schritten eilte Brelor zum Fenster, riss es auf und hielt den armen Fred hinaus. Einen Sturz aus dieser Höhe würde er nicht überleben.

Panisch zappelte Fred in Brelors Hand und versuchte sich zu befreien. Doch seine Anstrengungen entlockten

Brelor nicht einmal ein schwaches Lächeln. Er nahm ihn nicht weiter zur Kenntnis. Schließlich gab Fred auf und blickte hilfesuchend zu seiner Freundin hinüber. Resigniert schloss Ehawee die Augen. Brelor hatte gewonnen, sie konnte unmöglich Fred im Stich lassen.

»Nein, bitte, tu ihm nichts. Ich werde dir helfen.«

Daraufhin zog Brelor seine Hand mit Fred wieder zurück, blieb aber in der Nähe des Fensters stehen. Er warf Ehawee die Pergamentrolle zu. »Welcher Ort ist hiermit gemeint?«

Ehawee las leise die wenigen Zeilen und Wortreste, die noch erkennbar waren. Die ersten und letzten Zeilen fehlten komplett, wohingegen im mittleren Bereich ein größerer Teil und einige Wortfetzen erhalten geblieben waren:

......

Aus bunt wird zäh,

aus zäh wird fest,

aus nicht flüssig, nicht fest wird …

… Rest … wie die Pest!

......

Sie überlegte fieberhaft. Es waren nur so wenige Anhaltspunkte vorhanden.

Wenn doch nur Fatma hier wäre. Sie hat bisher die meisten Rätsel gelöst. Obwohl, die Zeilen klingen mehr nach der Beschreibung eines Ortes auf Nirma und in dem Punkt kenne ich mich besser aus.

In Gedanken ging sie jeden einzelnen Ort durch, den sie kannte und schaute, ob er zu den Zeilen passte. Dabei wurde sie zunehmend nervöser, weil sie spürte, dass Brelor immer ungeduldiger wurde.

Wie lange wird er noch auf eine Antwort von mir warten, bevor er seinen Ärger an Fred auslässt?

Sie starrte so lange auf den übriggebliebenen Hinweis, dass ihre Augen anfingen zu schmerzen. In dem schlechten, nur von dem Kaminfeuer gespendeten Licht in Brelors Schlafzimmer waren die Buchstaben kaum zu erkennen. Warum gab es hier auch keine Leuchtkugeln wie in den übrigen Räumen?

In dem Moment machte es in ihrem Kopf klick. Die Leuchtkugeln wurden von den Levitanern in den Sümpfen produziert. Hastig ging sie alles noch einmal durch. Sie war zwar selbst noch nie da gewesen, hatte jedoch einiges über den Herstellungsprozess der Leuchtelemente gehört.

Aus den bunten Büschen wurde ein zäher Kautschuk gewonnen, der bei Kontakt mit dem Sumpfgas, welches »nicht flüssig, nicht fest« war, fest wurde. Und aus den Produktionsresten wurden Stinkbomben hergestellt, die wirklich wie die Pest stanken. Letzteres hatte sie schon einmal selbst erlebt, als die Levitaner eine Probe davon einer Leuchtkugellieferung beigelegt hatten. Ja, das konnte tatsächlich die Lösung sein!

Brelor war die Änderung in ihrem Gesichtsausdruck und ihrer Körperhaltung nicht verborgen geblieben. »Du kennst die Antwort. Wo befindet sich die letzte Scherbe?«

»Sag´s ihm nicht, lieber sterbe ich«, rief Fred tapfer dazwischen.

Doch das konnte Ehawee nicht zulassen. Mit tonloser Stimme sagte sie:»Sie befindet sich in den Sümpfen.«

Brelor war zufrieden, die Antwort ergab Sinn. Es war zwar schade, dass sie nicht mehr das genaue Versteck herausfinden konnten, aber diese Information war auch ausreichend. Er ließ Fred wieder in Ehawees Hände fallen, nicht weil er sich unbedingt an die Abmachung halten, sondern weil er ihn als potenzielles Druckmittel noch weiter behalten wollte.

Er öffnete die Tür und zwei Wächter traten ein. Sie brachten Ehawee, die immer noch vollkommen erschüttert war und keinerlei Widerstand leistete, nach draußen auf den Platz, an dem sie bei ihrer Ankunft von Roch abgesetzt worden war.

Brelor ließ einen Wächter in eine Art Pfeife blasen, die seltsam geformt war. Sie ging nach einem geraden Stück in einen Looping über und erzeugte eine Abfolge seltsamer Töne, die Ehawee noch nie gehört hatte.

Kurz darauf konnte sie sehen, wie Roch sein Nest verließ und nach einigen schnellen Flügelschlägen neben ihr landete. Er erhielt wohl einige Befehle von Brelor, nickte, ergriff dann Ehawee, die Fred gut festhielt, und flog mit ihr zu seinem Nest auf dem Baumstamm zurück. Er ließ sie neben seine zwei ganzen Eier und die kaputten Eierschalen des dritten Eis fallen.

Ehawee richtete sich auf und blickte sich um. Vom Nest aus konnte sie nichts erreichen. Bis zur nächsten Mauer waren es mindestens zwanzig Meter.

Das also hat Brelor mit einem neuen Gefängnis, aus dem wir nicht entkommen können, gemeint. In dem

Punkt muss ich ihm Recht geben. Wenn mir nicht spontan Flügel wachsen, sehe ich keine Chance, das dreißig Meter hohe Nest zu verlassen.

Nachdem er von Ehawee das Gebiet, in dem die letzte Scherbe versteckt sein sollte, erfahren hatte, hatte Brelor einen Plan ersonnen. Sollten die Menschen aus irgendeinem Grund doch den Weg in die Sümpfe geschafft haben, würde er dafür sorgen, dass sie dort genau wie alle Levitaner ihr Grab finden würden. Dies sollte als Warnung für andere dienen, die es wagen sollten, sich gegen ihn zu stellen.

Er hatte in seinem Labor wieder diverse Substanzen zusammengemischt, wofür er fast die ganze Nacht gebraucht hatte, aber jetzt hielt er das Ergebnis auf dem Burgvorhof in einer Schale in der Hand. Unter Brelors gemurmelten Worten erhoben sich grüne Schwaden daraus, stiegen nach oben und bildeten grüne Wolken über der Burganlage. Als eine dichte Ansammlung davon vorhanden war, setzte sich das tödliche Gebilde in Richtung der Sümpfe in Bewegung.

»Jetzt wollen wir doch mal sehen, wie ihnen mein kleines Geschenk gefällt.«

Hexenjagd

Der nächste Morgen hätte gar nicht besser anfangen können. Charlie saß schon am Frühstückstisch und blickte ihnen lachend entgegen. Alle hatten gut geschlafen, nur Madu hatte wieder seinen üblichen Traum gehabt, ohne jedoch neue Erkenntnisse zu gewinnen.

»Sie haben gesagt, dass mein Gesundheitszustand sich so gebessert hat, dass es keinen Sinn macht, mich noch länger im Krankenhaus zu behalten und tataa … hier bin ich.«

Sie wurde von allen herzlich umarmt und genau in Augenschein genommen. Sie sah glücklicherweise genauso aus wie vor der ganzen Mokos-Geschichte. Fast hätte man meinen können, diese ganze Episode sei nur ein böser Traum gewesen.

»Ich fühle mich auch hervorragend und das, was ich bisher von der Stadt gesehen habe, ist der absolute Hammer. Auf eure Stadtführung und den Boardflug bin ich richtig neidisch. Aber jetzt erzählt mal, hat sich etwas Neues bezüglich der Scherbe ergeben?«

»Ja, allerdings!« Überrascht blickten alle zu George, von dem die Antwort gekommen war. Er seufzte. »Ich habe gestern Abend Neuigkeiten von Suria erfahren. Und bevor ihr fragt, ich habe euch nichts erzählt, weil ich den schönen Abend nicht mit so etwas Ernstem verderben wollte. Also, Suria hat mir Folgendes erzählt …«

Er gab Surias Worte so detailgetreu wie möglich wieder, während die anderen an seinen Lippen hingen. Als er an die Stelle kam, dass die Sumpfhexe seit Ewigkeiten allein war, spürte er, dass seine Freunde darüber genauso schockiert waren, wie er es am Abend zuvor gewesen war.

Charlie schüttelte sich regelrecht. Sie hatte sich schon in dem Krankenzimmer etwas verlassen gefühlt, und das obwohl alle ausgesprochen nett zu ihr gewesen waren und sie auch noch Besuch von ihren Freunden erhalten hatte.

Ungewöhnlich still nahmen sie ihr Frühstück ein und als Sador bei ihnen erschien, um sie abzuholen, waren sie regelrecht erleichtert, aus ihren Gedanken gerissen zu werden und sich auf ihre Aufgabe konzentrieren zu können.

Sador war in der zweckmäßigen Kluft gekleidet, die sie schon von ihrer ersten Begegnung aus den Sümpfen kannten, und trug einen großen Rucksack. Sie schulterten ihre eigenen Rucksäcke, in die sie auch schon neuen Proviant gefüllt hatten.

Er führte sie zu einer der Boardrampen, die sich diesmal an einer anderen Stelle des Ebenenrandes befand.

»Ein Hauptproblem für einen Besuch bei der Sumpfhexe liegt darin, dass es äußerst schwierig ist, ihre Ebene überhaupt zu erreichen. Nachdem man sie dort oben abgeliefert hatte, hat man alle Zugänge und Aufzüge unwiderruflich zerstört. Wie ihr euch vielleicht erinnert, kann man sehr einfach mittels der Boards tiefergelegene Ebenen erreichen. Wir befinden uns jetzt leider in der Situation, in der wir versuchen müssen, mithilfe der noch in der Experimentierphase befindlichen Boards eine höhere

Ebene zu erreichen. Ich will euch nicht verschweigen, dass dies nicht ganz ungefährlich ist. Ich selbst werde als Gleiter das Board steuern. Zum einen, weil ich die Versuche dazu immer überwacht habe und mich am besten damit auskenne; und zum anderen möchte ich niemandem außer mir die Verantwortung dafür überlassen. Es ist auch nicht notwendig, dass ihr alle das Risiko eingeht. Ein oder zwei von euch sind als Begleitung völlig ausreichend.« Er blickte fragend in die Runde.

Charlie antwortete für alle: »Nein, wir bleiben zusammen.«

Sador nickte. »Wie ihr wollt.«

Sie folgten ihm auf das Board und nahmen ihre Positionen ein.

»Seid ihr bereit?« Sador bekam ein einstimmiges »Ja« zur Antwort.

»Ach so, eins noch: Falls ich irgendwann die Anweisung gebe, dass ihr springen sollt, müsst ihr das sofort machen.«

Ohne auf die fragenden und beunruhigten Reaktionen der Kinder zu achten, löste er nach diesen Worten die Sperre und los ging die Fahrt. Sie merkten sofort den Unterschied zu ihrem ersten Gleitflug, der das reine Vergnügen gewesen war. Jetzt ächzte das Board unheilvoll, als müsse es sich sehr anstrengen, an Höhe zu gewinnen. Zusätzlich ruckelte es die ganze Zeit nicht gerade vertrauenserweckend hin und her.

Sying merkte, dass ihm abermals schlecht wurde. Er verwendete äußerste Mühe darauf, sein Frühstück nicht ein zweites Mal zu sehen zu bekommen, besonders als das

Board unvermittelt einige Meter nach unten sackte und unter lauten Flüchen von Sador erneut in die richtige Position gebracht wurde. Sie hatten die Gefängnisebene schon fast erreicht, als das Board ins Trudeln geriet. Dabei drehte es sich sogar, so dass sie eine Zeitlang mit ihren Körpern nach unten flogen. Wären sie nicht festgeschnallt gewesen, wären sie spätestens jetzt vom Board gefallen.

Zwar gelang es Sador, das Board wieder zu drehen und die Geschwindigkeit deutlich zu drosseln, doch schwankte es immer bedrohlicher. Sie flogen mittlerweile sehr knapp über der Oberfläche der Ebene, als sich die größte Befürchtung der Kinder bewahrheitete.

Sador löste ihre Gurte per Knopfdruck und rief ihnen »Springt jetzt!« zu, während er seine eigene Anweisung befolgte.

Dazu mussten sie nur den Haltegriff loslassen, was sie, obwohl es ihnen zutiefst widerstrebte, auch taten. Augenblicklich war das Board unter ihnen fort und sie in der Luft, bevor sie alle mit einem lauten Platscher im Sumpf landeten. Sie purzelten kreuz und quer über die morastige Oberfläche. Dabei überschlugen sie sich mehrfach. Da sich niemand dank des weichen Bodens trotz des stuntreifen Abfluges verletzt hatte, rappelten sie sich zügig auf und sahen sich um.

Die Umgebung war gruselig. Dabei war weniger ausschlaggebend, was sie sahen als das, was sie spürten. Über diesem Ort hing förmlich eine Glocke aus Hoffnungslosigkeit und Trostlosigkeit. Dunkler Morast umgab sie, einzelne Bäume streckten ihre knochigen Äste wie Finger anklagend in den Himmel.

Sador trat zu ihnen und blickte auf einen Kompass, den er aus seiner Tasche gezogen hatte.

»Ich habe vor unserem Ausflug die ältesten Schriften nach Hinweisen durchforstet. Dabei habe ich herausgefunden, dass der Hexe eine Sumpfgrotte als Wohnung gebaut wurde, die ungefähr dort liegen müsste.«

Er zeigte mit der Hand in eine Richtung und setzte sich auch gleich in dieselbe in Bewegung. Die Freunde folgten ihm, wobei sich das Vorwärtskommen als äußerst mühsam erwies. Bei jedem Schritt sanken sie bis zu den Knien ein und mussten sehr viel Kraft aufwenden, um ihr Bein wieder herauszuziehen. Nur Sador schritt dank seiner breiten Füße vergleichsweise leicht durch den Sumpf.

Als sie die Stelle erreicht hatten, an der sich laut Sador die Sumpfgrotte befinden sollte, konnten sie nichts sehen, was sie auch nur annähernd an eine Wohnstätte erinnerte. Die Umgebung glich der bisherigen. War die Hexe vielleicht schon längst tot und ihre Reise hierhin vergebens?

Während die Gruppe dastand und sich fragte, was sie nun tun sollte, geschah etwas: Der Boden vor ihnen bewegte sich und sie entfernten sich ein wenig von der sich langsam erhebenden Stelle. Es schien, als wollte sich etwas großes Rundes aus dem Morast befreien. Dabei spritzte Schlamm nach allen Seiten weg, bis sich etwas vor ihnen erhob, das wie ein schlammbedeckter Hügel aussah. Plötzlich klappte die Vorderseite mit einem lauten Knall nach vorne und gab einen großen Eingang frei.

Sying, der vor Schreck nach hinten gesprungen war, landete mit seinem Hosenboden im Matsch. Madu streckte ihm die Hand hin und half ihm auf.

Vorsichtig näherte sich die Gruppe dem Eingang. Als sie davor standen, spähten sie angestrengt ins Innere der Höhle und versuchten, etwas zu erkennen. Niemand verspürte das Bedürfnis hineinzugehen, weswegen sie weiter unschlüssig von einem Fuß auf den anderen traten. Schließlich trat Sador beherzt einige Schritte vor, blieb aber stehen, als sich vor ihm erneut der Schlamm bewegte. Schaudernd sahen sie, wie sich vor ihnen eine Gestalt aus dem Schlamm erhob.

Sie hatten die Sumpfhexe gefunden!

Ausweglos

Ehawee war auf die Umrandung des Nestes geklettert.

Nach ihrer Ankunft in ihrem neuen Gefängnis war sie zuerst eine Zeit lang in Selbstmitleid versunken und hatte abwesend in dem Nest gesessen. Obwohl Ehawee keine andere Wahl gehabt hatte, machte sie sich große Vorwürfe, Brelor geholfen zu haben.

Fred hatte mehrfach versucht, eine Reaktion von ihr zu bekommen, doch hatte sie ihn nur aus leeren Augen angesehen. Irgendwann hatte er dann aufgegeben und sich neben sie gesetzt.

Die einzige Abwechslung bestand darin, wenn Roch angeflogen kam, um ihnen etwas zu essen und eine Decke für die Nacht zu bringen oder seine Eier zwischen dem Nest oben und dem bei Brelor hin und her zu transportieren.

Ehawee vermutete, dass Brelor ihn dazu zwang, um ihm gegenüber seine Macht zu demonstrieren und ihm vor Augen zu führen, wie leicht er jederzeit ein weiteres Ei zerstören konnte.

Er konnte auch mit den Eiern von oben nicht entfliehen, da Brelor überall magische Barrieren errichtet hatte. Dies konnte Ehawee am unnatürlichen Flimmern der Luft erkennen; lediglich ein enger Flugkorridor zum großen Platz war nicht davon betroffen. Roch tat Ehawee leid, er war in gewisser Weise genauso ein Gefangener wie sie.

Als sie wieder einmal allein im Nest zurückblieben, fing Fred an zu weinen. Er fühlte sich schrecklich allein. Er konnte jedes Abenteuer mutig bestehen, aber dass Ehawee nicht mit ihm sprach und kaum reagierte, machte ihn fertig.

Er weinte und weinte, bis er auf einmal Ehawees Stimme hörte, die ganz erschrocken klang. »Aber, Fred, was hast du denn? Hast du dich verletzt?«

»Du redest nicht mit mir, du bewegst dich nicht, du machst gar nichts«, warf Fred ihr vor. »Und wenn unsere Freunde hier eintreffen, und ich weiß genau, dass sie kommen werden, dann werden sie unsere Hilfe brauchen, die sie nicht bekommen werden, weil du nichts tust.«

Auf einmal schämte Ehawee sich. Sie hatte sich völlig aufgegeben, ohne einen weiteren Gedanken an ihre Freunde zu verschwenden. Natürlich würden sie kommen, irgendwie würden sie es schaffen. Und sie würde dann bereit sein, um ihnen zu helfen. Noch lebte sie schließlich, und solange sie lebte, würde sie weiterkämpfen. Und dafür brauchte sie so viele Informationen wie möglich.

Das war der Grund, warum sie jetzt mit neuer Entschlossenheit bäuchlings auf dem Nestrand lag und die Umgebung beobachtete.

Von oben sahen die Trollregimente wie kleine, sich bewegende Ameisen aus. Sie sammelten sich offenbar früh morgens und abends zum Appell. Da ging es für Trolle ziemlich gesittet und nach einem vorgeschriebenen Ablauf zu.

Zur Mittagszeit dagegen, wenn sich alle zum Essen auf dem großen Platz versammelten, herrschte das reinste

Chaos. Abgesehen davon, dass die Trolle wie die Schweine fraßen, gab es auch regelmäßig Prügeleien und nicht selten hatte sich danach die Anzahl der noch lebenden Trolle verringert. Selbst auf die Entfernung konnte Ehawee erkennen, wie ungern sich die Bediensteten zwischen den Trollen aufhielten.

Sie wollte gerade zurückklettern, als sie bemerkte, dass sie festhing. Zuerst dachte Ehawee, ihre Kleidung hätte sich in den kleinen Stöckchen und Zweigen des Nestes verhakt, dann stellte sie aber fest, dass sie festklebte. Das Holz setzte ein klebriges Harz ab, dass sich bei einem gewissen Druck in einen Superkleber verwandelte. So sehr sie auch zerrte und riss, sie kam nicht los.

Erst als Fred ihr mit seinem Steinmesser, das er immer noch hatte, zur Hilfe kam, indem er es vorsichtig zwischen ihr und dem Nest hin und her schob, konnte sie sich befreien.

Nachdenklich sah Ehawee auf die Klebstoffreste auf ihrer Kleidung. Konnte der Kleber ihnen nützen?

Die Sumpfhexe

Die Sumpfhexe stand alt und gebeugt vor ihnen. Madu machte das Zeichen gegen das Böse.

Obwohl die Hexe komplett mit Schlamm bedeckt war, konnte man ihre hagere Gestalt ausmachen. Ihre Finger waren lang und knotig und von den Spitzen tropfte der Schlamm zu Boden. Sie drehte sich um, schleppte sich mühsam zu einem hinter ihr stehenden Stuhl und ließ sich darauf nieder.

Sador und die Freunde näherten sich ihr vorsichtig. Der Levitaner reichte ihr schweigend ein Handtuch, das er aus seinem Rucksack geholt hatte.

Fast meinte man, ein leises Glucksen zu hören. Die Hexe nahm das Handtuch und wischte sich damit über das Gesicht. Jetzt konnte man deutlich an ihrem Gesicht erkennen, wie hochbetagt sie war. Es bestand nahezu nur aus Falten, die kleinen Augen lagen in tiefen Höhlen. Sie kniff immer wieder ihre Augen zusammen, als könne sie nicht glauben, dass tatsächlich jemand bei ihr war.

Sie öffnete den Mund, doch heraus kam nur ein heiseres Krächzen. Sador reichte ihr diesmal eine Wasserflasche, die sie gierig austrank. Dabei zitterten ihre Hände so stark, dass sie einen Großteil verschüttete.

»Ich habe seit sehr langer Zeit niemanden mehr gesehen. Und bin mir auch jetzt nicht sicher, ob ihr wirklich da seid.«

Die Kinder hatten bisher nicht gewusst, dass auch eine

Stimme alt klingen konnte, aber genau das war hier der Fall. Beim Klang dieser uralten Stimme lief ihnen ein Schauer über den Rücken.

Sador trat vor. »Doch, wir sind tatsächlich hier und …«, setzte er nach kurzem Zögern hinzu, »wir brauchen deine Hilfe.«

Ein gackerndes Lachen war die Antwort. Die Hexe lachte und lachte und schüttelte sich dabei, bis ihr Lachen in ein röchelndes Husten überging. Es dauerte ein wenig, bis sie sich soweit beruhigt hatte, dass sie wieder sprechen konnte.

»Ihr sperrt mich hier ein, ganz allein, und beschließt mich zu vergessen. Und jetzt wollt ihr meine Hilfe! Das ist ein Witz, wirklich ein Witz. Aber kein guter …« Die letzten Worte zischte sie fast zu ihnen herüber.

»Wisst ihr eigentlich, wie das ist, so lange allein zu sein? Die ersten hundert Jahre durchforstet man die Ebene, bis man jeden Baum und jeden Grashalm kennt. Irgendwann werden die Abstände der Streifzüge immer größer, weil es auch nach tausenden Jahren immer noch die gleichen Bäume, die gleichen Grashalme sind und der gleiche Schlamm ist, weil sich hier oben rein gar nichts verändert.« Sie hustete erneut und holte röchelnd Luft.

»Dann geht man gar nicht mehr weg, man unterlässt die Wanderungen, hört auf nach irgendeinem weiteren lebenden Wesen, und sei es nur ein Wurm oder ein Insekt, zu suchen. Man sitzt da und richtet seinen Blick nach außen und benutzt die Gabe, die es ermöglicht, Dinge zu sehen, zu beobachten und zu erahnen. Doch bald wird auch das langweilig und spielt keine Rolle, weil man, egal, was man sieht, keinen Einfluss hat, weil es einen sowieso nicht betrifft. Und irgendwann will man gar nichts mehr: nichts mehr sehen, nichts mehr riechen, nichts mehr schmecken. Man will nur noch wie der Sumpf sein. Und ehe man sich versieht, sinkt man in den Schlamm, während die Ereignisse von Nirma unbewusst weiter an einem vorbeirauschen. Man ist im Schlamm, man bleibt im Schlamm, man wird zum Schlamm – für immer.«

Betroffen starrte die Gruppe sie an. Selbst Sador fühlte sich sichtlich unbehaglich. Es herrschte eine unangenehme Stille. Unvermittelt lachte die Hexe erneut laut auf, so dass die Freunde erschreckt zusammenzuckten.

Die Sumpfhexe sah plötzlich jedem der Kinder in die Augen, denen es sichtlich schwerfiel, ihrem Blick standzuhalten. Bei George verharrte sie einen Augenblick länger.

»Ja, du hast entfernt eine gewisse Vorstellung und Ahnung, was es bedeutet allein zu sein. Aber ihr alle seid anders, ihr kommt nicht von hier. Das habe ich gespürt. Nach so unendlich langer Zeit habe ich wieder etwas gespürt. Es hat ein wenig gedauert, doch plötzlich wusste ich, dass jemand hier war. Es hat länger gedauert mich aus dem Schlamm zu erheben, nichtsdestotrotz bin ich nun hier. Und da ich so lange keinen Besuch mehr hatte, will ich nicht unhöflich sein. Erzählt mir, wie ich euch helfen soll.«

Charlie sah Sador an, der ihr aufmunternd zunickte. Daraufhin fasste sie ihre Geschichte, ihren Auftrag und ihr jetziges Problem zusammen. Zwischendurch bestätigte die Sumpfhexe durch kleine Laute das Gehörte, als würde sie die Erzählung mit ihrem Wissen, das sie durch ihr zweites Gesicht erhalten hatte, abgleichen.

Als Charlie zu der Stelle kam, dass sie ihre Hilfe beim Finden der letzten Scherbe bräuchten, meinte sie, ein listiges Aufblitzen in den Augen der Alten wahrzunehmen. Aber sie konnte sich auch getäuscht haben. Als sie geendet hatte, sahen alle die Hexe an.

»Es kann schon sein, dass ich weiß, wo sich die Scherbe befindet. Aber ich habe so viele Dinge gesehen, ich muss meine Erinnerungen erforschen und nachdenken. Das wird eine Weile dauern. Doch wenn ich euch dorthin führen kann, was wollt ihr mir dafür anbieten?«

»Nun, wir könnten deine Bedingungen hier erheblich verbessern«, schlug Sador vor.

»Wie kannst du es wagen, mich nach all dieser Zeit mit solchen Almosen abspeisen zu wollen?«

Die Hexe war mit einer Energie von ihrem Stuhl aufgesprungen, die man der alten Frau gar nicht zugetraut hätte. Dabei blitzten ihre Augen vor Zorn, und die Anwesenden bekamen eine gewisse Vorstellung davon, wie furchterregend sie vor langer Zeit gewesen sein musste. »Ich werde über euer Problem nachdenken und ich rate dir, mir ein viel besseres Angebot zu unterbreiten, wenn ich eine Antwort habe.«

Mit einer Handbewegung wies sie ihnen den Weg nach draußen und ließ sich mit geschlossenen Augen wieder auf ihrem Stuhl nieder.

Da sie nicht wussten, wie lange die Hexe brauchen würde, schlug Sador vor, mit einem Teil der Gruppe das Board zu suchen und schon mal startbereit zu machen.

Dieses war vor ein gutes Stück weitergeflogen und bei seiner Landung wahrscheinlich auch beschädigt worden.

Madu und George begleiteten ihn, während sich die anderen im Schlamm niederließen.

Es dauerte, bis die drei endlich zurückkamen. Madu erzählte ihnen ausführlich, dass sie ihr Board länger suchen mussten, es sich beim Aufprall verbogen hatte und Sador es erst reparieren musste. Jetzt sei aber wieder alles in Ordnung und das Board in Startposition aufgestellt.

Madu hatte gerade seinen Bericht beendet, als die Sumpfhexe langsam aus ihrer Grotte herauskam. Sie gingen ihr entgegen.

»Ich weiß, wo sich die Scherbe befindet. Was hast du mir anzubieten, Sador?«

»Was willst du denn?«

»Oh, ich will die letzten zehntausend Jahre von euch zurück. Aber da dies nun mal nicht geht, werde ich mich mit meiner sofortigen Freiheit zufriedengeben.«

Resigniert hörte Sador sich ihre Forderung an. Er hatte von Anfang an nichts anderes erwartet.

»Also gut, ich wurde dazu ermächtigt, dir für deine Hilfe die Freiheit anzubieten, unter der Voraussetzung, dass du einen Armreif trägst, der deine magischen Fähigkeiten unterdrückt. Im Gegenzug wirst du sofort frei gelassen, sobald wir die Scherbe haben.«

»Oh nein, so funktioniert das nicht. Mit dem Armreif erkläre ich mich einverstanden. Aber ich komme jetzt sofort mit euch mit. Zum einen ist mein Vertrauen in euch nicht allzu groß und zum anderen kann nur ich den Weg dorthin finden. Denn die Scherbe befindet sich in einem Tempel, der in den Sümpfen an genau dem Ort errichtet wurde, an dem einige der Sternensplitter zu Boden fielen. Neben dem Quoitari-Baum und der Stelle, an der die Steine der Macht aufgestellt sind, ist dies die dritte und letzte heilige Stätte auf Nirma.

Da der Tempel schon länger als jeder andere Bereich in einem von den dunklen Völkern besetzten Gebiet liegt, ist dieser Ort in Vergessenheit geraten und aus den Erinnerungen der meisten Nirmaner verschwunden. Nur ich kann euch dorthin führen.«

Man sah Sador förmlich an, wie wenig ihm diese Forderung behagte, unglücklicherweise blieb ihm keine andere Wahl als ihr nachzukommen und dies wusste auch die Sumpfhexe.

»Also gut, aber du trägst diesen Armreif hier«, er holte ihn aus einer seiner unzähligen Taschen hervor und reichte ihn der Hexe, »und dann werden wir zügig von hier aufbrechen und zur Stadt zurückkehren.«

Er blickte die Hexe an, die ihn jedoch nicht entgegennahm, sondern gerade mit geschlossenen Augen eine innere Eingebung und Erkenntnis zu haben schien.

»Das würde ich an deiner Stelle nicht tun, denn wenn wir zur Stadt zurückkehren, ist es unwahrscheinlich, dass wir sie überhaupt noch einmal verlassen können, weil wir dann schon bald alle tot sein werden.«

Erschrocken sahen alle die Hexe an. George war ein wenig schneller als Sador. »Was meinst du damit? Rede!«

»Nun, es scheint, dass der gute Brelor herausgefunden hat, wo ihr seid. Und es behagt ihm gar nicht, dass ihr es überhaupt so weit geschafft habt. Auch wenn er weiterhin glaubt, dass ihr ihm nichts anhaben könnt, möchte er dennoch verhindern, dass ihr auch die letzte Scherbe findet. Aus diesem Grund hat er eine Giftwolke hierhin geschickt, die die Stadt bald erreichen und jedes Leben auf den Ebenen auslöschen wird.«

Konnte das stimmen? Was sollten sie dagegen tun? Die Kinder sahen Sadors Gesicht an, dass er der Hexe jedes Wort glaubte.

»Wir müssen sofort los«, stieß er so beherrscht wie möglich mit zusammengebissenen Zähnen hervor. »Ich gehe voraus. Madu und George, ihr kennt beide den Weg zum Board. Versucht, alle, so schnell es geht, dahin zu führen.«

Nach diesen Worten legte Sador der Hexe den Armreif an, was sie diesmal anstandslos akzeptierte, und verschwand so schnell, dass er schon bald aus dem Blickfeld der Kinder verschwunden war.

Zügig brachen sie ebenfalls auf. Dabei kamen sie wesentlich langsamer voran, da die Hexe unglaublich schwach war und ihre letzte Energie für ihren weitsichtigen Blick verbraucht hatte. In dem Tempo würden sie nie ankommen.

Obwohl alles in George sich dagegen sträubte, nahm er schließlich die Hexe auf seinen Rücken und trug sie durch die morastige Landschaft. Dabei wurde er von Sying und Fatma, so gut es ging, unterstützt, während Charlie seinen Rucksack schulterte und Madu vorausging.

Als sie schließlich das Board erreichten, stellten sie erstaunt fest, dass Sador offensichtlich aus einem verborgenen Fach im Board einer Art Lampe herausgeholt und sie gerade, als sie ankamen, gezündet hatte. Sofort schoss die

Lampe ähnlich einer Rakete in den Himmel und sandte rote Lichtblitze aus.

»Das ist unser dringlichstes Warnsignal. Es bedeutet, dass alle Levitaner sämtliche Ebenen sofort verlassen müssen und sich in der Stadt einzufinden haben. In einigen Minuten wird um die Stadtebene ein Kraftfeld aktiviert, das dafür sorgt, dass weder etwas nach innen noch nach außen dringen kann.«

Die Erleichterung, die die fünf bei seinen Worten verspürten, bekam leider sofort durch Sadors nächste Sätze einen Dämpfer verpasst.

»Wir hoffen zumindest, dass es so sein wird. Wir waren bisher noch nie in der Situation, unsere Notfallmaßnahmen unter echten Bedingungen ausprobieren zu müssen. Daher wissen wir auch nicht genau, wie lange wir das Kraftfeld aufrechterhalten können. Euch bleibt nicht viel Zeit, Brelor zu besiegen, sonst ist es für uns auf jeden Fall zu spät.«

Wie war das? Nur keinen Druck aufbauen, dachte Charlie beklommen. Jetzt wird unser ohnehin schon immer knapper werdendes Zeitfenster zur Rettung Nirmas noch kleiner, weil den Levitanern weniger Zeit bleibt als allen anderen. Das waren ja wirklich großartige Aussichten.

Die Hexe kicherte. »Ja, dann sollten wir uns vielleicht ein wenig beeilen.« Auch wenn sie ihre Motive in Frage stellten, hatte die Hexe doch Recht.

Sobald sie ihre Plätze auf dem Board eingenommen hatten, starteten sie. Abwärts bewegte sich der Gleiter problemlos, allerdings war diesmal ein unglaublicher Betrieb in der Luft. Von allen Ebenen steuerten Boards die

Stadt an und einige Kollisionen konnten nur im letzten Moment verhindert werden. Da sie aber nicht dasselbe Ziel hatten, sondern direkt den Boden ansteuerten, blieben sie von solchen Gefahren verschont.

Sachte setzte ihr Board auf, das Sador so gesteuert hatte, dass sie schon eine größtmögliche Distanz zwischen sich und die Ebenen gebracht hatten. Sie stiegen ab und blickten in den Himmel.

Jetzt konnten sie in der Ferne tatsächlich eine große, grüne Wolke erkennen, die sich unaufhaltsam den Ebenen näherte. Es würde nicht mehr lange dauern und sie hätte sie erreicht.

Die Gruppe setzte sich in eines der Sumpffahrzeuge, wobei Sador und George neben der Sumpfhexe Platz nahmen, um sie besser bewachen zu können. Danach fuhren sie los, bis sie die Ebenen weit hinter sich gelassen hatten und Sador anhielt.

»Weiter kommen wir hiermit nicht. Wir haben die Grenze zu unserem Sumpfgebiet erreicht. Alles hierhinter ist dunkles Gebiet. Ab jetzt müssen wir zu Fuß gehen.«

Er sah die Hexe an, die vorausging, während er ihr unmittelbar folgte. Die Kinder gingen am Schluss.

Was würde sie erwarten?

Dunkle Kreaturen

Die Hexe kam hier unten viel besser voran als oben auf ihrer Ebene. Überhaupt wirkte sie nicht mehr ganz so klapprig wie noch vor einiger Zeit.

Besorgt raunte Madu Sador zu: »Bist du dir sicher, dass der Armreif wirkt und sie keine Kräfte mehr besitzt?«

»Ich hoffe, dass es so ist. Der Reif ist uralt und soll mächtige Bannsprüche beinhalten. Ob dies ausreicht, alle Erdenergie von der Hexe fernzuhalten? Ich weiß es nicht. Ein wenig Energie scheint jedenfalls zu ihr durchzudringen, sonst könnte sie sich nicht so schnell bewegen. Aber das ist ja auch ein Vorteil, da wir so viel rascher vorankommen.«

Schweigend gingen sie weiter. Die Landschaft entsprach ungefähr der auf der Gefängnisebene. Dunkel und trostlos. Ein schwüles Klima hing über dem Sumpf und Nebel kroch, sich immer weiter ausbreitend, über den Boden.

Sador verteilte an alle eine Creme, die die Mokos fernhalten sollte. Besonders Charlie nahm so reichlich davon, dass ihre Haut ganz fettig glänzte. Aber das war ihr egal, sie konnte auf weitere Stiche dankend verzichten. Als sie Sador den fast leeren Cremetiegel zurückgab, reichte er ihr eine weitere große Dose mit einer grünen Paste.

»Das soll ich euch noch mit ganz lieben Grüßen von Suria geben. Wenn ihr eure Haut damit einreibt, wird sie den grünlichen Farbton eines Nirmaners annehmen. Sie

178

dachte, es wäre vielleicht hilfreich, wenn ihr in Brelors Reich nicht sofort als die Fremden einer anderen Welt erkannt werdet.«

Charlie nahm die Paste dankend an. Da hatte Suria eine gute Idee gehabt! Diese Paste war sicherlich mehr als hilfreich, sie konnte lebensrettend sein.

Als die Sicht aufgrund der Dunkelheit schlechter wurde und sie auf ihrem Weg häufiger stolperten, schlugen sie ihr Nachtlager auf. Sador wollte die erste Wache übernehmen, doch die Sumpfhexe widersprach.

»Wir brauchen keine Wachen. Die Ghoule spüren, dass ich bei euch bin. Sie werden Abstand halten und nicht angreifen. Doch wer weiß …«

Sying fragte beunruhigt: »Was sind Ghoule?«

Die Hexe lachte gackernd. »Sei froh, dass du ihnen bisher noch nicht begegnet bist. Die Ghoule sind Sumpfbewohner, wobei sie von vielen eher Sumpfmonster genannt werden. Sie leben im Schlamm und Morast und sind blind. Sie haben scharfe spitze Zähne und, wenn sie Hunger haben, kommen sie heraus. Ihr Geruchssinn ist unglaublich ausgeprägt. Wenn sie ihre Beute riechen, egal ob Tier, Nirmaner oder Mensch, umzingeln sie sie und kommen näher und näher … und dann …«, urplötzlich sprang die Hexe mit erhobenen Händen und gekrümmten Fingern ein Stück auf Sying zu, der vor Schreck nach hinten fiel, »… fressen sie ihr Opfer.«

»Das reicht.« Energisch drängte Sador sich zwischen die Hexe und die Kinder, die alle die Beschreibung der Ghoule verfolgt hatten. Achselzuckend wandte sich die Hexe ab und legte sich schlafen.

Die Kinder wollten definitiv eine Wache und waren froh, dass Sador das genauso sah. Trotzdem hatten sie Probleme, nach dem Gehörten einzuschlafen. Irgendwann war die Erschöpfung so groß, dass sie alle in einen tiefen, traumlosen Schlaf fielen.

Mit den Worten »Aufwachen, ihr Schlafmützen« weckte Sador sie früh am nächsten Morgen.

»Es ist schon morgen?«, fragte Fatma verdutzt. »Wir wollten uns doch mit der Wache abwechseln.«

»Eine durchwachte Nacht macht mir nichts aus. Und im Kampf gegen Brelor werdet ihr noch alle Kräfte brauchen«, sagte Sador und erstickte damit weitere Proteste im Keim.

Sie nahmen ein schnelles Frühstück ein. Dabei betrachteten sie stirnrunzelnd die Hexe, die noch ein wenig fitter und jünger wirkte als am Tag zuvor. Da sie trotz allem auf ihre Hilfe angewiesen waren, schoben sie ihre Besorgnis beiseite und folgten ihr weiter durch den Sumpf.

In einem Punkt zumindest hatte sie die Wahrheit gesprochen. Nur mit einer Wegbeschreibung wären sie nie an ihr Ziel gekommen. Alles sah ähnlich aus und aus welchen Gründen die Hexe plötzlich die eine oder andere Richtung einschlug, blieb ihnen ein Rätsel.

»Wir sind gleich am Ziel«, verkündete die Hexe auf einmal.

Gespannt legte die Gruppe die restliche Strecke zurück, bis sie vor dem Tempel standen.

Bei diesem handelte es sich um ein vergleichsweise kleines Gebäude, das eher einer Gedenkstätte als einer Tempelanlage entsprach, die die Kinder aus irgendeinem Grund erwartet hatten. Nur mühsam konnten sie ihre Enttäuschung verbergen.

Vor der Eingangstür befand sich eine Art Veranda, auf der vier runde Säulen das Vordach des Tempels stützten und die an die Säulen antiker griechischer Gebäude erinnerten. Die Oberfläche des Tempels war komplett von Moos und einigen Pflanzen bedeckt. Die Tür wies weder eine Klinke noch einen Türknopf auf.

George stemmte sich dagegen, doch die Tür bewegte sich kein bisschen. Auch als alle mithalfen, sah das Ergebnis nicht anders aus. Sie betrachteten erneut die Türoberfläche, die unterschiedliche Verzierungen aufwies.

»Seht mal hier«, sagte Sying aufgeregt. »Diese Vertiefung hat exakt die gleiche Form und Größe wie mein Stern.«

Sying holte seinen Stern heraus und drückte ihn in die Vertiefung. Er passte exakt und leuchtete sofort in allen Farben auf, woraufhin die Türen nach innen aufschwangen.

Sie betraten das sehr kunstvolle Innere des Tempels, welches aus nur einem Raum bestand. Der Hintergrund wurde von einem raumhohen Gemälde eingenommen, auf dem gezeigt wurde, wie damals die Sternensplitter auf diese Stelle fielen. Davor stand eine hohe Schale auf einer Art Altar und in dieser lag die braune Scherbe.

Sie traten näher und Fatma holte sie mit ausgesprochen bedachten Bewegungen, so als könne sie etwas falsch machen, aus der Schale. Nachdem sie diese auf die Oberfläche des Altars gelegt hatte, holten sie die bereits gefundenen Scherben heraus und platzierten sie daneben. Augenblicklich bewegten sich die einzelnen Stücke wie beim ersten Mal aufeinander zu, bildeten einen Stern und verschmolzen miteinander.

Sie strahlten sich an, sie hatten tatsächlich alle Teile von Arias Stern gefunden, genauso wie diese es sich gedacht hatte. Sying nahm den Stern an sich und hängte ihn an die gleiche Kette, an der schon der erste hing.

Auf einmal meldete sich von hinten die Sumpfhexe, die sie in ihrer Begeisterung völlig vergessen hatten und die immer noch vor der Tür stand.

»Ihr habt die Scherbe gefunden. Damit habe ich meinen Teil der Abmachung erfüllt. Und jetzt ist es an der Zeit, dass ich mich um mich kümmere. Habt ihr wirklich geglaubt, dieser Armreif mit seiner kümmerlichen Magie könnte mich aufhalten?« Sie streckte ihren Arm nach oben und der Reif fiel ab.

Mit offenem Mund verfolgten die Kinder und Sador, was dann geschah.

Hatte der Reif bisher nur eine minimale Verbindung der Erdmagie mit der Hexe zugelassen, so floss sie jetzt ungehindert durch sie hindurch. Mit einer seltsamen Faszination beobachteten Sador und die Kinder die Verwandlung der alten Frau.

Zuerst drückte sie ihren Rücken durch, so dass sie wieder aufrecht stand. Im gleichen Maße, wie ihre knochigen Extremitäten an Muskeln und Fleisch zunahmen, verschwanden ihre Falten und ihre Gesichtszüge glätteten sich.

Die ehemals stumpfen und verfilzten Haare wuchsen und wurden braun-grün, wobei einige Haarbüschel tatsächlich kleine Äste und Zweigen zu sein schienen, die sich über ihre Schultern fallend um ihren Körper wickelten und sie statt einer Kleidung bedeckten.

Bei dieser Verwandlung war auch der komplette Schmutz von ihr abgefallen und als sie mit allem fertig war, stand vor ihnen eine äußerst geheimnisvolle Frau: die Sumpfhexe in ihrer ursprünglichen Gestalt.

Das bedeutet bestimmt nichts Gutes! Fatma hatte dies gerade erst gedacht, als sie ihre Ahnung schon im nächsten Moment bestätigt sah.

»So gut habe ich mich schon sehr lange Zeit nicht mehr gefühlt. Und jetzt gebt mir die Sterne.«

Instinktiv wichen alle einen Schritt zurück und Sying hielt seine Hände schützend vor die Sterne, was die Hexe mit einer hochgezogenen Augenbraue und einem bösartigen Grinsen quittierte.

Sie wollte durch die Tür treten, doch in dem Moment sendeten beide Sterne Lichtstrahlen aus, die sie aufhielten. Egal, wie sehr sie sich auch bemühte, es gelang ihr nicht, den Tempel zu betreten. Schließlich gab sie auf.

»Nun denn, vielleicht wäre es besser gewesen, wenn ich euch direkt den ersten Stern abgenommen hätte. Denn gegen die Kraft von zweien komme ich nicht an. Zumindest im Moment noch nicht. Daher werde ich mich zurückziehen und warten, bis ich all meine Kräfte zurückhabe, und einstweilen meinen Freunden das Feld überlassen. Gegen diese wirken eure Sterne übrigens nicht. Ich wünsche euch viel Vergnügen und komme dann, um eure Reste aufzusammeln.«

Mit ihrem typischen gackernden Lachen drehte sie sich um und verschwand im Sumpf.

Sador stöhnte auf. »Ich habe es gewusst. Wie konnte ich nur so blöd sein, der Sumpfhexe vertrauen zu wollen? Sie war schließlich nicht ohne Grund dort oben eingesperrt.«

Charlie versuchte ihn zu trösten. »Mach dir bitte keine Vorwürfe. Du hättest doch nichts tun können. Außerdem waren wir zumindest so weit erfolgreich, dass der zweite Stern nun komplett ist und wir Brelor nur noch seinen abnehmen müssen. Und damit war es auf jeden Fall die ganze Geschichte wert.«

Madu mischte sich nervös ein. »Wen meinte sie mit ihren Freunden?«

»Oh, ich fürchte, sie meinte die Ghoule damit«, mutmaßte Sador. »Wir sollten zügig aufbrechen.«

Sie verließen den Tempel, doch da hörten sie es schon: Platschende Geräusche, die von schaurigen Tönen umrahmt wurden. Sie schienen von allen Seiten zu kommen. Und dann sahen sie sie auch.

Hatten sie gedacht, nach den ganzen schaurigen Begegnungen, die sie bereits hinter sich hatten, würde sie nichts mehr so leicht schockieren, so hatten sie sich geirrt. Die meisten Ghoule kamen im Stehen auf sie zu, andere dagegen krochen über den Boden. Ihre Körper wirkten ausgemergelt und schmutzig und waren nur mit einem Lendenschurz oder anderen Lumpen notdürftig verdeckt. Ihre Haut glänzte seltsam schleimig.

Am furchtbarsten aber waren ihr Gesichter. Die kleinen Augen waren nicht nur geschlossen, die Augenlider waren regelrecht mit der Haut verwachsen. Ihre Nase war ganz flach und breit und die Nasenflügel bedeckten die überdimensional großen Nasenlöcher nur unvollständig.

Zwischendurch hielten sie immer wieder an und schnupperten in alle Himmelsrichtungen, um den richtigen Weg zu ihnen zu erriechen. Dabei öffneten sie immer wieder ihr Maul, wobei Zahnreihen voller spitzer, fauler Zähne sichtbar wurden und Speichel heraus- und über ihr Kinn herunterlief.

Obwohl die Hexe gesagt hatte, dass die Sterne in diesem Fall nichts nützen würden, versuchte Sying, sie trotzdem gedanklich zu aktivieren, und hielt sie den Ghoulen entgegen. Doch leider passierte tatsächlich nichts.

Während der Rest wie angewurzelt dastand, hatte Sador einige Äste aufgesammelt und sie angezündet. Er verteilte sie an alle.

»Ich schätze, wir werden uns hier durchkämpfen müssen. Das wird äußerst schwierig. Sie werden sofort riechen, wo wir sind, und uns hinterherlaufen. Und wenn sie jemanden erst einmal gefangen haben, lassen sie ihn nicht wieder los.«

Sie sahen sich skeptisch die näherkommenden Ghoule an. Sadors Plan würde nie funktionieren. Trotzdem machten sie sich bereit, auf sein Zeichen sofort loszulaufen.

»Moment, ich habe eine bessere Idee!« Madu schlug sich mit der Hand vor den Kopf, weil ihm das nicht eher eingefallen war.

Hektisch wühlte er in seinem Rucksack und holte die Stinkbomben heraus, die er bei ihrem Besuch auf der Produktionsebene heimlich eingesteckt hatte. Er hielt sie Sador hin.

»Damit dürfte es den Ghoulen doch nicht so leicht fallen uns zu riechen, oder? Sying hat auch noch welche.«

Sadors Grinsen, das sich über sein ganzes Gesicht ausbreitete, war Antwort genug. Er hatte den Kindern gegenüber nicht zugeben wollen, dass er ihre Chancen bei seinem Plan nur sehr gering eingeschätzt hatte, aber mit den Stinkbomben wurden sie schlagartig besser.

Sying hatte seine auch hervorgeholt. Sador teilte sie gerecht auf und behielt nur für sich ein paar mehr zurück.

»Wir machen es folgendermaßen.« Er sprach schnell und abgehackt, da die ersten Ghoule sie fast erreicht hatten und nur noch wegen der Fackeln, die die Kinder immer wieder in ihre Richtung stießen, zögerten sie anzugreifen.

»Ich werfe ein paar der Bomben in die Richtung, in die ihr laufen müsst, um zu Brelors Reich zu gelangen. Gleichzeitig bewege ich mich in die entgegengesetzte Richtung. Dadurch werden die Ghoule gezwungen sich aufzuteilen und jeder hat weniger Verfolger. Außerdem wollte ich sowieso zurückkehren und sehen, ob ich meinem Volk irgendwie helfen kann. Wenn euch dennoch welche zu nahekommen, werft die Stinkbomben, die ihr habt. Möge die Sonne von Nirma euch immer leuchten.«

Sie signalisierten Sador nickend ihre Zustimmung und wünschten ihm ebenfalls viel Glück.

Daraufhin warf er zwei Stinkkugeln direkt nach rechts in die mittlerweile recht eng beieinanderstehenden Ghoule.

Die Wirkung war verheerend. Umgehend wichen die Sumpfmonster vor dem furchtbaren Geruch zurück, der selbst für die kleinen menschlichen Nasen fast unerträglich war.

Da sie jetzt selbst zum ersten Mal den Gestank, den

diese Stinkkugeln verursachten, erlebten, war es den Freunden ein Rätsel, warum diese Stinkelemente überhaupt an zwei Tagen im Jahr erlaubt waren. Allein von dem Gestank traten ihnen Tränen in die Augen und sie meinten, noch nie etwas Schlimmeres gerochen zu haben.

Trotzdem liefen sie auf Sadors Zeichen sofort los. Fürchterliche Geräusche begleiteten ihre Flucht. Zum einen wütendes Fauchen von denen, die ihre Flucht bemerkt hatten, sowie qualvolles Stöhnen und Winseln von denjenigen, die in der Nähe der ersten Stinkbomben gestanden hatten. Der Gestank schien den Ghoulen körperliche Schmerzen zu bereiten.

Dennoch waren sie noch nicht bereit, ihre schon sicher geglaubte Beute einfach so ziehen zu lassen. Sie rappelten sich auf und bewegten sich schnell hinter den Fliehenden her. Dabei entschied sich ein Teil dafür, den Kindern, also der größeren Beute, zu folgen; der andere Teil lief hinter Sador her, den sie noch besser riechen konnten, da er bisher keine Bombe geworfen hatte. Auf diese Weise lockte er viele hinter sich her.

Es war mittlerweile dunkel geworden und dementsprechend wurde es für die Freunde schwieriger vorwärtszukommen. Allerdings holten ihre Verfolger hinter ihnen nur langsam auf, da sie Schwierigkeiten hatten, sie ausfindig zu machen.

Gefährlicher waren da die Ghoule, die plötzlich neben oder vor ihnen erschienen. Da sie aus einer anderen Richtung gekommen waren, wurden sie nicht von dem Gestank beeinträchtigt.

Diesen versuchten die fünf, so gut wie es ging, auszuweichen; einem, der auf einmal vor ihm stand, schlug George mit seiner Fackel, die er immer noch in seiner Hand hielt, im vollen Lauf gegen den Körper, so dass er von der Wucht des Schlages nach hinten geworfen wurde. Sahen sie sich mehreren gegenüber, warfen sie eine Stinkkugel in ihre Mitte und nutzten die entstandene Verwirrung, um an ihnen vorbeizukommen.

Da umgriff eine Hand, die aus dem Sumpf hervorschoss, Fatmas Knöchel. Das Mädchen stolperte und fiel hin. Sie hatte sich zwar schnell auf den Rücken gedreht, doch der Ghoul war sofort über ihr und weitere näherten sich. Nur mit Mühe konnte sie den auf ihr liegenden Ghoul daran hindern, sie zu beißen.

Fatma drückte mit ihren Fäusten gegen seinen Oberkörper und versuchte, ihn so auf Abstand zu halten. Dabei versanken ihre Hände tief in der teigigen, aufgeschwemmten Haut. Mit weit geöffneten Maul schnappte das widerliche Monster wiederholt nach ihr. Ekliger, nach faulem Fleisch riechender Speichel tropfte auf ihr Gesicht, so dass sie vor lauter Abscheu fast brechen musste.

Ihre Freunde hatten zwar sofort gestoppt, konnten ihr aber erst einmal nicht helfen, da sie damit beschäftigt waren, weitere Ghoule abzuwehren.

Fatma war auf sich allein gestellt und ihre Kräfte schwanden zunehmend. Sie setzte alles auf eine Karte und zog ihren rechten Arm weg, mit dem sie das Monster abgehalten hatte, woraufhin der Ghoul mit seinem Gesicht fast auf ihres stürzte. Im letzten Moment schob sie ihre Hand dazwischen und stopfte ihm ihre letzte Stinkbombe, die sich die ganze Zeit noch in ihrer Hand befunden hatte, direkt ins Maul. Augenblicklich hatte der Ghoul sie vergessen. Er rollte von ihr runter und warf sich unter schrillen Schmerzensschreien hin und her. Dann sprang er auf und lief kreuz und quer. Damit brachte er den Gestank auch zu den anderen Sumpfmonstern.

Die Kinder nutzten die entstandene Verwirrung und schlichen so vorsichtig wie möglich an den orientierungslosen Ghoulen vorbei. Sobald sie sie hinter sich gelassen hatten, liefen sie wieder schneller. Die drei Sumpfmonster, die ihnen noch begegneten, konnten sie mit ihrer letzten Kugel außer Gefecht setzen.

Und dann waren sie draußen. Der Boden unter ihren Füßen hatte sich geändert. Er war fester geworden und die Umgebung wirkte trotz der Dunkelheit freundlicher.

Obwohl sie vollkommen erschöpft waren, gingen sie in stillschweigendem Einverständnis, wenn auch langsamer, weiter und wollten möglichst viel Distanz zwischen sich und diesen schrecklichen Sumpf bringen, bevor sie sich eine Pause gönnten.

Schließlich ließen sie sich am Rand eines kleinen Waldes nieder. Da niemand große Lust auf eine Unterhaltung verspürte, aßen sie recht schweigsam und dachten an Sador und sein Volk.

Hoffentlich hatte er es ebenfalls geschafft, den Ghoulen zu entkommen. Vielleicht gelang es ihm dann auch, ohne ihre Hilfe den eingeschlossenen Levitanern zu helfen.

Schattenland

Je näher sie Brelors Reich kamen, desto mehr nahm der Grad der Zerstörung und Verwüstung zu. Die Häuser und Dörfer, an denen sie vorbeikamen, waren nicht einfach nur verlassen worden. Es gab eindeutige Spuren, dass dort Kämpfe stattgefunden hatten, Nirmaner gegen ihren Willen verschleppt worden waren sowie geplündert und gebrandschatzt worden war. Die Truppen Brelors hatten überall verbrannte Erde hinterlassen. Die Felder waren auf unabsehbare Zeit zerstört.

Auch wenn diese Umgebung sie bedrückte, nahmen die Freunde doch noch einmal den deutlichen Unterschied wahr, als sie auf eine weite Ebene stießen. Instinktiv spürten sie, dass dies der Schattengürtel um Brelors Reich sein musste.

Sie betrachteten schweigend die Ebene vor ihnen, die nicht gerade einladend aussah. Argwöhnisch beäugten sie die Wurzeln in ihren Händen.

»Sollen wir dem Wusel glauben und sie wirklich kauen? Oder sollen wir erst einmal losmarschieren und abwarten, was geschieht?«, fragte Charlie.

»Das Mädchen hat uns eindringlich geraten, die Wurzel von Beginn an zu nehmen«, merkte Fatma an.

George stimmte ihr zu: »Sie wirkte ehrlich und sie ist extra zurückgekommen, um uns die Wurzeln zu bringen. Das hätte sie nicht tun müssen.«

Er traf eine Entscheidung, steckte sein Stück der Wurzel

in seinen Mund und zerkaute sie vorsichtig. Unter seinen malmenden Kaubewegungen verwandelte sich die Wurzel in ein süß schmeckendes Kaugummi. Da sich keine unmittelbaren negativen Auswirkungen zeigten, nickte er den anderen aufmunternd zu, die es ihm daraufhin gleichtaten. So dauerte es nicht lange, bis alle auf der Wurzel herumkauten.

Nur Sying verspürte sofort beim ersten Kontakt mit der Wurzel einen immensen Würgereiz, der ihn die Wurzel wieder in seine Hand spucken ließ. Er unternahm noch mehrere Versuche, aber sobald sich die Wurzel in seinem Mund befand, fing er erneut an zu würgen. Schließlich gab er auf.

Doch Madu war zuversichtlich. »Keine Sorge, du hast vier Freunde an deiner Seite, die aufpassen werden, dass du nicht einschläfst.«

Während sie den ersten Teil der Ebene durchquerten, beschlich Madu das mulmige Gefühl, die Gegend zu kennen. Aufmerksam sah er sich die Umgebung an, als Sying ihn plötzlich versehentlich anrempelte.

»Entschuldige, ich bin gestolpert.«

Besorgt betrachtete Madu seinen Freund. Er sah müde aus. Daraufhin verwickelte er ihn in ein Gespräch, das Sying wachhalten sollte, und dachte nicht mehr weiter über die Landschaft nach.

Von Stunde zu Stunde wurde es komplizierter, Sying daran zu hindern einzuschlafen. Stellten sie eine Frage, so dauerte es immer länger, bis sie eine Antwort erhielten. Sying kamen die einzelnen Worte immer schwerer über die Lippen.

So mit Sying beschäftigt, erkannte Madu erst sehr spät den auffälligen Baum, der in sein Blickfeld geriet.

Der vierfingrige Baum!, dachte Madu. Ich kenne die Ebene hier aus meinem Traum. Das mir das nicht eher aufgefallen ist. Madu musste über sich selbst den Kopf schütteln. Aber das bedeutete auch, dass uns jeden Augenblick ...

»Schnell! Wir müssen sofort hier weg und uns da vorne hinter dem Stein verstecken.«

George sah Madu erstaunt an. »Was ist los?«

»Keine Zeit für Erklärungen. Lauft!«

Die Dringlichkeit, die in Madus Worten mitschwang, ließ sie reagieren. Auch wenn sie nicht wussten, warum, liefen sie dem vorausstürmenden Madu hinterher. Sying mobilisierte dabei seine letzten Kräfte. Sie verschanzten sich alle hinter einem Felsen.

Nur einen Wimpernschlag später brach eine Horde Trolle auf ihren Behemothen hinter einem kleinen Wald hervor und galoppierten direkt über die Stelle, an der sie gerade noch gestanden hatten.

»Woher wusstest du das?«, fragte Fatma Madu verwundert.

»Ich hatte die ganze Zeit seltsame Träume auf Nirma, in denen ich diese Gegend gesehen habe. Jedesmal sind die Trolle genau hier aufgetaucht«

»Aber warum hast du uns nichts davon gesagt?«, erkundigte Charlie sich.

»Ich wollte euch nicht unnötig beunruhigen. Außerdem habe ich mit Sying darüber gesprochen«, verteidigte Madu sich und drehte sich zu seinem Freund um. »Oh nein!«

Sying saß an den Felsen gelehnt auf dem Boden und hatte seine Augen geschlossen. Er war eingeschlafen!

»Sying, du Schlafmütze, wach endlich auf! Heute ist schließlich dein großer Tag.« Sanft drang die Stimme seiner Mutter an sein Ohr. Noch recht verschlafen öffnete Sying seine Augen und blickte in das lächelnde Gesicht seiner Mutter.

»Mama, du bist hier und …«, er setzte sich auf und blickte sich kurz um, »ich bin in unserem Wohnwagen in China.«

»Natürlich bist du da. Wo solltest du denn auch sonst sein?«

»Du verstehst nicht … Wo sind Madu, George und die anderen? Ich war gerade noch auf Nirma.« So sehr er sich freute, seine Mutter wiederzusehen, schwang doch leichte Panik in Syings Stimme mit.

»Du hast geträumt, mein Schatz. Ich versichere dir, dass du die ganze Zeit hier warst. Aber jetzt musst du wieder ganz bei uns sein, in der wirklichen Welt. Denn gleich wird dir vor den Augen der berühmtesten Vertreter des Landes und zahlreicher Zuschauer der goldene Artistenpreis verliehen.«

Der goldene Artistenpreis! Seit ich ein kleines Kind gewesen bin, habe ich davon geträumt ihn zu erhalten. Wie kann es sein, dass ich daran überhaupt keine Erinnerung habe? Stattdessen überschwemmen so viele Erlebnisse von einem anderen Planeten meinen Kopf.

So in seine Überlegungen vertieft, fiel ihm erst verspätet

etwas anderes auf. An seine Augen greifend stellte er erstaunt fest: »Ich kann mit beiden Augen wieder sehen. Ein Auge war doch komplett blind.«

»Was ist nur mit dir los, Sying? Wir waren mit deiner Augenerkrankung doch beim Arzt. Nach der Behandlung bist du wieder völlig gesund geworden.« Zum ersten Mal nahm Sying bei seiner Mutter einen ängstlichen Unterton wahr.

Kann ich wirklich das Ganze nur geträumt haben? Ist so etwas überhaupt möglich? Alles hat so real gewirkt. Obwohl er immer noch skeptisch war, stand er auf, um seine Mutter nicht weiter zu beunruhigen.

Als er kurz darauf angezogen den Wohnwagen verließ und ihm viele seiner Zirkusfreunde einen guten Morgen wünschten, verblasste die Erinnerung an die andere Welt schon langsam. Und als er einige Stunden später hinter dem Vorhang darauf wartete, aufgerufen zu werden, dachte er gar nicht mehr daran.

Im Gegenteil, er fieberte dem Moment entgegen, in dem er seinen Namen hören, durch den Vorhang schreiten und seinen Preis entgegennehmen würde. Er schloss die Augen, gleich würde es soweit sein, nur noch wenige Sekunden …

»Ich bekomme ihn auch nicht wach.«

Resigniert ließ George von dem schlafenden Sying ab. Sie alle hatten versucht ihn aufzuwecken, aber ohne Erfolg. Egal, ob sie ihn geschüttelt, gekniffen oder sogar geschlagen hatten, Sying schlief weiter. Zuletzt hatte Charlie Sying vor lauter Ratlosigkeit auf den Mund geküsst und auf die verblüfften Blicke der anderen achselzuckend erklärt: »Bei Schneewittchen hat das schließlich auch funktioniert.«

Daraufhin schwankte George leicht und sagte: »Ich glaube, ich werde auch müde. Los, küss mich schnell, bevor ich ganz einschlafe.«

Doch statt des erhofften Kusses erhielt er von Charlie nur einen Stoß in die Rippen.

Ratlos blickten sie auf Sying und suchten eine Lösung.

Madu ließ sich seine Träume immer wieder durch den Kopf gehen. Irgendeinen Grund musste es für sie ja geben. Ich weiß, dass Sying in größter Gefahr ist. Zu sehr erinnert mich dieses Szenario an meine Visionen. Hat die mysteriöse Frau nicht davon gesprochen, dass ich mich beeilen muss, um jemanden zurückzuholen. Was, wenn sie von Sying gesprochen hat? Aber wie soll ich ihm helfen? Und wo kann ich ihn finden? Den flimmernden Bereich aus meinem Traum sehe ich jedenfalls nirgendwo.

»Du musst schlafen, um ihn zu finden.« Plötzlich konnte er die flüsternde Stimme wieder in seinen Gedanken hören. Offenbar war er nach wie vor der Einzige, der die Stimme hören konnte, denn die anderen zeigten keinerlei Reaktion, die etwas anderes vermuten lassen könnte.

Umgehend spuckte Madu die zerkaute Wurzel aus, woraufhin Fatma ihn erschrocken ansah. »Was machst du denn da? Du wirst einschlafen!«

Alarmiert durch ihre Worte blickten nun George und Charlie Madu an.

»Ich weiß, wie wir Sying aufwecken können. Ich muss

schlafen, ihn im Traum finden und ihn überreden, mit mir zurückzukommen.«

»Woher willst du wissen, dass das funktioniert? Wenn du schläfst, wirst du vielleicht genauso wenig wieder wach«, gab George zu bedenken.

»Ich weiß, dass es mir gelingen wird. Die unbekannte Frau hat mir gesagt, was ich tun muss.« Schnell erzählte Madu seinen Freunden von seinen Träumen und Visionen.

»Aber du weißt doch gar nicht, ob es sie wirklich gibt.« Charlie hatte genau wie die anderen ihre Zweifel.

»Ich bin nicht verrückt. Diese Bilder, die ich von Beginn an in meinem Kopf hatte, müssen etwas bedeuten.«

»Natürlich bist du nicht verrückt, aber vielleicht ist das alles nur eine weitere Falle von Brelor.«

»Wenn tatsächlich Brelor dahinter steckt, warum hat er uns dann vor den Trollen gewarnt? Dies wäre eine einmalige Gelegenheit gewesen, uns problemlos gefangen zu nehmen.«

Auf diesen Einwand wusste niemand etwas zu erwidern. In diesem Punkt hatte Madu Recht. Das ergab einfach keinen Sinn.

Madu gähnte. Schlagartig war er unglaublich müde geworden und konnte kaum noch die Augen offen halten. So wie er sich jetzt fühlte, wunderte es ihn, dass Sying überhaupt so lange durchgehalten hatte. Er setzte sich neben Sying.

»Er ist mein Freund, ich kann ihn nicht im Stich lassen. Ich muss es einfach versuchen.«

Als ihm niemand widersprach, kämpfte er nicht mehr

gegen seine Müdigkeit an und war im nächsten Moment eingeschlafen.

Sofort befand er sich in dem flimmernden Bereich. Nur diesmal konnte er ihn auf der anderen Seite wieder verlassen. Vor einem bunten Torbogen stand eine Frau in einem blauen Samtkleid.

»Hast du mit mir gesprochen?«

Sie nickte und wies mit der Hand in Richtung des Torbogens. »Er ist dahinter. Du hast nicht mehr viel Zeit und denk daran, wenn er durch den Vorhang geht, kann ihn nichts mehr zurückholen.«

Nach den drängenden Worten schritt Madu eilig durch den Torbogen und war in einer anderen Umgebung. Vor ihm stand ein großes, buntes Zirkuszelt. Der Weg dorthin war von zahlreichen Buden gesäumt und viele Artisten führten dazwischen Kunststücke vor. Eigentlich erstreckte sich vor ihm eine schöne bunte Welt.

Trotzdem konnte Madu nicht verhindern, dass ihm eine Gänsehaut über den Rücken lief. Schnell machte er das Zeichen gegen das Böse. Das hier war zu viel, die Farben wirkten zu bunt und zu schrill, die Geräusche zu laut und das Lachen in den Gesichtern der Akrobaten zu übertrieben. Es war, als wollte diese Traumlandschaft ihn einlullen und von seiner eigentlichen Aufgabe ablenken.

Madu versuchte, sein Unbehagen abzuschütteln, und lief auf das Zelt zu. Obwohl er durchaus in Versuchung geriet, ein wenig von den Speisen, die ihm immer wieder angeboten wurden, zu kosten, hielt ihn die nagende Sorge um seinen Freund davon ab.

Wenn er Sying retten wollte, durfte er sich keine Verzögerung erlauben. Was hat die Unbekannte doch gleich zu mir gesagt? Sying darf nicht durch den Vorhang treten! Das muss dann ja bedeuten, dass ich Sying jetzt hinter dem Vorhang antreffe.

Madu lief auf die Rückseite des Zeltes und schlüpfte zwischen den einzelnen Zeltplanen hindurch ins Innere.

Sying hatte die Augen geschlossen, als endlich sein Name ertönte. Seltsamerweise war er nicht aus der Manege zu ihm gedrungen, sondern aus der anderen Richtung. Verwirrt sah er sich um.

Ein farbiger Junge kam auf ihn zu, der ihm irgendwie bekannt vorkam, aber ihm wollte einfach nicht einfallen, woher er ihn kannte.

»Sying, ich bin so froh dich zu sehen. Du musst sofort mit mir kommen.«

»Entschuldige, kennen wir uns …?«

Erschrocken blickte Madu Sying an. »Erkennst du mich denn nicht? Ich bin es doch, dein Freund Madu. Alles, was du hier siehst, ist nicht wirklich. Wir befinden uns in einem Traum.«

»Was redest du denn da? Das hier ist mein Zirkus, meine Eltern stehen da vorne und ich bekomme gleich einen Preis verliehen. Ich werde nirgendwo hingehen.«

»Das ist nicht wahr! Du bist bei uns auf Nirma und wir haben ganz viele Abenteuer zusammen erlebt und neue Freunde gefunden, Ehawee oder Fred.«

Ganz leicht rührte sich etwas in Syings Gedächtnis wie ein kurzes Aufflackern einer Erinnerung. Verunsichert machte er einen Schritt auf Madu zu, als seine Eltern zu ihm traten.

Seine Mutter nahm seine Hand. »Sying, wo bleibst du denn? Du bist gerade aufgerufen worden, du musst in die Manege gehen.« Sie zog ihn in Richtung des Vorhangs.

»Nein, du darfst auf keinen Fall durch den Vorhang treten, dann wirst du nie wieder aufwachen.« Verzweifelt umklammerte Madu Syings andere Hand und versuchte ihn mit aller Kraft, die er aufzubringen vermochte, festzuhalten.

»Lass mich los, ich muss da raus, mein Preis …« Verärgert versuchte Sying sich aus Madus Griff zu befreien, als Madu auf einmal von ihm weggerissen wurde. Syings Vater war es zu bunt geworden. Er hatte sich Madu geschnappt und ihn mehrere Meter weit weg zu Boden geschleudert.

Entgeistert starrte Sying abwechselnd auf seinen zornigen Vater und den schluchzenden Madu.

Ich kann nicht glauben, was ich da gerade mit angesehen habe. Mein Vater ist der friedlichste Mensch, den ich kenne. Er würde keiner Fliege etwas zuleide tun. Niemals würde er so ein Kind behandeln.

Während Sying diese Gedanken durch den Kopf gingen, stellte er etwas Seltsames fest.

Flackert die Gestalt von meinem Vater? Es sieht so aus, als würde sich immer wieder ein schwarzer unförmiger Schatten über ihn schieben. Aber nicht nur mein Vater ist davon betroffen! Bei den anderen Zirkusleuten brechen ebenfalls Schatten durch. Der Einzige, bei dem dieses Phänomen nicht auftritt und der seine normale Gestalt beibehält, ist der weinende Junge auf dem Boden. Moment … der weinende Junge … Madu … Nirma … die Sterne. Jetzt fällt mir alles wieder ein.

Er riss sich von seiner vermeintlichen Mutter, die immer noch seine Hand hielt, los und rannte zu Madu.

»Madu, wir müssen hier weg! Das hier ist nicht mein Zuhause und das sind auch nicht meine Eltern.«

»Ach, was du nicht sagst«, kam die trockene Antwort, doch Madus Gesicht strahlte vor Freude, dass Sying sich wieder erinnerte.

Gemeinsam stürmten sie aus dem Zelt in Richtung des Torbogens, während sie von einem schaurigen Schreien begleitet wurden. Um sie herum löste sich die Umgebung langsam auf und stattdessen kam eine äußerst hässliche zum Vorschein. Alle Personen verwandelten sich in schwarze Schattenwesen, die ihnen nachjagten und nach ihnen griffen. Sie schlugen mehrere Haken und konnten ihnen ausweichen. Mit einer letzten Anstrengung durchquerten sie den Torbogen, stürzten in den flimmernden Bereich vor ihnen und …

… wachten schreiend und wild um sich schlagend auf. Als sie die Gesichter ihrer Freunde erkannten, beruhigten sie sich.

Sie erzählten den anderen von ihren Erlebnissen in der Traumwelt. Dabei konnte Sying es immer noch nicht fassen, wie er Nirma und seine Freunde vergessen konnte.

»Es wirkte alles so echt, meine Eltern, unser Wohnwagen, jedes Detail stimmte.«

»Mach dir keine Gedanken. Dieser Schattenwelt ist es gelungen, dich zu manipulieren. Aber glücklicherweise konnte Madu dich ja zurückzuholen.« Georges Stimme war die Erleichterung, die er dabei empfand, anzuhören. »Aber du«, wandte George sich ernst an Madu, »erzählst uns ab sofort immer alles Ungewöhnliche oder Auffällige. Das gilt übrigens für alle. Wir können Brelor nur besiegen, wenn wir auf alles bestmöglich vorbereitet sind und alle vorhandenen Informationen besitzen, egal, wie unbedeutend sie sind.« Erwartungsvoll blickte er in die Runde.

Madu salutierte: »Aye, aye, Captain! Wird gemacht!«

Alle lachten. Sie setzten ihren Weg fort.

Seltsamerweise war bei Madu und Sying die Müdigkeit auch ohne die Wurzel verschwunden. Es schien, als wären sie dadurch, dass sie der Schattenwelt entkommen waren, immun gegen ihre Auswirkungen geworden. Die anderen behielten die Wurzel jedoch sicherheitshalber weiter in ihrem Mund, bis sie diesen unheimlichen Bereich hinter sich gelassen hatten.

Nach einiger Zeit kamen sie an einen breiten Fluss, über den eine lange steinerne Brücke führte. Dahinter begann die Dunkelheit, sie hatten die Grenze zu Brelors Reich erreicht.

Charlie nahm die Dose heraus und sie rieben nacheinander ihre Haut überall an allen sichtbaren Stellen auf Gesichtern, Händen und Armen damit ein. Fasziniert beobachteten sie, wie ihre Haut eine grünliche Farbe annahm. Auch als sie die Paste in ihre Haare strichen, wurden diese grün.

Nur bei Madu versagte das Mittel. Egal, wie sehr er sich

damit einrieb, seine Haut und auch seine Haare schienen die Farbe nicht annehmen zu können.

»Ich verstehe das nicht, ich reibe meine Haut doch genauso ein wie ihr«, murmelte Madu. »Aber bei mir bleiben nur grüne Krümel zurück, die auf meiner Haut und in meinen Haaren kleben bleiben.«

»Bei Sying hat auch die Wurzel nicht funktioniert, ohne dass wir wissen, warum«, gab Charlie zu bedenken. »Am besten verdeckst du so viel wie möglich von deinem Körper mit der Kleidung.«

So näherten sie sich der Brücke, beobachteten sie aber zunächst noch aus einem gewissen Abstand, um sich einen besseren Überblick zu verschaffen. Sie waren offenbar nicht die Einzigen, die dort hinüber in Brelors Reich wollten. Während einige Nirmaner mit diversen Waren und von Trollen begleitet hineingingen, verließen andere den Bereich.

Sie brauchten unbedingt mehr Informationen, was sie auf der anderen Seite erwartete. Aus diesem Grund sprach George, während die anderen ihn aus ihrem Versteck heraus beobachteten, einen Nirmaner an, der gerade aus Brelors Reich kam und einen erleichterten Eindruck machte, diesen Ort hinter sich gelassen zu haben.

Die beiden unterhielten sich eine ganze Weile miteinander, bis der Nirmaner sich hastig entfernte und George zu ihnen zurückkehrte.

Leider kam er mit schlechten Nachrichten. »Die Nirmaner, die wir hier sehen, sind Dienstboten oder besser gesagt Sklaven, die für Brelor arbeiten müssen und aus der Umgebung Waren zum Schloss bringen. Normalerweise werden sie immer von Trollen begleitet, damit sie nicht weglaufen. Wir hatten Glück, dass dieser Nirmaner ohne Bewachung gehen durfte, weil sich seine Familie noch als Faustpfand auf der Burg befindet und er daher sicher zurückkehren wird. Die Brücke ist der einzige Zugang zu Brelors Reich und auf der anderen Seite befinden sich Trolle und Wächter, die jeden kontrollieren, der hineinwill.«

Wie sollten sie es nur an dem Kontrollpunkt vorbeischaffen?

Eine geniale Idee

B ist du sicher, dass du das tun willst? Es könnte so viel passieren. Was ist, wenn das Ei plötzlich in der Luft zerbricht oder irgendetwas anderes Unvorhergesehenes passiert?« Freds Besorgnis war seiner Stimme ziemlich deutlich anzuhören.

»Fred, das haben wir doch schon ganz oft besprochen. Das ist die einzige Möglichkeit, die mir einfällt, um von hier oben zu entkommen. Und du kannst nicht mitkommen, weil ich dich zum Zusammenschieben brauche. Sobald ich eine Möglichkeit finde, dich auch herunterzuholen, mache ich das.«

Ehawee hatte soeben das Einschmieren der Ränder des zerbrochenen Eis mit dem klebrigen Harz beendet und sich in die kaputten Hälften gelegt.

»Also gut«, murrte Fred, »aber wenn dir etwas passiert, werde ich echt sauer.«

Dann schob er die eine Eihälfte gegen die andere, die sie extra an den Rand gelegt hatten, um beim Drücken einen gewissen Widerstand zu haben. Fred musste mit all seiner Kraft drücken, um die beiden Hälften zu vereinen, doch schließlich hatte er es geschafft und vor ihm lag ein ganzes Ei. Eines der beiden anderen Eier hatten sie zuvor mit einer Decke zugedeckt, damit nicht auffiel, dass eins zu viel im Nest lag.

Da Roch sich die Eier beim Überfliegen des Nestes meistens ohne zu Landen griff, wenn er sie zu Brelor nach unten bringen sollte, hofften beide, dass er die fehlenden Schalen nicht bemerkte.

»Ehawee, geht es dir gut? Roch ist im Anflug«, fragte Fred nach einer Weile.

»Alles bestens«, kam es dumpf aus dem Eiinneren zurück. Kurz darauf spürte sie, wie das Ei ergriffen wurde, und hoffte inständig, dass alles gut gehen würde.

Überrumpelt

Auf gar keinen Fall!« Charlies Reaktion auf Madus Vorschlag war eindeutig und die anderen waren ganz ihrer Meinung.

»Doch, es ist die einzige Möglichkeit, die wir haben. Wir suchen jetzt schon so lange nach einer Lösung und finden nichts. Ich bin die beste Möglichkeit, die wir haben.«

Widerstrebend mussten sie Madu in diesem Punkt Recht geben, dennoch behagte ihnen seine Idee überhaupt nicht.

»Was ist, wenn sie dich nicht gefangen nehmen, sondern direkt töten? Das Risiko ist einfach zu groß«, sorgte Sying sich.

»Ich nütze ihnen viel mehr, wenn sie mich lebend zu Brelor bringen. Und ein gewisses Risiko gehen wir alle ein. Also, machen wir es jetzt so?«

Unbehaglich sahen sich alle an. Keiner antwortete, was Madu als Zustimmung interpretierte.

»Da kommt gerade eine weitere Gruppe Nirmaner, auch ohne Trollbegleitung. Eine bessere Gelegenheit bekommen wir nicht.«

Damit stürmte Madu los, so dass den anderen nichts anderes übrigblieb, als ihm zügig zu folgen, wollten sie ihn nicht allein gehen lassen. Sie schlossen sich den Nirmanern an, die gerade die Brücke überquerten.

Auf der anderen Seite standen zwei Wächter und drei Trolle, die jeden mit seinen Waren genau untersuchten, der Brelors Reich betrat. Sie waren gerade dabei, den großen Sack einer Nirmanerin zu kontrollieren, als Madu, der sich direkt hinter ihr befand, überraschend durch die Reihen brach. Dabei verlor er seinen Umhang, der bisher seine Haut verdeckt hatte. Es brach ein riesiger Tumult los.

Die Trolle und Wächter versuchten umgehend, Madu einzufangen. Ein Wächter wollte schon eine Kugel nach ihm werfen, als er Madus fremdaussehende Haut bemerkte.

»Der Junge ist eines der Kinder aus der anderen Welt, nach denen Brelor so intensiv sucht«, rief er seinen Kollegen zu. »Wir müssen ihn unbedingt lebend gefangen nehmen.«

Ein glücklicher Zufall kam Madu anfangs zur Hilfe. In dem Chaos war der Sack der Nirmanerin umgefallen und unzählige kleine erbsenähnliche Kügelchen ergossen sich über den Boden. Als die Wächter und Trolle darauf traten, rutschten sie aus und fielen übereinander. Die Zeit, bis sie wieder standen, nutzte Madu, um seinen Vorsprung zu vergrößern.

Doch dann stiegen die Trolle und auch die Wächter auf ihre Behemothen und nahmen die Verfolgung auf. Es würde nicht mehr lange dauern, bis sie Madu eingeholt hatten.

Verbündete

Ungesehen konnten George, Charlie, Fatma und Sying dank der entstandenen Verwirrung den Trollen und Wächtern entkommen. Madu konnten sie im Moment nicht helfen, obwohl sie sehr hofften, dass es ihm gelang, seinen Verfolgern zu entfliehen.

Sie liefen durch eine tote Landschaft, die George an Aufnahmen aus verschiedenen Katastrophenfilmen erinnerte, bis sie ein Dorf erreichten. Ein Schild am Ortseingang nannte ihnen den Namen: Badoor.

Schweigend gingen sie durch das verlassen wirkende Dorf. Alles sah ziemlich heruntergekommen und schmutzig aus, so als hätte seit Langem niemand mehr etwas in eine Ausbesserung oder einen neuen Anstrich investiert. Die verwelkten und vertrockneten Blumen in den Blumenkästen und auch Vorgärten mehrerer Häuser sahen wie stumme Zeugen aus besseren und glücklicheren Tagen aus.

Obwohl viele Vorhänge zugezogen waren, war dahinter vereinzelter Lichtschein auszumachen. Offenbar war das Dorf doch nicht ganz so verlassen, wie es zuerst den Eindruck vermittelte. Dennoch waren sie bisher keiner Nirmanerseele begegnet.

Vor einem schäbigen Wirtshaus mit fleckiger Fassade blieben sie schließlich stehen. Auf einem Schild über der Tür stand in großen, grünen Buchstaben »Zum lustigen Wirt«.

»Sinn für Humor scheinen sie hier noch zu haben«, murmelte George leise und drückte vorsichtig gegen die Tür, die zu seiner Überraschung aufschwang.

Von innen machte die Gaststätte auch keinen viel besseren Eindruck als von außen. Hinter einer Theke stand ein dickbäuchiger Wirt, der gerade mit einem schmutzigen Handtuch ein Glas trockenrieb und sie unfreundlich anblickte. Sie waren momentan die einzigen Gäste.

»Jaaa?«

»Wir würden gerne etwas zu trinken bestellen, wenn es möglich ist«, sagte Charlie freundlich.

Sie besaßen noch das Geld, das ursprünglich für die Miete des Naulis gedacht gewesen war. Für ein paar Getränke und einige Mahlzeiten würde es ausreichen, allerdings nicht um jemanden zu bestechen oder für einen Gefallen zu bezahlen.

Nach reiflicher Überlegung kam der Wirt offenbar zu dem Schluss, dass es durchaus möglich war ein Getränk zu bestellen, und wies stumm auf einen Tisch am Fenster.

Schweigend nahmen die Kinder dort Platz und sahen angeekelt auf die klebrigen Überreste und Flecken auf dem Tisch, die seit Tagen niemand mehr entfernt hatte.

»Coria, Kundschaft«, rief der Wirt plötzlich so laut nach hinten, dass sie sich ziemlich erschreckten.

Daraufhin kam eine junge Nirmanerin aus der Küche zu ihnen geeilt und nahm ihre Bestellung auf. Sie wäre eigentlich ganz hübsch gewesen, hätte sie nicht so einen ängstlichen und wachsamen Gesichtsausdruck gehabt. Ihre Augen huschten nervös hin und her; ihr schmutziges, geflicktes Kleid verbesserte ihren Gesamteindruck auch nicht gerade. Doch ihre Stimme klang freundlich, als sie fragte: »Hallo, was kann ich euch denn bringen?«

In Anbetracht ihrer Umgebung hielten es alle für das Sicherste, nur ein Wasser zu bestellen. Coria nahm nickend ihre Bestellung auf. Als sie zurückkam, sahen die Kinder die Gläser, die mit einer trüben Flüssigkeit gefüllt waren, angewidert an.

Coria hatte das Gefühl, sich entschuldigen zu müssen. »Es tut mir leid, seit die Trolle regelmäßig in unser Dorf kommen, ist vieles zerstört und verschmutzt worden. Auch wenn das Wasser so komisch aussieht, könnt ihr es bedenkenlos trinken.«

Sie wollte sich abwenden, als George die Hand hob, um sie aufzuhalten. Ängstlich zuckte sie wie ein geprügelter Hund zurück, woraufhin George seine Hand wieder langsam auf die Tischplatte sinken ließ und Charlie ratlos anblickte.

»Bitte«, sagte diese. »Wir wollen dir nichts tun. Aber wir müssen irgendwie in Brelors Burg gelangen. Kannst du uns etwas darüber sagen?«

Sie hätte sie nicht mehr erschrecken können, als wenn sie gesagt hätte, dass sie einen Troll heiraten wollte. Coria wurde blass und wollte zuerst einfach weggehen, überlegte es sich nach zwei Schritten dann doch anders.

Sie kehrte an den Tisch zurück und flüsterte den Kindern leise eine Warnung zu: »Ihr seid verrückt, dahin zu wollen. Die meisten würden alles dafür geben, aus seiner Nähe zu verschwinden. Wir wären auch schon längst geflohen, wenn meine Mutter nicht als Dienstbotin auf Brelors Burg arbeiten müsste und er meinen Vater nicht zwingen würde, das Gasthaus für seine Trolle offen zu halten, damit sie einen Ort haben, wo sie sich in ihrer Freizeit betrinken können. Und es gibt nur eins, was schlimmer ist als Trolle, nämlich betrunkene Trolle. Im Übrigen werden sie bald wieder da sein und ich an eurer Stelle würde ihnen nicht unbedingt begegnen wollen und lieber vorher gehen.« Nach diesen Worten drehte sie sich um und ließ nachdenkliche Kinder zurück.

»Das war ja nicht sehr erfolgreich«, bemerkte Sying. »Wir brauchen genauere Informationen, wenn wir in die Burg gelangen wollen.«

»Sie haben alle Angst und das kann ich ihnen nicht verdenken«, antwortete Fatma. »Wenn gleich Trolle hierher kommen, sollten wir wirklich besser verschwinden.«

Dem konnten die anderen nur zustimmen. Sie legten einige Münzen auf den Tisch, ihr Wasser hatten sie trotz Corias Beteuerungen lieber nicht angerührt, und befanden sich gerade auf dem Weg zur Tür, als von draußen Lärm zu ihnen drang.

Oh nein, sie waren zu langsam gewesen, die Trolle waren schon da. Verzweifelt blickten sie sich um. Charlie sah Coria hinter der Theke stehen.

»Bitte, hilf uns, sie dürfen uns nicht sehen.«

Coria zögerte nur einen kleinen Moment, bevor sie sich einige Schritte nach links bewegte und eine weitere Tür neben der Theke öffnete. »Schnell, hier rein und die Treppe runter.«

Die Kinder ließen sich nicht lange bitten und befanden sich kurze Zeit später in einem Gewölbekeller, der dem Wirtshaus offenbar als Getränkelager diente. Mehrere große Weinfässer standen nebeneinander, daneben stapelten sich einige Kisten mit diversen alkoholischen Getränken. Da die Treppe der einzige Zu- und Ausgang war und sich den Geräuschen nach zu urteilen das Wirtshaus immer weiter füllte, saßen sie erst einmal hier fest. Sie konnten nur abwarten und darauf hoffen, dass die Trolle bald genug hatten und wieder gingen.

Außer Coria, die ab und zu nach unten kam, um neuen Wein oder andere Getränke zu holen, sahen sie niemanden. Die Nacht war schon angebrochen, als es oben endlich leiser zu werden schien. Dennoch kam Coria, die mittlerweile sehr erschöpft aussah, noch einmal herunter, um erneut Wein zu holen. Ein Troll polterte hinter ihr die Treppe runter. Schnell versteckten die Kinder sich hinter den Weinfässern.

Coria hatte sich bei den Geräuschen hinter ihr erschrocken umgedreht und fing an zu zittern, als sie den Troll bemerkte. Sie versuchte, ihn zur Umkehr zu drängen.

»Oben ist es viel gemütlicher als hier unten. Geh doch zurück und ich bringe dir den Wein nach oben.«

Der Troll lachte dröhnend. Er schubste sie zur Seite und öffnete einen Hahn am Weinfass. Es kamen jedoch nur noch einzelne Tropfen heraus.

Wie übel, ihr letztes Fass war tatsächlich leer. Darauf reagierte der Troll äußerst wütend. Er schubste Coria gegen die Wand und kam mit erhobener Hand auf sie zu. Verzweifelt blickte Coria sich um.

Auf einmal gab es einen lauten Knall, der Troll verdrehte die Augen und sackte auf der Stelle zusammen. Sying hatte sich von hinten an den Troll herangeschlichen und ein herumliegendes Brett auf den Kopf des Trolls niedersausen lassen.

In dem Moment kam der Wirt in den Gewölbekeller gestürmt und blieb abrupt stehen, als er seine Tochter, den bewusstlosen Troll und die Kinder zusammen sah. Auf seinem Gesicht zeigten sich abwechselnd die unterschiedlichsten Ausdrücke wie Wut, Überraschung und Erleichterung.

»Oh Coria, geht es dir gut? Ich habe mir solche Sorgen gemacht. Ich habe gesehen, wie der Troll dir gefolgt ist, aber ich konnte nicht schneller hier sein. Hat er dir weh getan?«

»Mir geht es gut, Vater. Dieser Junge hier hat mir geholfen.«

Zum ersten Mal sah der Wirt Sying richtig an. »Ich weiß zwar nicht, was ihr alle hier unten verloren habt, aber ich möchte euch danken. Wir stehen in eurer Schuld. Wenn wir irgendetwas tun können, müsst ihr es uns nur sagen.«

Bevor Sying antworten konnte, ergriff wieder Coria das Wort. »Sie wollen in Brelors Burg, Vater, dafür brauchen sie so viele Informationen wie möglich.«

»Dann werden wir euch helfen.«

Charlie, die immer wieder argwöhnisch zur Kellertreppe gespäht hatte, mischte sich ein.

»Werden die Trolle oben euch und ihren Kollegen nicht vermissen?«

»Trolle achten nicht so sehr aufeinander. Einer mehr oder weniger, das ändert sich so schnell, dass es ihnen nicht weiter auffällt. Im Übrigen war er der Letzte, die anderen haben bis morgen Abend mein Haus verlassen.«

Das war doch mal eine gute Nachricht. Sie fesselten und knebelten den ohnmächtigen Troll und versteckten ihn hinter mehreren Weinfässern, so dass er nicht so leicht entdeckt werden konnte.

Danach gingen sie alle wieder nach oben und setzten sich, nachdem der Wirt die Tür abgeschlossen und die Vorhänge zugezogen hatte, erneut um einen Tisch. Im Unterschied zum früheren Abend machte sich der Wirt diesmal die Mühe, höchstpersönlich die Tischoberfläche zu säubern. Coria brachte saubere Gläser und eine große Flasche selbstgemachte Limonade zu ihnen. Diesmal hatten sie keine Sorge, das Getränk zu probieren.

»In Ordnung«, wandte sich der Wirt an sie. »Dann erzählt mal, warum ihr in die Burg wollt und woher ihr überhaupt kommt.«

Sie erzählten ihm und Coria alle Ereignisse, die sie bis in Brelors Reich geführt hatten, und dass sie nun bis in seine Burg vordringen mussten, um an den letzten Stern zu gelangen. Erstaunt hörten Coria und ihr Vater ihre Geschichte an.

»Dann könnte Brelors Schreckensherrschaft bald vorbei sein. Das ist kaum zu glauben.« In Corias Augen spiegelten sich immer noch Zweifel. »Vater, wir müssen alles tun, um ihnen zu helfen.«

»Ich bin gleich wieder da.« Daraufhin stand der Wirt auf und verließ die Gaststube. Sie hörten ihn über sich in der ersten Etage räumen. Kurz darauf kehrte er mit einigen Plänen in der Hand zurück und breitete sie vor ihnen auf dem Tisch aus.

»Vor Generationen war meine Familie maßgeblich am

Bau der Burg beteiligt. Dies sind die Originalpläne. Natürlich weiß ich nicht, inwieweit sie noch stimmen und was Brelor, nachdem er die Burg in Besitz genommen hatte, alles verändert hat, aber zumindest ist es ein Anhaltspunkt.«

Das war mehr, als sie zu hoffen gewagt hatten. Gemeinsam studierten sie die Pläne. Die Mauern schienen genauso wie die sechs Türme unüberwindlich und es gab nur ein einziges Tor in Form einer Zugbrücke, um auf den Burgvorhof zu gelangen.

Coria meldete sich zu Wort. »Die Zugbrücke wird nur selten heruntergelassen und stark bewacht. Soweit stimmen die Pläne auch mit der Wirklichkeit überein. Ich bringe jede Woche eine neue Getränkelieferung auf die Burg. Dabei hoffe ich jedes Mal, meine Mutter zu sehen, die Brelor als Geisel und billige Arbeitskraft hält.«

Mitfühlend strich Charlie Coria über den Arm.

»Ich bin bisher immer nur bis auf den Burgvorhof vorgelassen worden, deshalb weiß ich nicht, wie es dahinter aussieht. Dort halten sich immer unzählige Trolle auf, zusätzlich zu den Wächtern, die an der Zugbrücke und an dem Tor zur eigentlichen Burg stehen.«

»Was ist das hier?« Charlie legte ihren Finger auf einen von mehreren Kreisen unterhalb der Mauer.

Der Wirt kratzte sich nachdenklich am Kopf. »Soweit ich weiß, sind das Wasserrohre, die unter der Oberfläche des Wassergrabens liegen und die unter der Mauer durchführen.«

Bot sich hier eine Möglichkeit, hinter die Mauern zu gelangen?

Eifrig suchten sie auf weiteren Plänen nach dem Verlauf der Rohre. Enttäuscht stellten sie fest, dass die meisten im weiteren Verlauf so schmal wurden, dass sie da nie und nimmer durchpassen würden.

Lediglich bei einem Rohr schien es sich anders zu verhalten. George zeigte darauf. »Dieses Rohr scheint immer größer zu werden und mitten unter dem Burghof im Nichts zu enden. Was soll das bedeuten?«

Ratlos sahen sie auf die Pläne und suchten nach weiteren Hinweisen, die jedoch nicht vorhanden waren.

Plötzlich packte Coria George aufgeregt am Arm. »Ich weiß, wo das Rohr hinführt. Warum ist mir das nicht eher eingefallen?« Gespannt richteten sich die Augen aller Anwesenden auf sie. »In der Mitte des Burgplatzes befindet sich ein Brunnen und dieses Rohr beziehungsweise der Gang muss dahin führen.«

»Leute, ich glaube, das ist unsere vermutlich beste Möglichkeit in die Burg zu gelangen!«, stellte Charlie hoffnungsvoll fest. »Vorausgesetzt, es existiert tatsächlich eine Verbindung zwischen Rohr und Brunnen.«

»Juhu«, jubelte George. »Jetzt knöpfen wir uns Brelor vor.«

Sying brachte es auf den Punkt: »Das bedeutet, wir müssen lediglich durch das Rohr tauchen, durch den Gang, der hoffentlich nicht komplett mit Wasser gefüllt ist, zum Brunnen gehen, dort hochklettern und wir befinden uns, schwuppdiwupp, in der Burg. Dann müssen wir nur noch an den Trollen vorbei, Brelor finden, ihm den Stern abnehmen und schon ist Nirma gerettet.«

Jetzt starrten alle Sying an. Zugegeben, so ausgedrückt

wies ihr Plan diverse Lücken auf, aber es war immerhin ein Anfang.

George war fest entschlossen, sich seine gute Laune nicht verderben zu lassen. »Wir müssen noch ein wenig daran feilen, aber ich denke, wir können es schaffen.«

Sie berieten sich die ganze Nacht, überlegten, machten Pläne, verwarfen sie wieder und schmiedeten neue.

Als der Morgen anbrach, stand ihr Konzept so weit, dass sie gerne das Angebot des Wirtes annahmen, sich in zwei ehemaligen Gästezimmern in der ersten Etage ein wenig auszuruhen.

Diese waren, wenn auch offensichtlich schon längere Zeit unbenutzt, überraschenderweise ganz hübsch. Vermutlich, weil die Trolle nicht bis hier oben kamen. In jedem Zimmer befanden sich zwei Betten mit Nachttischen, ein Schrank sowie im Zimmer der Jungs noch ein zusätzliches Sofa.

Da sie sowieso erst mit der Umsetzung ihrer Idee am nächsten Tag beginnen konnten, wenn Coria eine neue Getränkelieferung in die Burg bringen musste, schliefen sie auch ohne schlechtes Gewissen umgehend ein.

Sie wachten erst am frühen Nachmittag wieder auf. Coria brachte ihnen etwas Suppe und ein bisschen Blätterbrot nach oben. Obwohl es bei Weitem nicht so gut schmeckte wie ihre Mahlzeiten bei den anderen Völkern, aßen sie es dankbar.

»Wir haben nicht mehr allzu viele schmackhafte Lebensmittel hier. Die Trolle haben alle Felder und Gärten verwüstet und die wenigen Pflanzen, die hier noch wachsen, schmecken oft bitter.«

Fatma beruhigte die traurige Coria. »Nein, es schmeckt wirklich gut.«

Dankbar lächelte Coria Fatma an. »Ihr solltet besser hier oben bleiben. Jeden Moment können die ersten Trolle kommen.« Sie wartete einige Minuten und nahm dann das schmutzige Geschirr mit in die Küche.

Auf die Kinder warteten langweilige Stunden in ihrem Zimmer. Um sich die Zeit zumindest ein wenig zu vertreiben, hatten sie sich im Zimmer der Jungs versammelt und sprachen ihren Plan für den morgigen Tag durch.

Direkt am frühen Morgen wollten die vier zusammen mit Coria fahren, die mit der Kutsche die Lieferung in die Burg brachte. Fatma sollte als Corias Hilfskraft in die Burg gelangen. Die drei anderen wollten ihren Weg schwimmend durch das Rohr in die Burg finden. Je nach Lage wollten sie entscheiden, wie es weiterging, und improvisieren.

Während sie alles noch einmal durchgingen, drangen von unten laute Geräusche und Gegröle zu ihnen. Ungefähr zur gleichen Zeit wie am Abend zuvor verließen die Trolle das Wirtshaus.

Die Freunde versuchten zwar zu schlafen, doch hielten ihre Gedanken sie davon ab, wirklich zur Ruhe zu kommen. Bald würden sie erfahren, was mit Madu, Ehawee und Fred geschehen war. Sie hofften inständig, dass es ihnen gut ging. Zusätzlich standen sie nach all ihren Erlebnissen kurz davor, ihre Aufgabe zu erfüllen oder zu scheitern. Entweder würden sie Nirma retten oder für seinen Untergang verantwortlich sein. Es war eine große Bürde, die da auf ihren schmalen Schultern lastete.

Neghroc

Die Wächter schleppten einen arg mitgenommenen Madu nach Neghroc und warfen ihn Brelor vor die Füße.

Er betrachtete den Jungen wie ein lästiges Insekt. »So, du bist also einer von denen, die glauben, mich herausfordern zu können. Auch wenn ihr meine Leute lange an der Nase herumgeführt habt, siehst du jetzt, wie zwecklos euer Widerstand war. Früher oder später werde ich einen nach dem anderen von euch in die Finger bekommen. Zuerst die kleine Nirmanerin, jetzt du … Also sag mir, wo die anderen sind. Wie kommt es, dass du allein unterwegs warst?«

Auch wenn Madu ob der Umgebung und Brelors Gegenwart am ganzen Leib zitterte, blieb er stumm.

»So, du willst also nichts sagen? Aber vielleicht ändert das ja deine Meinung.« Brelor bewegte seine Hand, und ein fürchterlicher Schmerz durchfuhr Madu. Er fiel zu Boden und biss die Zähne fest aufeinander, um nicht laut aufzuschreien. Stumm rannen Tränen aus seinen Augen und liefen über seine Wangen. Gerade als die Schmerzen abebbten, überrollte ihn eine neue Schmerzwelle. Diesmal konnte er nicht verhindern, dass ein Schrei über seine Lippen kam.

»Reicht dir das noch nicht? Vielleicht muss ich noch für etwas mehr Nachdruck sorgen.«

Bevor Brelor seine Ankündigung in die Tat umsetzen

konnte, flogen mehrere Krähen in den Raum hinein. Vor seinem Herrn verwandelte sich eine in Raspe, der ihm völlig außer Atem wichtige Neuigkeiten überbrachte. »Sie kommen, Herr. Alle Völker Nirmas haben sich zusammengeschlossen und marschieren hierhin.«

»Diese Narren! Was glauben sie denn, gegen mich ausrichten zu können? Wir werden einige Vorbereitungen treffen, um ihnen einen möglichst angemessenen Empfang zu bereiten.« Damit wandte er sich wieder Madu zu: »Mit dir werde ich mich später beschäftigen. Aber ich rate dir dringend, deine Haltung zu überdenken. Denn sonst wirst du es bereuen. Und um deine Motivation in diese Richtung ein wenig zu verstärken …« Brelor beendete seinen Satz nicht, sondern streute stattdessen ein wenig von einem Pulver auf Madus linken Arm, der entsetzt beobachtete, wie dieser in Sekunden vollkommen zu Stein wurde.

Daraufhin wurde Madu von den Wächtern in die gleiche Zelle gebracht, in der zuvor Ehawee gewesen war.

Meine Freunde, dachte Madu, noch entsetzt über seinen versteinerten Arm, ich hoffe, ihr beeilt euch, denn mir bleibt nicht mehr viel Zeit.

Einbruch

Sind die süß«, schwärmten Charlie und Fatma.

Selbst die Jungs machten große Augen, als sie die zwei Tiere sahen, die Coria und ihr Vater vor den Karren spannten. Sie hatten ungefähr die Größe normaler Pferde, damit hörte die Ähnlichkeit aber auch schon wieder auf. Diese Tiere hatten genau wie die Behemothen sechs Beine, sahen dabei jedoch wesentlich sympathischer aus. Ihr Maul bestand aus einem kurzen, dafür breiten und faltigen Rüssel. Ihre Ohren ähnelten denen von Kühen, waren nur etwas größer und standen komplett nach außen ab. Oben auf dem Kopf saß ein wirres Haarbüschel. Ihren ebenfalls ziemlich wuscheligen Schwanz bewegten sie unablässig hin und her. Am auffälligsten war das Fell, das recht kurz und struppig aussah und rosa bis dunkellila war.

Allerdings konnten die Kinder sich des Eindrucks nicht erwehren, dass diese Tiere nicht ganz fit waren. Das Fell wirkte an vielen Stellen verfilzt und der Rüssel hing ziemlich schlaff herunter. Coria bestätigte kurz darauf ihren Eindruck, während sie eine dunkelrosa Flüssigkeit aus einer Flasche in einen Eimer goss.

»Das sind Dongs. Wir sind die Einzigen, die hier in Brelors Reich noch welche haben. Und unsere durften wir nur behalten, damit wir weiterhin Neghroc mit Getränken versorgen können. Alle anderen Tiere wurden beschlagnahmt und müssen nun für Brelor und seine Schergen arbeiten. Leider können wir die Dongs nicht mehr vernünftig ernähren. Normalerweise fressen sie hauptsächlich Amayeta-Beeren, die ihr Fell komplett dunkellila färben. Aber wir haben schon lange keine frischen Früchte mehr bekommen und die wenigen Vorräte, die wir haben, verdünnen wir zu einem äußerst wässrigen Saft. Das reicht zwar aus, um sie am Leben zu halten, doch nicht um kräftig und gesund zu sein.«

Sie hielt den Dongs abwechselnd den Eimer mit dem Saft hin, aus dem sie gierig tranken. »Heute habe ich nach langer Zeit mal wieder etwas Besonderes für sie. Ein wichtiger Tag liegt vor uns und da sollten alle so fit wie möglich sein.«

Dann nahm Coria ein Schale mit Beeren und gab die eine Hälfte davon Fatma und die andere Charlie. Die hielten daraufhin die ausgestreckten Hände mit den Früchten vor die Dongs, die die selten gewordenen Köstlichkeiten förmlich weg rüsselten und fast inhalierten. Gleichzeitig trat eine faszinierende Veränderung bei ihnen ein. Der Rüssel straffte sich und das Fell wirkte nicht mehr ganz so fad. Es bekam etwas mehr Glanz und wurde insgesamt dunkler.

»Hoffentlich seid ihr erfolgreich, denn das waren unsere letzten Beeren.«

Mit diesen Worten kletterte Coria auf den Kutschbock und Fatma setzte sich neben sie, während die anderen sich zwischen den Fässern versteckten.

Dann ging die Fahrt los. Da die Straßen in Brelors Reich ebenfalls lange nicht mehr ausgebessert worden waren, wurde es eine holprige Angelegenheit. Sie wurden zwischen den Fässern ordentlich durchgeschüttelt und holten sich dabei den einen oder anderen blauen Fleck.

Das Wenige, das sie von ihrem Platz aus von ihrer Umgebung erhaschen konnten, machte sie traurig. Ein Bild der Verwüstung und Zerstörung umgab sie.

Fatma, die von ihrem Platz aus einen besseren Ausblick hatte, hatte Tränen der Wut in den Augen. »So viel sinnlose Zerstörung, so viel Hass, genau wie bei mir zu Hause. Ich werde nie begreifen, warum jemand in so etwas einen Sinn sieht.«

Den Rest des Weges verbrachten sie schweigend, bis Neghroc direkt vor ihnen aufragte. Die Burg wirkte wie ein Mahnmal des Bösen. In der Nähe einer Baumgruppe sprangen George, Charlie und Sying auf den Boden und verschwanden gleich hinter den Bäumen.

Coria lenkte den Wagen noch ein gutes Stück weiter. Dann täuschte sie eine Radpanne vor und traf zusammen mit Fatma Vorbereitungen, um das Rad zu wechseln. Jedoch ließen sie sich sehr viel Zeit, schließlich wollten sie unbedingt gleichzeitig mit der restlichen Gruppe in der Burg eintreffen.

Die anderen waren mittlerweile bis zum Wassergraben vorgelaufen. Dabei hatten sie immer wieder einzelne Steine oder Bäume als Deckung benutzt. Glücklicherweise hielten die Wachen nicht besonders aufmerksam nach potenziellen Feinden Ausschau, da die Burg von dieser Seite als uneinnehmbar galt.

Der Wassergraben selbst sah nicht gerade einladend aus. Die trübe Wasseroberfläche war von einem schmierigen Film überzogen und viele Abfälle, die sie sich gar nicht näher anschauen wollten, waren in dem Graben entsorgt worden. Angeekelt schüttelte Charlie sich. Dagegen kam ihr ihr kurzer Aufenthalt in der Kanalisation auf der Erde geradezu angenehm vor.

Vorsichtig ließen sie sich an einer leicht zugänglichen Stelle in die stinkende, kalte Brühe gleiten, an der sich laut Plan gegenüber das Rohr befinden sollte. Von dort schwammen sie bis zur Mauer.

George und Charlie tauchten und versuchten eine Rohröffnung zu finden. Beim dritten Versuch fand George endlich die richtige Stelle und schwamm hinein, während die anderen oben auf ihn warteten.

Sie hatten ausgemacht, dass zunächst nur einer das Rohr erkunden sollte, um die genaue Lage zu sondieren und im Zweifelsfall schneller zurückkommen zu können. Einer konnte sich in dem Rohr allein besser drehen und zurückschwimmen, als wenn dies alle drei gleichzeitig versuchen würden. Nach kurzer Zeit erschien George wieder neben ihnen.

»Das Rohr steht die ersten zehn bis zwölf Metern unter Wasser. Danach schließt sich tatsächlich ein Gang an, in dem man auftauchen kann.«

Als George sich diesmal nach unten sinken ließ, folgten sie ihm. Sie schwammen zügig durch das Rohr. Eigentlich war es kein Problem, einige Meter die Luft anzuhalten. Doch die Tatsache, nicht jederzeit nach oben schwimmen und atmen zu können, verursachte bei den dreien ein beklemmendes Gefühl.

Auf einmal verschwand die Enge. Sie konnten die Wasseroberfläche durchstoßen und wieder atmen, wobei die

Luft einen modrigen Geschmack in ihrem Mund hinterließ. Trotzdem waren sie alle heilfroh den gefluteten Bereich hinter sich gelassen zu haben.

Sie befanden sich in einem hohen gemauerten Gang und standen etwa hüfthoch im Wasser. Es war schwierig in der fast kompletten Schwärze etwas Genaues zu erkennen. Langsam tasteten sie sich vorwärts. Nach knapp fünfzig Metern wurde es etwas heller und wenig später hatten sie den Brunnen erreicht. Der Gang endete mitten in der Brunnenwand.

Vorsichtig streckte George seinen Kopf ins Brunneninnere und konnte ihn so gerade noch zurückziehen, als ein Eimer von oben heruntergelassen wurde, mit lautem Platschen auf die Wasseroberfläche traf und kurz darauf gefüllt nach oben gezogen wurde. Offenbar war dies erst der Anfang, denn unablässig wurde der Eimer nach unten gelassen.

Den Geräuschen, die von oben zu ihnen drangen, nach zu urteilen, war der Platz gerade mit Trollen überfüllt. Wahrscheinlich war gerade Mittagspause, was auch den enormen Bedarf an Wasser erklären würde.

Oben wurden einige Befehle gebrüllt. Es hörte sich an, als würden die Trolle aufspringen. Kurz darauf war es fast unheimlich still.

»Vielleicht sind sie gegangen«, vermutete Sying. »Ich hätte nichts dagegen, diesen nassen Ort zu verlassen.«

Sie verharrten sicherheitshalber noch einen Augenblick, bis sie von oben eine bekannte Stimme hörten: »Hier ist Fatma, seid ihr da? Könnt ihr mich hören?«

Charlie antwortete und die Erleichterung war ihrer

Stimme anzuhören: »Ja, wir sind hier unten. Können wir hochkommen?«

»Ja, im Moment ist niemand da. Trotzdem müsst ihr euch beeilen. Coria und ich haben gesagt, dass wir Wasser für die Tiere brauchen, aber wir können uns hier nicht zu lange aufhalten, ohne dass es auffällt.«

Sying versuchte als Erster hochzuklettern. Da er in dem Brunnen nicht stehen konnte und die Brunnenwände äußerst glitschig waren, rutschte er immer wieder ins Wasser.

»Hier.« Fatma hatte den Eimer heruntergeworfen. Flink kletterte Sying das Seil hoch und stand bald neben Fatma.

Der Platz war vollkommen leer. Dennoch benutzte er sicherheitshalber den Wagen als Sichtschutz.

Coria trat mit einer älteren Dienstbotin, die sie Sying als ihre Mutter Kalia vorstellte, neben ihn. »Meine Mutter hat mit erzählt, dass Brelors Reich von allen Völkern Nirmas angegriffen wird. Sie sind gestern entdeckt worden und befinden sich auf dem Weg nach Neghroc.«

Auch George und Charlie hatten mittlerweile den Weg nach oben gefunden und die letzten Worte mitgehört.

»Das kommt ja wie gerufen«, sagte George. »Wahrscheinlich haben die Trolle deswegen so überstürzt die Burg verlassen. Egal, ob die Nirmaner zufällig aufgetaucht sind oder gewusst haben, dass wir Hilfe brauchen, ich hoffe, sie können die Trolle besiegen.«

Kampf um Nirma

Brelor riss die Augen auf. »Sie sind hier!« Er befand sich gerade mit Raspe und einigen seiner Wächter in seinem Thronsaal, um weitere Gegenmaßnahmen gegen die aufständigen Nirmaner zu besprechen.

»In Brelors Reich, Herr?«

»Innerhalb der Burganlage, du Schwachkopf.« Brelor schloss die Augen und konzentrierte sich. »Ich spüre deutlich, dass sie hier sind. Ich weiß nur noch nicht, wo genau. Mal sehen, wie ihnen das hier gefällt.«

Er murmelte einige Zauberworte. Von überall her ertönte ein Knirschen und Reiben. Raspe konnte die Geräusche nicht einordnen. Was hatte Brelor nur getan?

Während George, Charlie, Fatma und Sying ihre nächsten Schritte planten, ertönte ein lautes Geräusch. Erschrocken blickten sie in die Richtung, aus der es kam. Was sie sahen, ließ sie alle blass vor Angst werden.

Die steinernen Dämonenfiguren mit ihren großen Schwertern an der Treppe fingen genauso wie die geflügelten Wasserspeierdämonen an, sich zu bewegen. Dort, wo sie mit dem steinernen Mauerwerk oder Boden verbunden waren, zeigten sich die ersten Risse.

Entsetzt beobachteten die Kinder, wie sich immer weitere Körperteile dieser Kreaturen aus der steinernen Umklammerung lösten. Es sah grotesk aus, wie die Wasserspeierdämonen schon mit einem Flügel in der Luft flatterten, während der Rest ihres Körpers noch festhing. Lange würde es nicht mehr dauern, bis sie komplett frei waren. Und Brelor hatte diese finsteren Figuren bestimmt nicht lebendig werden lassen, um sie freundlich auf Neghroc zu begrüßen.

Wie sollen wir daran vorbeikommen?, fragte George sich. Jetzt bleibt uns eigentlich nur noch eine Möglichkeit.

Vorsichtig holte George die Quoia aus dem Rucksack. Normalerweise reichte sie nur für eine Person. Allerdings wollten sie ja nicht für Stunden unsichtbar werden, sondern nur für wenige Minuten, bis sie über den Platz an den steinernen Figuren vorbei in die Burg gelangt waren.

Er nahm die Frucht, teilte sie in vier gleich große Stücke und gab sie an Charlie, Fatma und Sying weiter.

»Also, wir essen die Frucht und sobald sie wirkt, laufen wir durch das große Tor ins Burginnere. Dort müssen wir dann Brelor finden.«

Sying ließ sich vernehmen: »Ich würde gerne nach Ehawee, Fred und Madu suchen. Sie sind bestimmt irgendwo hier eingesperrt.«

Kalia antwortete darauf: »Ich kann dich zum Kerker führen, da ich dem Troll da unten sowieso sein Essen bringen muss. Solange du unsichtbar bist, kannst du ja einfach hinter mir herlaufen.«

Damit waren alle einverstanden.

Sie aßen schnell die Frucht, woraufhin erst einmal nichts passierte. Sie wussten auch nicht, wann die Wirkung der Frucht einsetzte und ob sie tatsächlich bei ihnen wirkte.

In dem Moment erreichte sie ein kleiner fliegender Dämon, der sich vor allen anderen befreien konnte und der mit ausgestreckten Krallen auf sie zu flog. George schlug mit der einzigen wirklichen Waffe, die sie besaßen, nach dem Angreifer. Der gläserne Blitzdolch fuhr problemlos in den Körper des Dämons, als würde er nicht durch Stein, sondern durch Butter gleiten. Augenblicklich zerbröselte er mit einem schaurigen Schrei vor ihren Augen. Das gab zumindest ein wenig Hoffnung.

»Ich kann euch nicht mehr sehen«, teilte Coria ihnen gerade rechtzeitig mit, bevor der nächste Dämon sie erreicht hatte.

Nach diesem Hinweis verließ Coria mit ihrem Wagen die Burg. Sie wäre zwar gerne noch geblieben und hätte geholfen, aber sie wollte nicht zu viel Aufmerksamkeit auf ihre Familie lenken. Und wäre der Wagen dort noch länger stehen geblieben, hätte Brelor gewusst, dass sie seinen Feinden geholfen hatte.

Dagegen kehrte Kalia zügig, von Sying heimlich begleitet, zu einem der seitlichen Bereiche zurück.

Währenddessen teilten George, Charlie und Fatma sich auf und näherten sich auf unterschiedlichen Wegen der Hauptburg. Dabei sahen sie, wie die angreifenden Dämonen auf einmal orientierungslos auf der Suche nach ihnen herumflatterten. Einige von ihnen unternahmen ein paar Angriffsversuche ins Leere, blieben aber erfolglos.

Es wurde immer gefährlicher, da sich mittlerweile auch die großen Dämonen vollkommen frei bewegen konnten und ihnen den Weg versperrten. Und als wäre das allein noch nicht schlimm genug, kamen aus den verschiedenen Türen noch weitere schaurige Wesen, von denen einige über die Zugbrücke das Burggelände verließen, andere jedoch halfen, die Kinder zu finden. Während diese sich eher seitlich befanden, versperrten ihnen die vier großen Wächterdämonen den direkten Weg zur Hauptburg.

George versuchte ihnen eine freie Schneise zu schlagen, indem er seinen Dolch bei einem der großen Dämonen einsetzte. Zwar drang der Dolch problemlos in das Bein des Riesen ein und verursachte ihm dort auch Schmerzen, aber der verheerende Effekt wie bei dem Kleinen blieb aus.

Durch diese Aktion war der Dämon auf die ungefähre Position von George aufmerksam geworden, und fuhr mit seiner riesigen Hand an der Stelle über den Boden, wo er ihn vermutete. Nur um Haaresbreite verfehlte er ihn.

Fatma und Charlie hatten jedoch diese kurze Ablenkung nutzen können, um von dem Dämon unbemerkt zwischen dessen Beinen hindurchzulaufen. Hinter dem Dämon waren sie im Gegensatz zu George vorläufig in Sicherheit, da die Kreaturen nun dazu übergegangen waren, ihre Schwerter gleichmäßig knapp über den Boden von links nach rechts zu bewegen.

Nur seiner schnellen Reaktion und unglaublichem Glück war es zu verdanken, dass George bisher nicht davon getroffen worden war. Einmal hatte er sich gerade noch rechtzeitig zu Boden geworfen, so dass das Schwert über ihn hinwegsauste, ein anderes Mal konnte er über eine Klinge hinwegspringen. Letztlich war er gezwungen, immer weiter zurückzuweichen.

Lange geht das nicht mehr gut, dachte George besorgt. Die Dämonen treiben mich mit ihren Waffen immer mehr in die Enge. Bald werden sie mich erwischen. Oder die Wirkung der Quoi-Frucht lässt nach, und dann bin ich auf jeden Fall geliefert.

Verzweifelt suchten Fatma und Charlie nach einer Möglichkeit ihm zu helfen. Schließlich liefen sie die Treppe hoch bis zum Eingang des Haupthauses, wo sie beim Versuch es zu öffnen absichtlich viel Lärm verursachten. Durch den Krach aufmerksam geworden, drehten sich einige der Dämonen zu ihnen um. Diese Chance nutzte George, um an ihnen vorbei zu seinen zwei Freunden zu rennen.

Gemeinsam umfassten sie den eisernen Griff und versuchten das Tor aufzuziehen. Dabei stellten sie entsetzt fest, dass ihre Hände teilweise wieder sichtbar wurden und sich deutlich vor der Tür abhoben. Bei dem Rest ihrer Körper schien es sich ähnlich zu verhalten.

Die großen Dämonen fixierten sie umgehend und kamen etwas schwerfällig auf sie zu.

Dagegen hatten die kleinen geflügelten Dämonen augenblicklich zu einem Sturzflug auf die Kinder angesetzt, die sich im letzten Moment noch durch den schmalen Türspalt quetschen konnten. Mit vereinten Kräften zogen sie die Tür wieder hinter sich zu und hörten nur den Bruchteil einer Sekunde später den Aufprall der geflügelten Dämonen gegen die Tür, die nicht mehr rechtzeitig abbremsen oder wenden konnten.

Mein ganzer Körper schmerzt, dachte Ehawee gequält und versuchte vorsichtig ihre Position ein wenig zu ändern. Ich glaube, es gibt keine Stelle mehr, die ich nicht unangenehm spüre. Seit Stunden liege ich jetzt schon in diesem Ei. Nur mit Mühe konnte Ehawee verhindern, dass ein frustrierter Laut über ihre Lippen kam. Wie hätte ich denn auch ahnen können, dass die Eier in genau den Raum gebracht werden, in dem Brelor seine Besprechungen abhält. Wenigstens habe ich dadurch erfahren, dass die Nirmaner gerade Neghroc angreifen und Madu gefangen genommen wurde. Das muss doch bedeuten, dass meine anderen Freunde auch in der Nähe sind und die letzte Phase im Kampf um Nirma begonnen hat. Da will ich unbedingt dabei sein.

Sie lauschte. Es war jetzt schon eine ganze Weile still um sie, so dass sie mithilfe von Freds Messer einige Sprünge an der inneren Eierschale verursachen konnte. Danach stemmte sie sich so lange mit Händen und Füßen dagegen, bis die Eierschale zerbrach. Erleichtert atmete sie auf und genoss zunächst ihre neu gewonnene Bewegungsfreiheit. Nachdem sie sich kurz vergewissert hatte, dass der Raum tatsächlich leer war, kletterte sie aus dem Nest, das direkt neben Brelors Thron stand.

Da sie sich so schnell wie möglich einen Überblick verschaffen wollte, öffnete sie eine Seitentür, um zu den Außenanlagen zu gelangen. Ihr Blick fiel auf einen langen Gang, dem sie zügig folgte. Sie erschrak enorm, als sie fast eine Dienstbotin umrannte, die gerade den Gang durch eine Außentür betrat.

Im letzten Moment konnte sie noch ausweichen, nur um kurz darauf gegen eine unsichtbare Mauer zu prallen. Mit einem schmerzhaften Schrei fiel sie zu Boden.

Was war das denn? Wer hat da noch geschrien?, dachte Ehawee verwundert.

Während sie langsam wieder aufstand, wurde sie von vorne mit ihrem Namen angesprochen, doch da befand sich nur Luft. Panisch sah sie sich um. Was für ein komisches Spiel war das hier?

»Ehawee, ich bin es, Sying.« Etwas packte sie am Arm und obwohl sie Syings Stimme erkannte, zuckte Ehawee zurück. »Ich bin es wirklich. Ich habe von der Quoi-Frucht gegessen, deshalb kannst du mich nicht sehen.«

Es dauerte einen Moment, bis seine Worte vollkommen zu ihr durchgedrungen waren.

»Sying«, sagte Ehawee erfreut und erleichtert zugleich und blickte unsicher zu der Dienstbotin.

Sying, der ihren Blick bemerkt hatte, gab Entwarnung. »Keine Sorge, das ist Kalia, die Mutter einer Freundin. Sie hilft uns. Eigentlich wollte sie mich in den Kerker bringen, damit ich dich befreien kann. Aber das ist wohl nicht mehr nötig. Allerdings ist Madu ebenfalls von Brelors Schergen gefangen genommen worden. Hast du ihn hier gesehen?«

Ehawee schüttelte bedauernd den Kopf: »Nein, aber Aria ist auf jeden Fall dort unten eingesperrt und wir müssen sie unbedingt aus ihrer Zelle holen. Vielleicht finden wir dabei ja auch Madu.«

Erstaunen breitete sich in Syings Gesicht aus. »Sprichst du etwa von der Aria, die Hüterin eines Sterns war, die die Pergamentrolle geschrieben hat und die seit fast hundert Jahren verschwunden ist?«

Ehawee nickte. »Ganz genau, sie …«

»Wir sollten schauen, dass wir hier verschwinden, bevor uns noch jemand sieht«, mischte Kalia sich leicht nervös ein. »Ich muss in die Küche und dem Troll das Essen bringen. Wenn ich nicht pünktlich bin, bekomme ich großen Ärger.«

Auf dem Weg zur Küche ließ der Zauber der Quoi-Frucht nach. Zuerst waren nur einige fleckige Bereiche zu erkennen, doch schnell war Sying wieder komplett sichtbar.

Kalia hatte ihnen versichert, dass sie vor den Nirmanern in der Küche nichts zu befürchten hatten. Sie würden ihnen zwar aus Angst vor Brelor nicht helfen, sie aber bestimmt nicht verraten. Sying und Ehawee folgten ihr in einen Raum hinein, in dem ein reger Betrieb herrschte. Alle waren so beschäftigt, dass sie nicht weiter beachtet wurden.

Die Küche war ein unfassbar großer und gewölbeartig gemauerter Raum mit hohen Bögen. Mehrere Öfen, gigantische Abzüge, unzählige Töpfe und Schüsseln waren zu sehen.

Ständig wurden neue schmutzige Teller und Becher gebracht, die sich neben einer steinernen Spüle auftürmten. Emsige Hände säuberten sie alle nacheinander, während andere das Geschirr abtrockneten und wegräumten.

Kalia ging zu einem der großen Schüsseln unter dem Abzug und füllte etwas von dem schmackhaften Eintopf in einen tiefen Teller. Danach stellte sie das Essen und ein Getränk auf ein Tablett und wollte es gerade hochheben, als Ehawee ihr ein Zeichen gab noch zu warten. Ihre Augen hatten auf einem Regal zwei Gewürze entdeckt, die zusammen vermischt ein starkes Schlafmittel waren. Unter den erstaunten Blicken der anderen schüttete sie das Gemisch in das für den Troll bestimmte Getränk.

»Wenn wir die zwei befreien wollen, ist es bestimmt hilfreich, wenn der Troll außer Gefecht gesetzt ist. Und glaubt mir, hiermit wird er so gut schlafen wie noch nie«, erklärte Ehawee und grinste Sying und Kalia an.

Kalia nahm das Tablett und verließ von den anderen gefolgt die Küche. Auf dem Weg zum Kerker begegneten ihnen glücklicherweise weder Wächter noch Trolle. Kalia öffnete die Tür, die Ehawee nur zu gut kannte und hinter der die Treppe zu den Gefängniszellen begann. Während Kalia dem Troll sein Essen brachte, warteten Ehawee und Sying im Gang.

Nach kurzer Zeit verließ Kalia den Kerkerbereich wieder und kehrte dann in die Küche zurück, damit ihre längere Abwesenheit keinen Verdacht erregte.

Das Schlafmittel wirkte sehr schnell, denn schon hörten sie das laute Schnarchen des Trolls. Dieser schlief so fest, dass er sich nicht einmal rührte, als Ehawee ihm den Schlüssel abnahm.

Sie spähten durch die Kerkertüren. Es waren nur zwei von ihnen besetzt. Wahrscheinlich hatte Brelor befohlen alle eingesperrten Trolle freizulassen, damit sie ebenfalls in den Kampf ziehen konnten.

Rasch schlossen sie zuerst die Tür zu Madus Zelle auf. Madu war unglaublich froh sie zu sehen. Schockiert bemerkten sie seinen versteinerten Arm.

»Brelor hat mir ein kleines Andenken hinterlassen. Ich hoffe, er hat irgendwo das entsprechende Gegenmittel versteckt.« Madu versuchte ein Grinsen, was ihm allerdings misslang.

Danach öffneten sie die Tür zu Arias Zelle. Ihre Augen leuchteten auf, als sie die Kinder sah.

Ehawee verneigte sich und sagte mit belegter Stimme: »Aria, es ist mir eine Ehre.«

»Nein, mir ist es eine Ehre. Ihr habt die Scherben meines Sternes gefunden und ihn wieder zusammengefügt«, sagte sie mit Blick auf Sying. »Ich wusste, dass ihr das schaffen würdet, und bin unglaublich stolz auf euch.«

Sie lenkte ihren Blick auf Madu, der sie fassungslos anstarrte und nickte ihm freundlich zu. »Ja, ich bin wirklich die Frau aus deinen Träumen. Selbst im Schlaf hatte ich Visionen, eine besonders deutliche war die von euch im Schattengürtel. Daraufhin habe ich versucht, euch telepathisch zu warnen. Du glaubst am ehesten an die Welt des Übersinnlichen und warst am empfänglichsten dafür.«

Sie wandte sich an Sying: »Und wenn du mir nun meinen Stern zurückgibst, kann ich mit seiner Hilfe die fesselnde Magie Brelors überwinden und zum ersten Mal seit hundert Jahren diese Zelle verlassen.«

»Ich gebe ihn dir natürlich gerne, aber ich fürchte, hier in der Dunkelheit hat er keine Macht und kann uns nicht helfen.«

Doch zu seinem Erstaunen widersprach Aria ihm. »Nun, das ist nicht ganz richtig. Ein wenig von seiner Kraft behält er auch in der Finsternis, zumindest solange noch ein kleiner Teil der Sonne von Nirma leuchtet. So hat der Stern die ganze Zeit verhindert, dass Brelor euren genauen Aufenthaltsort herausfinden konnte.«

»Aber Raspe und die Trolle haben uns ganz oft aufgelauert und uns behindert.«

»Das schon, allerdings mussten sie euch auf die altmodische Art suchen. Und selbst hier in Neghroc spürt Brelor zwar eure Anwesenheit, doch wo ihr euch genau aufhaltet, weiß er nicht. Ich kann mir vorstellen, dass ihn das unglaublich ärgert. Und da ich die rechtmäßige Hüterin eines Sterns bin, kann ich auch in der Finsternis zumindest einen kleinen Teil meiner Fähigkeiten nutzen. Deinen Arm vermag ich jedoch nicht zu heilen.«

So schnell er konnte nahm Sying den Stern von seiner Kette und reichte ihn an Aria weiter, die ihn wieder an ihre eigene Kette, die sie immer noch um ihren Hals trug, befestigte.

Danach verließen sie schleunigst den Kerkerbereich und folgten Aria zu den Außenanlagen. Dort kletterten sie einen Turm bis zur Mitte hoch und gelangten so auf die Befestigungsmauer. Im Schutz des Turms versuchten sie sich einen Überblick zu verschaffen.

Vor der Burg war ein furchtbarer Kampf entbrannt. Auf der einen Seite befanden sich die verschiedenen Völker Nirmas, sogar einige Usahs waren vertreten. Vereint als Allianz gegen Brelor versuchten sie zur Burg zu gelangen. Dabei bedienten sie sich der unterschiedlichsten Waffen.

Die Marianer, die selbst aufgrund des fehlenden Wassers nicht vor Ort sein konnten, hatten Georges Idee aufgegriffen und unter Einsatz ihres Lebens zahlreiche Anemonen geerntet und die anderen Völker damit ausgestattet. Die Anemonen wurden unablässig auf die heranstürmenden Trolle und Behemothen geschleudert, die bei

Kontakt umgehend erstarrten, wodurch weitere Angreifer über sie fielen. Auch einige Quoitas, die die Allianz auf das dunkle Heer warf, sorgten ebenfalls bei den Trollen für großes Chaos.

Aber Brelor besaß ein großes Heer und so gab es viele, die ihre Kugeln auf die Allianz schleuderten oder einzelne in Schwert- oder Faustkämpfe verwickelten.

»Das ist ja furchtbar«, sprach Fatma aus, was alle dachten. »Und jetzt ziehen die Trolle auch noch Katapulte aufs Schlachtfeld.«

»Aber am schlimmsten ist«, sagte Madu besorgt, »dass weder die Anemonen noch die Quoitas bei den Dämonen wirken. So können die Nirmaner nicht gewinnen.«

»Wir müssen uns beeilen«, trieb Aria die Freunde an.

»Was ist denn das für ein Lärm?« Brelor hatte äußerst schlechte Laune. Er hatte von einem hohen Turm aus eine Zeit lang die Schlacht beobachtet.

»Wie können diese unbedeutenden Nirmaner es wagen, sich mir entgegenzustellen? Woher nehmen sie diese Frechheit mich anzugreifen? Meine Dämonen sind für diese Wichte da unten unbesiegbar und wenn der Allianz ihre Taschenspielertricks wie die Anemonen ausgehen, werden sie sich wünschen, mich nie herausgefordert zu haben.«

Um die Moral der Angreifer zusätzlich zu erschüttern, hatte er Roch befohlen, Ehawee zu ihm zu bringen.

Mal sehen, wie die Arborianer sich verhalten, wenn ich drohe, Nokomis Enkelin von der Mauer zu schubsen.

Allein diese Vorstellung erheiterte ihn ungemein. Als jedoch Roch zu ihm geflogen kam und ihm mitteilte, dass seine Geisel auf wundersame Art und Weise verschwunden war, bekam Brelor einen Tobsuchtsanfall.

»Kannst du denn gar nichts richtigmachen? Mit dir oder besser gesagt mit einem weiteren Ei von dir werde ich mich nach der Schlacht beschäftigen. Ich werde dir beibringen, was es bedeutet, mich zu enttäuschen.«

Doch zunächst, fügte Brelor in Gedanken hinzu, werde ich für den Notfall eine weitere Giftwolke vorbereiten. Der hat die Allianz nichts entgegenzusetzen. Selbst wenn meine eigenen Kämpfer umkommen – Trolle gibt es wie Sand am Meer. Ihr Verlust ist kein Problem, und den Dämonen macht das Gift nichts aus.

Brelor machte sich auf den Weg in seine Gewölbe und bemerkte nicht, dass er einen ungebetenen Gast an seinem Umhang mit sich schleppte.

Fred war es leid gewesen, oben im Nest untätig abwarten zu müssen. Daher hatte er sich kurzentschlossen an einer von Rochs Krallen festgehalten, als dieser mal wieder das Nest verließ. Da er so leicht war, hatte der Vogel ihn gar nicht bemerkt.

Nachdem er dann erkannt hatte, dass Roch zu Brelor flog, hatte er sich unmittelbar vor seiner Landung unbemerkt auf den Boden fallen lassen und unter Brelors Umhang versteckt. Als Brelor dann losstürmte, hatte Fred sich spontan an dessen wallenden Umhang festgehalten und war so mit ihm in den Eingangsbereich gelangt, in dem sich gerade Charlie, Fatma und George aufhielten.

Die drei hatten alle Hände voll damit zu tun, Tische und

Kommoden vor das Tor zu ziehen, um es gegen die wuchtigen Schläge der großen Dämonen zu stabilisieren und so zu verhindern, dass sie durchbrachen. Bei Brelors Stimme in ihrem Rücken erstarrten sie für einen Augenblick und drehten sich langsam zu ihm um.

Brelor hätte fast die Fassung verloren, als er die Kinder unten in seiner Eingangshalle sah, doch hatte er sich schnell wieder in der Gewalt. Offenbar musste die Giftwolke noch ein wenig warten.

Seiner Stimme war von seinem Ärger, dass die Menschen es überhaupt soweit geschafft hatten, nichts anzumerken, als er gewohnt kalt und arrogant sprach: »Dann seid ihr sogar bis zu mir gekommen. Ich gratuliere, das können nicht viele von sich behaupten. Aber vielleicht ist es nur recht, wenn ich euch höchstpersönlich vernichte.«

Nach diesen Worten sprang er behände über das Treppengeländer und landete direkt vor den Kindern, die ihn entsetzt ansahen. Mit einem diabolischen Lächeln zog Brelor sein Schwert, woraufhin George im Gegenzug seinen gläsernen Dolch zog.

»Dann machen wir es also erst einmal unter uns aus.«

Brelor ging zum Angriff über und George konnte nichts anderes machen als auszuweichen.

Charlie und Fatma wollten ihm zur Hilfe eilen, doch Georges Worte hielten sie auf: »Nein, ihr müsst die Tür sichern. Die Dämonen dürfen nicht hier hineingelangen.«

Ob Charlie und Fatma seine Anweisungen befolgten, konnte er nicht mehr sehen, da er seine gesamte Energie und Aufmerksamkeit auf Brelor richten musste, der mit ihm spielte und seinen halbherzigen Angriffsversuchen mit Leichtigkeit auswich. Es dauerte nicht lange und Brelor hatte George in die Enge getrieben. Er stand im wahrsten Sinne des Wortes mit dem Rücken an der Wand und konnte nicht mehr weiter zurück. Mit seinem Dolch hatte er bei Weitem nicht die Reichweite, die Brelor mit seinem Schwert erreichte.

Resigniert sah George Brelor an und nahm das triumphierende Funkeln in seinen Augen und den zu einem höhnischen Grinsen verzogenen Mund wahr, als dieser sein Schwert für den finalen Stoß bereit machte.

Hier wird es also enden, all unsere Mühen waren vergebens, dachte George mutlos. Wir sind alle verloren, Nirma ist verloren. Traurig schloss er seine Augen und wartete auf das Unvermeidliche. Komisch, ich habe mir nie ausgemalt, dass ich so sterben werde.

Da ertönte ein markerschütternder Schrei. George riss seine Augen wieder auf.

In dem Augenblick war es schwer zu sagen, wer entsetzter schaute, Brelor oder George. Charlie hatte sich im letzten Moment zwischen die beiden geworfen, wodurch das Schwert nicht George, sondern sie selbst getroffen hatte. Es steckte in ihrem Bauch.

Während sie gegen George sackte, führte dieser mehr aus einem Reflex als aus einer genauen Überlegung und Planung heraus seinen Dolch unter die Sternenkette des gerade abgelenkten Brelor. Mit der Spitze des Dolchs gelang es George die Kette zu zerschneiden. Selbst die von Brelor magisch verstärkte Kette hatte der Kraft des uralten Dolches nichts entgegenzusetzen.

Der Stern fiel begleitet von einem unnirmanischen

Schrei Brelors zu Boden. Mit einem gewaltigen Ruck zog Brelor sein Schwert aus Charlies Körper, deren letzte Kraft aufgebraucht war und die stumm in Georges Arme sank, und bückte sich nach seinem Stern.

Instinktiv ließ Fred, als er den Stern vor Brelor auf den Boden fallen sah, Brelors Umhang los. Er huschte zwischen dessen Beinen hindurch, ergriff den Stern und verschwand damit.

Ein Beben erschütterte den Boden, als die Magie in Brelors Reich, die er ohne die Verbindung zum Stern nicht aufrechterhalten konnte, mit einem lauten Dröhnen zusammenbrach und verschwand.

Schockiert versuchte Brelor seinen Stern wiederzufinden und suchte mit irrem Blick die Umgebung danach ab.

Das alles drang zu George nur gedämpft durch. In seinen Ohren rauschte es, als er die schwerverletzte Charlie in seinen Armen hielt. Verzweifelt presste er seine Hände auf ihre Bauchwunde, um das daraus hervorquellende Blut zurückzuhalten.

Fatma kniete sich neben sie. »George, Brelor wird gleich wieder angreifen, du musst aufstehen. Ich bleibe bei Charlie.«

George sah sie tränenerstickt an. »Ich kann nicht, ich muss …«

»Doch, du kannst. Lass Charlie dich nicht umsonst gerettet haben.«

Damit drang sie zu ihm durch. Vorsichtig legte er Charlie keinen Augenblick zu früh in Fatmas Arme. Er stand gerade auf, als sich Brelor schon mit einem zornigen Schrei auf ihn stürzte.

War Brelor auch all seiner Magie beraubt, so war er nichtsdestotrotz ein erwachsener und äußerst wütender Mann mit jahrhunderterlanger Erfahrung, der gegen einen Jungen kämpfte. In einem ungleichen Kampf fehlte George jede Möglichkeit sich zu verteidigen. Er wurde hin und her geschleudert, gegen die nächste Wand oder ein Möbelstück.

Brelor ließ all seine Wut an George aus. Diese war so gewaltig, dass sie ihn von einer zielgerichteten Aktion gegen George abhielt. Noch war Brelor damit zufrieden, George als Punching-Ball und Ventil für seinen Zorn zu benutzen, anstatt den Kampf endgültig zu beenden.

Allerdings würde George dies auch nicht mehr lange durchhalten. Er spürte jetzt schon jeden einzelnen Knochen im Leib und seine Haut war mit unzähligen Blutergüssen übersäht. Zusätzlich hatte er eine Platzwunde am Kopf, aus der ihm Blut ins Gesicht lief und seine Sicht behinderte. Zu allem Überfluss hatte er direkt beim ersten Angriff den Blitzdolch verloren.

Während George versuchte, Brelors Attacken zu entkommen, kümmerte Fatma sich um Charlie. Das sah gar nicht gut aus, wie sie aus leidvoller Erfahrung wusste. Die Menschen, die auf ihrer Flucht Arm- oder Beinwunden erlitten hatten, konnten meistens gerettet werden, aber bei Verletzungen im Bauchbereich hatte so gut wie keine Hoffnung bestanden.

Doch eine Chance gibt es für Charlie vielleicht noch. In meiner Tasche habe ich das Fläschchen, das mit dem Saft aller drei Früchte des Quoitari-Baumes gefüllt ist. Rasch suchte sie es heraus und öffnete den Verschluss. Soll ich nur die Hälfte der Flüssigkeit benutzen, falls noch jemand anderes verletzt wird und Hilfe braucht? Nein, das ist keine gute Idee! Nokomis hat eindeutig gesagt, dass der Saft nur für eine Verletzung reicht.

Entschlossen schüttete sie den Inhalt komplett in Charlies Mund. Glücklicherweise schluckte diese den Saft reflexartig herunter, jetzt konnten sie nur noch abwarten.

Derweil blickte George sich hektisch nach dem Dolch um, konnte ihn jedoch nirgends entdecken. Um ein wenig Raum zwischen sich und Brelor zu bringen und um ihn vor allen Dingen von der verletzten Charlie wegzulocken, sprang er durch die zertrümmerte Tür auf den Burgvorhof.

Sowohl vor der Tür als auch auf dem Burgvorhof lagen die Reste der steinernen Dämonen, die mit dem Erlöschen von Brelors Magie umgefallen und zerbrochen waren. Der Platz selbst war bis auf einen einzigen Troll, der die Zugbrücke hochgezogen hatte, vollkommen leer. Alle anderen Trolle waren zuvor auf das Schlachtfeld den anrückenden Völkern Nirmas entgegengezogen, wo sie miteinander kämpften.

George lief an den steinernen Trümmern vorbei, die Treppe herunter. Brelor folgte ihm mit seinem Schwert in der Hand, an dessen Spitze noch das Blut von Charlie rot schimmerte. Er kam immer näher an George heran, der aus lauter Verzweiflung einige Steine aufgehoben hatte und sie auf Brelor warf, der davon aber leider vollkommen unbeeindruckt war.

Während George weiter rückwärtsging, geschah es plötzlich. Er stolperte über einen größeren Stein und fiel nach hinten auf seinen Rücken. Sofort war Brelor über ihm.

Jetzt erwischt es mich endgültig! George starrte Brelor an, der sein Schwert zum Schlag erhoben hatte. Nur noch wenige Sekunden, dann lässt er es auf mich niedersausen. Gleich ist es vorbei.

Doch auf einmal hielt etwas Brelors Arm fest und drehte ihn um. Mit schmerzverzerrtem Gesicht musste er sein Schwert fallen lassen.

Hinter Brelor war Aria in Begleitung von Sying, Ehawee und Madu erschienen, dessen Arm mit dem Zusammenbruch von Brelors Magie wieder normal geworden war. Als sie sich auf der Suche nach der Ursache dafür umsahen, bemerkten sie den Kampf auf dem Burgplatz. Sie rannten dorthin, um George zu helfen.

Aria nutzte dank ihres Sterns ihre magischen Fähigkeiten. Sie sah aus wie eine Rachegöttin, wie sie mit wehendem Haar und erhobenem Arm dastand und Brelor mittels ihrer Magie stoppte. Bewundernd sah Ehawee ihr zu.

Sying rief George zu: »Schnell, nimm dir das Schwert.«

Das weckte George aus seiner Erstarrung. Er schnappte sich das Schwert und wollte es gegen Brelor benutzen, der sich in dem Moment nicht vom Fleck rühren konnte. Er machte sich bereit, zuzustoßen und Nirma von diesem fürchterlichen Tyrannen zu befreien, jedoch …

Ich kann das nicht, dachte George. Aber ich muss! Nur so kann ich Nirma retten. Allein dafür, was Brelor seiner Welt und Charlie angetan hat, verdient er den Tod. Doch ich kann keinen wehrlosen Mann töten. Wenn das eben im Kampf passiert wäre, wäre es etwas anderes gewesen, aber so … Das bringe ich einfach nicht fertig.

Verzweifelt sah er Aria an, die seinen inneren Zwiespalt verstand und ihm verständnisvoll zunickte. Allerdings konnte sie die Lähmung von Brelor nicht mehr weiter aufrechterhalten. Wir haben alles versucht, schien ihr Blick zu sagen.

Und dann konnte Brelor sich wieder bewegen. Blitzschnell drehte er sich um und schleuderte Aria einige Meter weit weg. Sying, Madu und Ehawee liefen rasch zu ihr, um ihr zu helfen.

Brelor wandte sich wieder George zu und fing an zu lachen. »Nun, kleiner Mensch, es sieht so aus, als ob es noch eine nächste Runde gibt. Du hättest die Gelegenheit gerade nicht ungenutzt verstreichen lassen sollen, denn eine weitere Chance wird es für dich nicht geben.«

Drohend kam er erneut näher, als sich plötzlich etwas von oben Brelor näherte. Es war Roch, der herabstürzte, Brelor an den Schultern ergriff und losflog.

Mit dem Erlöschen von Brelors Magie waren auch die Schranken für Roch gefallen.

Das war der Moment, auf den Roch so lange schon gewartet hatte. Er hatte weder die Gemeinheiten und Demütigungen Brelors noch vor allen Dingen die Zerstörung seines Eis vergessen und brannte darauf, sich dafür zu rächen.

Er flog immer höher und höher, so dass Brelors Schreien bald nicht mehr zu hören war. George, der kaum realisiert hatte, was da gerade passiert war, beobachtete den

Flug. Er blinzelte irritiert. Es sah aus, als würde Roch zurückkommen.

Ein dunkler Fleck am Himmel kam wieder näher und wurde größer und größer. Aber es war nicht Roch, sondern Brelor, den Roch irgendwo im Himmel losgelassen hatte und der jetzt zur Erde herabstürzte.

George bekam nur am Rande mit, dass das Kampfgetümmel vor den Burgmauern endgültig erstarb. Alle starrten sie gebannt in einer seltsamen Faszination auf den fallenden Körper.

Die Trolle verloren nach dem Tod ihres Anführers jede Kampfeslust. Sie warfen ihre Waffen weg und flohen oder ließen sich problemlos gefangen nehmen.

Es war vorbei, sie hatten gewonnen. Ehawee und Aria klappten die Zugbrücke herunter, damit ihr Volk die Burg betreten konnte.

Wir haben gewonnen! Ich kann es gar nicht glauben, dachte George erleichtert, als ihm mit einem Mal wieder Charlie einfiel. Oh nein, Charlie! Wie habe ich sie nur für einen Moment vergessen können?

So schnell er konnte, rannte er über den Platz zurück, die Treppe hoch bis zu dem großen Trümmerhaufen vor der zerstörten Tür, an dem er plötzlich unschlüssig verharrte. Er wollte plötzlich gar nicht mehr darüber klettern, wollte gar nicht wissen, was ihn dahinter erwartete.

Während George noch unschlüssig und ängstlich davor stand, kam ihm Fatma über die Trümmer entgegen und dahinter war ... Charlie!

Während sie die letzten Meter zurücklegte, erklärte Fatma ihm: »Ich habe sie den Saft des Quoitari-Baumes trinken lassen. Ich habe schon befürchtet, dass der Saft nicht hilft, als sich auf einmal die Wunde verschloss und Charlie auf wundersame Weise sofort gesund war.«

George hörte ihr nur halb zu. Charlie lebte und allein das zählte. Am Schluss zog er sie aus den Trümmern fast zu sich, bis sie tatsächlich neben ihm stand und ihn glücklich anstrahlte.

»Charlie …«, ihm versagte die Stimme.

Dann zog er sie an sich und küsste sie. Er hatte sie schon so lange küssen wollen, aber hatte sich nie getraut. Überglücklich registrierte er, wie Charlie sich an ihn schmiegte und seinen Kuss erwiderte. Er vergaß alles, dass sie auf Nirma waren, dass sie nicht allein waren, für ihn zählte nur noch Charlie.

Wahrscheinlich hätten sie noch ewig so gestanden, wenn Fred sich nicht mehrfach geräuspert und schließlich energisch an Georges Bein gerüttelt hätte. Nur widerwillig löste er sich von Charlie. Schnell setzte er Fred auf seine Schulter und nahm Brelors Stern an sich. Für alle sichtbar hielt er den Stern hoch. Jubel brach aus.

Als er mit Charlie im Arm in die freudigen Gesichter seiner Freunde und von Aria blickte und die auf den Burgplatz strömenden Völker Nirmas sah, konnte er sich endlich auch über ihren Sieg über Brelor freuen.

Aria stutzte kurz, schloss die Augen und wandte sich dann an die Freunde. Ihre Stimme klang klar über den Platz und alle verstummten. »Jemand schickt euch gerade telepathisch die allerwärmsten Grüße. Gerzin lässt euch ausrichten, dass er sehr froh darüber ist, kein Stein mehr zu sein. Er ist unglaublich stolz auf euch und dankt euch, dass ihr unsere Welt vor der Dunkelheit gerettet habt. Und dem kann ich mich nur anschließen.«

Dann verbeugte sie sich vor ihnen und alle auf dem Platz schlossen sich ihr an.

Das große Sternenfest

Sie waren alle gekommen, die Arborianer, die Yetiden, die Levitaner und sogar die Marianer, die vom Meer aus den ganzen Fluss hochgeschwommen waren und es sich am Ufer bequem gemacht hatten. Die größte Reaktion bei allen rief aber das Auftauchen der Usahs hervor. Obwohl viele sie schon beim großen Kampf gesehen hatten, ging bei ihrem Erscheinen ein Raunen durch die Reihen.

Jedes Volk hatte sich herausgeputzt und wunderschöne Festtagskleidung angelegt. Überglücklich hatten die Kinder die bunte Kleidung der Levitaner schon von Weitem gesehen.

Die Giftwolke hatte sich im letzten Moment, kurz bevor der Schutzschild der Stadt versagt hätte, aufgelöst. Dies musste passiert sein, als Brelor seinen Stern und damit seine Magie verloren hatte. Dennoch, die Levitaner hier lebendig zu sehen, war toll.

Sie hielten nach Sador Ausschau und entdeckten ihn plötzlich in der Menge in einem Gewand, das aus einzelnen Spiralen zu bestehen schien, die sich eng und bunt um seine Arme, Beine und seinen Körper drehten und bei jeder seiner Bewegungen lustig hin und her schwangen. Freudestrahlend rannten sie auf ihn zu und umarmten ihn herzlich.

»Langsam, Leute! Ich bin den Ghoulen doch nicht entkommen, nur um von euch erdrückt zu werden«, sagte er lachend und strahlte über das ganze Gesicht. Trotz seiner Worte erwiderte er froh die Umarmungen.

»Was ist nach dem Tempel passiert? Wie bist du diesen Kreaturen entkommen?«, fragte Charlie.

Sador wurde ernst. »Es war sehr knapp. Ich habe es nur geschafft, weil sich einige Levitaner außerhalb der Stadt in den Sümpfen aufgehalten haben. Sie sind mir zur Hilfe geeilt. Als die Ghoule sich unerwartet einer Übermacht gegenüber sahen, sind sie schnell wieder in ihren dunklen Bereich zurückgekehrt.«

»Und was war mit der Giftwolke?«, fragte Sying

»Wir haben versucht, ein Gegenmittel zu entwickeln, leider vergebens. Dafür ist es uns gelungen, zusätzliche Energie aus den Sümpfen in die Stadt zu leiten und so den Schutzschild zu verstärken. Dies hat aber nur ein einziges Mal funktioniert. Verzweifelt haben wir von unten zur Stadt hochgesehen, als sich die Wolke im buchstäblich letzten Moment aufgelöst hat.«

Sador sah sie an. »Ich denke mal, dafür seid ihr verantwortlich gewesen. Wir stehen für immer in eurer Schuld.«

Charlie widersprach: »Ohne dich und dein Volk hätten wir es niemals bis Neghroc geschafft. Außerdem hat Gerzin uns verraten, dass du Fenghuangs an alle Völker mit der Nachricht geschickt hast, dass wir auf dem Weg in Brelors Reich sind. Ohne dies wären die Völker nicht gemeinsam gegen Brelor marschiert. Nur durch diese Ablenkung konnten wir erfolgreich sein. Die Nirmaner haben genauso zur Rettung ihrer Welt beigetragen wie wir.«

Nach diesem Gespräch feierten sie zusammen mit den

anderen. Es herrschte eine ausgelassene und fröhliche Stimmung. Die Kinder freuten sich besonders Grompf und seine Familie sowie Coria mit ihren Eltern wiederzusehen. Letztere waren in ihrer Kutsche mit den Dongs gekommen, die begeistert eine riesige Menge Amayeta-Beeren verspeisten. Dabei konnte man mit jedem Bissen sehen, wie ihr Fell schöner wurde.

Doch nicht nur für die Tiere gab es ein Festmahl. Ein fantastisches Buffet mit Speisen aller nirmanischen Völker stand bereit. Für Madu war es wie im siebten Himmel.

Dann trat Gerzin vor und hob die Hand. Sofort wurde es still und die Augen aller Anwesenden richteten sich auf ihn.

»Volk von Nirma, Retter von Nirma, meine lieben Freunde, heute ist ein unglaublich glücklicher Tag für uns alle. Wir sind alle zum ersten großen Sternenfest nach der dunklen Zeit zusammengekommen, um Nirmas Energie wieder neu zu aktivieren. Normalerweise fand diese Zeremonie immer im kleinen Kreis statt, doch haben wir uns dazu entschieden, mit dieser Tradition zu brechen. Jedes Volk hat seinen Beitrag zur Rettung Nirmas geleistet und soll deshalb an der Zeremonie teilnehmen.«

Er zeigte auf drei flache rechteckige, ungefähr dreißig Zentimeter hohe Steine, die Steine der Macht, die an ihren Seiten eine kleine Rille aufwiesen, um einen imaginären Mittelpunkt angeordnet waren und in der Luft schwebten.

»Doch bevor wir mit dieser Zeremonie beginnen, möchte ich noch ein paar besondere Ehrungen aussprechen. Es haben viele durch große und kleine Taten zur Rettung

Nirmas beigetragen. Aber einige möchte ich besonders hervorheben. Zuallererst sind da unsere menschlichen Freunde zu nennen. Ihr habt alle hier auf Nirma unzählige Taten vollbracht, stellvertretend nenne ich jeweils eine für jeden.«

Gerzin winkte die ganze Gruppe zu sich und überreichte jedem als Dank und zur Erinnerung einen wunderschönen grünen Stein, begleitet von einigen persönlichen Worten: »Sying, für eine tolle Seilüberquerung in der Dunkelheit; Madu, dafür, dass du dich mutig in die Höhle des Kraken hast schleppen lassen; Fatma, für die richtige Lösung unter größter Gefahr in der verschwundenen Stadt; Charlie, dafür, dass du dich beim Kampf gegen Brelor mutig vor George geworfen hast, und zuletzt George, für die Rettung eines Lebens unter Einsatz deines eigenen.«

Nachdem er sich noch einmal überschwänglich bei jedem einzelnen bedankt hatte und die fünf verlegen zurückgetreten waren, fuhr er fort: »Von den Nirmanern möchte ich vor allem zwei erwähnen. Ehawee und Fred, kommt ihr bitte zu mir. Ihr habt beide besonderen Mut und Einfallsreichtum bewiesen und gerade du, Fred, hast gezeigt, dass die Größe dabei keine Rolle spielt. Von nun an seid ihr unsere neuen Helden und Ehrenbürger von Nirma.«

Er überreichte beiden einen Orden und gerührt sahen alle, wie Freds Volk vor Stolz fast platzte.

»Des Weiteren möchte ich nun die Sterne an die neuen Hüter von Nirma überreichen. Es ist mir eine große Ehre, zunächst die alte und auch neue Hüterin von Nirma zu benennen. Als Erste möchte ich Aria zu mir bitten.« Aria trat neben ihn und Gerzin hängte ihr ihren Stern um den Hals. »Du hast mit deinen Visionen die Rettung Nirmas erst möglich gemacht. Dafür können wir dir nicht genug danken. Mögest du erneut weise die Geschicke Nirmas leiten und möge die Sonne von Nirma dir immer leuchten.«

Aria verbeugte sich und stellte sich neben ihn. Danach rief Gerzin nacheinander den Levitaner Sador und den Yetiden Arik zu sich und überreichte ihnen mit dem gleichen Ritual ihre Sterne.

»Jetzt bitte ich die neuen Hüter, die Sternenzeremonie durchzuführen.«

Gerzin trat einige Schritte zurück, wohingegen sich die Hüter um die Steine der Macht stellten. Die Sonne schien genau von oben auf sie herab. Sie nahmen ihre soeben erhaltenen Sterne wieder ab und führten sie gleichzeitig zwischen die aufrechtstehenden Steine. Sobald die Sterne in der richtigen Position waren, gingen von allen drei Lichtstrahlen ab. Diese bündelten sich zu einem einzigen Lichtstrahl in der Mitte, der mit einer unglaublichen Intensität sowohl zum Boden als auch zur Sonne schoss.

Es war trotz der vielen Nirmaner so still, dass man eine Stecknadel hätte fallen hören können. Zuerst geschah bis auf den Lichtstrahl nichts weiter, bis auf einmal der schwarze Bereich regelrecht von der Sonne abblätterte und sie schön, rund und grün vom Himmel leuchtete.

Auf ganz Nirma verschwanden die dunklen Bereiche, Licht und Wärme breiteten sich überall aus. Die dunklen Kreaturen, die es noch gab, zogen sich in die entferntesten und tiefsten Höhlen zurück und gaben ihre eroberten Gebiete auf. Jubelgeschrei erhob sich überall, Nirmaner und Menschen fielen sich gegenseitig überglücklich um den Hals.

Niemand wollte sich an diesem Abend Sorgen über irgendetwas machen. Sonst hätten sie sicherlich daran gedacht, dass Raspe verschwunden war. Er hatte sich, als Brelor von Roch in die Lüfte gehoben wurde, schnell wieder in eine Krähe verwandelt und aus dem Staub gemacht. Sie würden ihn sicher bald finden.

Ein viel schwerwiegenderes Problem war die Sumpfhexe, die seit ihrem Verschwinden am Tempel von niemandem mehr gesehen worden war. Von ihr drohte die weitaus größere Gefahr. Aber darum würden sich alle morgen Gedanken machen. Heute sollte nichts die Freude dieses Tages trüben.

Energisch hatte Madu schließlich alle zum Buffet gezogen. Die ganzen Reden hatten ihn hungrig gemacht. Gerzin gesellte sich zu ihnen und scherzte ein wenig mit ihnen. Dabei biss er herzhaft in einen Snack, den ihm ein Arborianer-Kind gereicht hatte. Genüsslich fing er an zu kauen, bis er irritiert zur Kenntnis nahm, dass alle ihn grinsend ansahen. Er blickte seine Hand an, deren Haut rotblaue Punkte aufwies.

»Na warte!«

Unter dem Gelächter der Umstehenden lief er dem jauchzenden Kind hinterher, das ihm so naseweis eine Quoia-Frucht unter das Essen gemischt hatte.

Es wurde ein toller und unvergesslicher Abend.

Hatten die Kinder schon zuvor gedacht, dass die Stimmung nicht mehr getoppt werden konnte, wurden sie nun eines Besseren belehrt. Es wurde die coolste Party aller Zeiten, sie feierten bis spät in die Nacht und als die Sonne unterging, wurde der gesamte Bereich von wunderschönen Lichtelementen, die die Levitaner eigens für diesen Abend mitgebracht hatten, beleuchtet.

Der nächste Morgen kam viel zu schnell. Denn er bedeutete für die Freunde den endgültigen Abschied von Nirma und seinen Bewohnern sowie zumindest die vorläufige Trennung voneinander. Unter Tränen umarmten sie ein letztes Mal Ehawee und Fred, die ihnen besonders ans Herz gewachsen waren und neben Gerzin und den Hütern als Einzige noch anwesend waren.

Gerzin erschuf diesmal persönlich mithilfe der Sterne, die nur zur Hälfte zwischen die Steine der Macht geschoben wurden, ein Portal. In dem Moment, als er den letzten Stern in die richtige Position brachte, fing der Stein-Sterne-Kreis an sich zu drehen und auf dem Boden neben ihnen öffnete sich ein Trichter.

Madu trat als Erster an die vorgegebene Stelle. Er hob noch mal die Hand zu einem letzten Gruß und sprang hinein.

Als Sying ihm als Nächster folgen wollte, flog ihm etwas Staub, der sich vom Stein-Sterne-Kreis gelöst hatte, ins Gesicht und in seine Augen, die daraufhin stark brannten und tränten. Er kniff seine Augen zusammen und sprang ebenfalls hinein.

Jetzt war Fatma an der Reihe. Kurz bevor sie an den Rand des Trichters trat, wurde sie von Gerzin aufgehalten.

»Fatma, ich weiß, in welche Situation du zurückkehrst. Wenn du möchtest, darfst du gerne bleiben, eventuell auch als meine Assistentin. Einen klugen Kopf kann ich hier immer gebrauchen.«

Fatma zog sein Angebot kurz in Betracht. Keine Ängste mehr, in einer friedlichen Welt leben … der Vorschlag war schon sehr verführerisch. Doch dann dachte sie an ihre Familie und an all das, was sie bewirken konnte.

»Ich danke dir, Gerzin. Ich habe geholfen, deine Welt zu retten, aber jetzt muss ich meiner eigenen helfen. Mein Vater hat einmal gesagt, wenn alle guten Menschen weggehen, kann es keine Veränderung zum Besseren geben. Ich finde, er hat Recht. Und obwohl ich mein Land verlassen werde, werde ich lernen und Lehrerin werden und dann werde ich nach Hause zurückkehren. Ich werde dort den Kindern Wissen, jedoch auch Anstand und Respekt beibringen. Ich will, dass es meinem Land bessergeht.«

Gerzin nickte verständnisvoll. »Ich wünsche dir viel Erfolg und möge die Sonne dir leuchten, wo auch immer du dich gerade befindest.« Dann sprang Fatma.

Jetzt blieben nur noch George und Charlie übrig. George zog Charlie noch einmal an sich und gab ihr einen letzten Kuss. »Wir werden uns wiedersehen. Du hast meine Mail-Adresse und Telefonnummer. Am schwierigsten wird vermutlich Fatma zu erreichen sein. Trotzdem wird es uns irgendwie gelingen, dass wir alle in Kontakt bleiben.« Damit drehte er sich um und sprang, ohne ein weiteres Mal innezuhalten, in das Portal.

Gerzin sah Charlie an, die ihn mit Tränen in den Augen umarmte. »Ich werde euch alle unendlich vermissen.«

»Na, na, mein Kind, man weiß nie, was die Zukunft bringen wird.«

Er löste sich von ihr und stieß dabei leicht an den sich drehenden Kreisel, der dadurch ein bisschen aus dem bisherigen Rhythmus kam. Auch der Trichter im Boden hatte sich leicht verändert. Verunsichert blickte Charlie zu Gerzin.

»Was bin ich nur für ein Tollpatsch. Natürlich ist es uns streng verboten, die Vergangenheit zu verändern, aber wenn so etwas aus Versehen passiert, dann kann man wohl nichts machen.« Er zwinkerte ihr zu.

Charlies Herz machte einen Riesensprung. Eine ungeheure Hoffnung überkam sie. »Gerzin, meinst du etwa … willst du damit sagen, dass …«

»Ich meine gar nichts und ich weiß nicht, wovon du sprichst. Und jetzt mach, dass du wegkommst.«

»Danke, danke für alles!« Dann sprang auch Charlie.

Acht Monate früher

A lso, Charlie, konzentriere dich doch bitte«, sagte gerade ihre Freundin Linda.

»Was, wie …?« Charlie sah sie verwirrt an.

»Wir wollten das Stück noch einmal durchgehen, haben wir gerade gesagt!«

»Oh mein Gott, es hat funktioniert.« Charlie war völlig fassungslos. »Ich muss sofort nach Hause.« Sie rannte los, als wäre der Teufel selbst hinter ihr her.

Die leicht entrüsteten Worte ihrer Freundin »Was soll denn das?« bekam sie schon gar nicht mehr mit.

Sie lief so schnell wie noch nie in ihrem Leben. An einer Ampel, die sie bei rot überquerte, wäre sie beinahe von einem Auto erfasst worden. Hysterisch lachte sie auf, während sie weiterlief. Das wäre jetzt wirklich eine grausame Ironie des Schicksals gewesen, wenn sie bei dem Versuch, das Leben ihrer Eltern zu retten, Opfer eines Autounfalls geworden wäre.

Schweratmend stürzte sie zur Haustür herein und blieb abrupt stehen. Ihr Vater stand am unteren Treppenabsatz und wartete auf ihre Mutter, die gerade die Treppe herunterkam. Jumper bellte freudig zur Begrüßung.

»Oh, Schätzchen, gut, dass du da bist. Wir werden in fünf Minuten abgeholt.«

Ihre Mutter sah sie an. Charlie stand tränenüberströmt in der Tür und brachte kein Wort heraus.

»Charlie, ist etwas passiert? Hast du dich verletzt?« Sie

eilte schnell die Treppe herunter und betrachtete besorgt ihre Tochter.

Charlie schüttelte den Kopf und sagte dann mit brüchiger Stimme: »Nein, es ist nichts passiert. Ich, ich bin nur so froh, euch zu sehen und dass es euch gut geht.« Dann fiel sie ihren verdutzten Eltern weinend um den Hals und umarmte sie, so fest sie konnte.

»Du bist ja völlig außer dir. Ethan«, wandte sich ihre Mutter an ihren Mann, »wir sollten unseren Freunden sagen, dass sie schon mal vorfahren sollen. Wir können ja immer noch später nachkommen.«

Entsetzt blickte Charlie auf. »Nein, auf keinen Fall. Mir geht es wirklich gut.« Sie überlegte fieberhaft, sie musste ihren Eltern eine glaubhafte Erklärung für ihr Verhalten geben. »Es ist nur, Linda und ich machen gerade ein Projekt über afrikanische Kinder, die ihre Eltern verloren habe. Einige hatten bisher ein sehr schlimmes Schicksal. Und ich musste mir vorstellen, wie es wäre, wenn ihr nicht mehr da wärt, wenn ich ganz allein wäre.«

»Oh, mein armes Kind«, ihre Mutter streichelte ihr tröstend über den Rücken, »wir sind doch hier und wir werden dich nie verlassen.«

»Ich weiß. Und, Mama? Ich würde gerne ein afrikanisches Kinderdorf unterstützen von meinem Taschengeld.«

»Aber sicher, mein Schatz. Es gibt wesentlich schlechtere Möglichkeiten, sein Geld auszugeben.«

Es klingelte. Ihr Vater sah sie an. »Wir werden abgeholt. Bist du sicher, dass wir nicht doch bleiben sollen?«

»Ganz sicher, Dad!«, sagte Charlie mit fester Stimme und schob sie energisch in Richtung Tür.

Sie bekam zum Abschied noch einen Kuss auf die Stirn und dann waren sie weg.

»Komm, Jumper«, wandte sie sich an ihren Hund. »Wir haben einiges vorzubereiten und nur ungefähr sechs Monate Zeit dafür.«

Epilog

Charlie war ganz aufgeregt. In einer Stunde würde es soweit sein. Im vergangenen Monat hatte sie fast täglich mit George per Mail in Kontakt gestanden, daher wusste sie, dass es ihm gut ging. Sie planten sogar schon diverse Auslandsaufenthalte im Rahmen eines Schüleraustausches, um sich wieder näher zu sein.

Aber mit Sying und Madu hatten sie nur ein- oder zweimal reden können und mit Fatma leider noch gar nicht. Immerhin hatten sie erfahren können, dass beide zum exakten Zeitpunkt ihres Verschwindens zurückgekehrt waren und es ihnen gut ging.

In Syings Fall war dies sogar noch eine Untertreibung. Der Staub, der ihm kurz vor seinem Sprung in den Trichter ins Gesicht und in die Augen geflogen war, war wohl kein einfacher Staub gewesen, sondern Sternenstaub. Er hatte sein linkes Auge dauerhaft geheilt, so dass Sying dort seine volle Sehkraft zurückerhalten hatte.

Aber heute sollten sie endlich alle wieder miteinander sprechen können. Fatmas Familie war es gelungen auszureisen und George hatte sie nach einigen Schwierigkeiten ausfindig machen können.

Um sich die letzten Minuten zu vertreiben, ging Charlie noch einmal in die Küche und schüttete sich ein Glas Limonade ein. Lächelnd hörte sie ein Gespräch mit an, das ihre Mutter gerade im Wohnzimmer mit ihrer Freundin führte.

»Und unsere Charlie ist die vergangenen Monate wie verwandelt. Früher hat sie sich nie für Politik interessiert und jetzt ist sie in alle Richtungen aktiv. Sie unterstützt ein Kinderdorf in Afrika, setzt sich für die Rechte von Frauen in allen Ländern ein und geht einmal in der Woche zu einem Obdachlosenasyl, bringt dort Lebensmittel hin und hilft bei der Essensausgabe. Und den Anstoß dazu hat ein Schulprojekt gegeben …«

Charlie ging wieder nach oben und schaltete ihren Computer ein. Als große Nachrichtenzeile stand dort: »Zehn Personen aus den Fängen der Extremisten im Mittleren Osten gerettet.« Charlie überflog den Artikel. An einem Satz blieb sie hängen, und las ihn wieder und wieder. Unter den Befreiten war neben mehreren Bauern und einem Dorflehrer aus diesem Land auch ein Earl aus England.

Sie schloss die Augen. In dem Moment ertönte das Signal, dass vier weitere Personen mit ihr Kontakt aufnehmen wollten. Sie waren alle da, sie würden Freunde bleiben, egal, wie weit sie auseinander waren, und sie würden die Welt verändern.

Wenn nicht im Großen, dann im Kleinen. Da war sie sich ganz sicher. Und dann drückte sie auf die Taste, um ihre Freunde zu begrüßen.

Ende

Die wichtigsten Personen:

Von der Erde:

George	- 15 Jahre, aus England, groß, leicht welliges, etwas zu langes braunes Haar, dunkelblaue Augen
Charlie	- 13 Jahre, aus Amerika, schlank, blasse Haut, rotblondes und leicht gelocktes, widerspenstiges Haar
Fatma	- 13 Jahre, aus dem Mittleren Osten, leicht pausbackiges Gesicht, braune Augen
Madu	- 11 Jahre, aus Afrika, dunkle Haut, strahlend weiße Zähne, fröhliches und breites Lachen, kurze schwarze Haare
Sying	- 11 Jahre, aus China, schwarze Haare, drahtig, halb blind
Mamboo	- Voodoopriesterin aus Madus Dorf

Von Nirma:

Führer von Nirma:

Gerzin	- Weiser von Nirma
Brelor	- ehemaliger Hüter, will die alleinige Macht auf Nirma, versucht, in den Besitz aller drei Sterne zu kommen.
Klebet	- Hüter, wurde von Brelor vergiftet
Aria	- Hüterin, hat die Scherben ihres Sterns versteckt und ist seitdem verschwunden

264

Schergen Brelors:

Raspe — ehemaliger Assistent Gerzins, Brelors rechte Hand, kann sich in eine Krähe verwandeln

Trolle — eher dumm, reiten auf Behemothen (eine Mischung aus Elefant, Nilpferd und Wasserbüffel)

Wächter — bewachen Brelors Schloss

Roch — gigantischer Vogel, der von Brelor gezwungen wird, ihm zu helfen

Mystixwald:

Arborianer — Bewohner des Waldes

Nokomis — Anführerin der Arborianer, Ehawees Großmutter

Ehawee — 14 Jahre, hellgrüne Haut, viele dünne, schulterlange Rasterzöpfe

Taku — zahmer Wolf, Ehawees Freund

Fred — Fliegenpilz mit grünem Hut

Nirmanisches Meer:

Marianer — Bewohner des Meeres

Peidon — Anführer der Marianer

Naraja — marianisches Mädchen

Der Krake — Meeresungeheuer, lebt in einer Höhle

Quabbel — unförmiges Meereswesen, das seine Gestalt verändern kann

Bula – Fisch — Leibspeise des Kraken

Mutani-Gebirge:

Yetiden	- Bewohner des Gebirges
Arik	- Anführer der Yetiden
Korbin	- unterstützt Arik, zeigt den Kindern die Welt der Yetiden
Cima	- gute Seele der Yetiden, kocht gerne
Grompf	- Zwerg, der in den Bergen lebt
Berggeister	- erschrecken gerne Wanderer
Truculus	- Schatzhüter des Vulkans

Oase/Auraha-Wüste:

Emo	- genannt der verrückte Emo, lebt in der Oase vor der Auraha-Wüste
Usahs	- Bewohner der Wüste
Tareg	- Herrscher der Usahs
Unar	- Auserwählter der Usahs, der die Lage der verschwundenen Stadt kennt
Dila	- führt die Kinder bei den Usahs herum
Naulis	- maulwurfähnliche Tiere, die als Transporttiere durch die Wüste genutzt werden
Nulis	- ähnlich den Naulis, nur kleiner, werden von den Usahs unterirdisch genutzt

Die Sümpfe/Levia:

Sador	- Anführer der Levitaner
Suria	- Anführerin der Levitaner
Melur	- führt die Kinder in Levia herum

Sumpfhexe	- eines der ältesten Lebewesen auf Nirma, seit tausenden Jahren auf einer Ebene in den Sümpfen gefangen.
Ghoule	- leben in den dunklen Bereichen der Sümpfe, sind blind, haben aber einen hervorragenden Geruchssinn

Badoor:

Coria	- Tochter des Wirtes
Kalia	- Corias Mutter, wird auf Neghroc als Dienerin gefangen gehalten
Dongs	- lilafarbene Tiere, die Corias Kutsche ziehen, ihre Farbe intensiviert sich, wenn sie Amayeta-Früchte fressen.

Weitere:

Ziziden	- große Vögel auf Nirma
Kah-tings	- känguruähnliche Tiere, die als Transportmittel verwendet werden
Jobus	- Dorfvorsteher von Pescos
Wusel	- leben im Gebiet zwischen den Sümpfen und Brelors Reich

Zu guter Letzt...

Damit geht die Geschichte rund um Nirma und unsere sieben Freunde zumindest vorläufig zu Ende, was ich mit einem lachenden und einem weinenden Auge sehe. Lachend, weil ich froh darüber bin, dass eine schöne Geschichte voller Fantasie und Freundschaft entstanden ist. Weinend, weil ein Projekt, das mich jetzt doch einige Zeit begleitet hat, endet.

Ich hoffe sehr, dass euch die einzelnen Figuren genauso ans Herz gewachsen sind wie mir. Bitte vergesst nicht, eine Bewertung für beide Teile von »Die Scherben des Schicksals« abzugeben.

Alle menschlichen Personen in diesem Buch sind frei erfunden. Ähnlichkeiten sind zufällig. Einzelne Figuren entstammen der Sagenwelt. Als Beispiel möchte ich hier aus der arabischen Geschichtenwelt den Vogel Roch, die Berggeister aus den Bergmannssagen Deutschlands sowie die Fenghuangs als mythologische Vögel Asiens nennen. Das Aussehen habe ich jedoch meinen Zwecken entsprechend abgeändert.

Auch beim zweiten Band gilt mein Dank in erster Linie meiner Familie, also meinem Mann und meinen Kindern. Danke für eure Ideen, Anregungen und Kritik. Ab demnächst gibt es dann auch wieder etwas aufwendiger gekochtes Essen und nicht nur schnelle Küche ;-).

Die Veröffentlichung dieses Buches wäre auch ohne das professionelle Lektorat von Janine Biermann sowie die tolle Covergestaltung von Daniela Breyer nicht möglich gewesen. Ebenfalls vielen Dank an diese beiden.

Fehler im Buch sind mir anzulasten.

Schreibt mir doch gerne an alena.beek@gmx.de oder besucht mich auf Facebook.